D·I·O
디오

박건 게임 판타지 소설
GAME FANTASY STORY

D.I.ㅁㄱ

박건 게임 판타지 소설

초판 1쇄 찍은 날 § 2012년 2월 27일
초판 1쇄 펴낸 날 § 2012년 3월 3일

지은이 § 박건
펴낸이 § 서경석

편집부장 § 권태완
편집책임 § 주소영

펴낸곳 § 도서출판 청어람
등록번호 § 제1081-1-89호
등록일자 § 1999. 5. 31
어람번호 § 제1-1347호

주소 § 경기도 부천시 원미구 심곡2동 163-2 서경B/D 3F (우) 420-822
전화 § 032-656-4452 팩스 § 032-656-4453
http://www.chungeoram.com
E-mail § chungeoram@chungeoram.com

ISBN 978-89-251-2792-7 04810
ISBN 978-89-251-2108-6 (세트)

namic island on-line

D.I.O

디오

선 게임 판타지 소설

AME FANTASY STORY

변화 7

도서출판 청람

Contents

Chapter 34
새로운 일상

어지간히 특별한 경우가 아닌 이상 대통령에 대한 경호는 최고 수준에 속하게 마련이다. 대통령은 일국의 대표라고 할 수 있는 존재이며 만약 대통령이 암살당할 경우 국가의 운명이 뒤바뀔 정도로 큰 변화가 일어날 수 있기 때문이다.

미국 대통령을 보호하는 경호팀의 경우 대통령의 스케줄 며칠 전부터 '어드밴싱'이라 불리는 현장 경호 준비를 한다. 주변에 폭발물이 숨겨질 만한 위치를 탐색하고, 저격수가 은폐엄폐하고 있을지도 모르는 공간을 색출하는 것이다.

대통령과 가장 가까운 곳에서 경호임무를 수행하는 PPD요원들은 대통령을 향해 날아오는 총알을 몸으로 막아낼 준비를 하고 있으며 차량폭탄, 화학무기 등 다양한 암살 상황에 대한 특수훈련을 받는다.

또한 대통령 경호 차량 '비스트'는 오직 경호를 위한 목적으로 만들어진 특수차량으로 폭탄감지기, 여분의 산소, 자가복원 연료탱크, 타이어에 총탄을 맞아도 운행할 수 있는 능력을 가지고 있는 첨단기기다. 이 차량으로 할 수 없는 것은 오직 두 가지. 하늘을 나는 것과 물에 뜨는 것뿐이라는 우스갯소리가 나올 정도인 것이다.

엄청난 규모의 자본이나 상상을 초월하는 의외성, 그리고 스파이를 투입시킬 능력이 없다면 대통령에게 함부로 다가서는 건 불가능한 일이다. 하물며 대통령 혼자 있는 방에 몰래 숨어드는 일은 거의 불가능에 가까우리라.

"안녕하세요, 아저씨."

"무슨… 자네는 누군가? 어떻게 여길 들어왔지?"

막 집무실로 들어왔던 대한민국의 대통령, 김윤현은 깜짝 놀라 뒤를 돌아보았다. 그러나 크게 당황해 소리치는 대신 의문을 표했다. 왜냐하면 있을 수 없는 일이기 때문이다. 경호실장이 미치지 않은 이상 그에게 미리 알리지 않고 누군가 집무실에 들어오는 일이 일어날 리가 없지 않은가.

윤현은 침착하게 대응했다. 만약 상대가 자신에게 해를 가하려는 자라면 자극해서 좋을 일이 없으니까. 때문에 그는 고함을 내지르는 대신 책상 아래에 숨겨 있던 비상벨에 손을 가져다 대었다. 신호가 가면 바로 사람들이 들이닥치게 되는 상황. 그러나 그 순간 그의 움직임이 멈춘다.

"괜한 짓은 하지 말고 제 이야기나 들으세요, 아저씨."

문 뒤에 숨어 있던 청년, 용노의 눈이 어느새 붉게 빛나고 있었다.

현대세계에는 그 어떤 이능도 존재하지 않는다. 제임스 랜디(James Randi)가 [도전 100만 달러 초능력자를 찾아라]라는 프로에서 몇 년간이나 초능력자를 찾았지만 나온 건 죄다 사기꾼이었던 이유는 진짜 초능력자가 숨어 있기 때문이 아니라 실제로 세상에는 그 어떤 초능력도 존재하지 않기 때문이다.

현대에는 그야말로 모든 영맥이 메말라 그 어떤 이능도 발휘될 수 없다. 초능력자는커녕 특이한 힘을 지닌 물건이나 동물도 존재할 수 없다는 뜻. 그리고 그 때문일까? 만일 누군가 이능을 발휘할 수 있다면, 현대에는 그를 막을 수 있는 이는 아무도 없다.

공간이동(Teleport), 마안(魔眼)을 이용한 정신제압, 그리고 투명화(Invisible).

이 세 가지 능력만 있으면 현대의 그 어떤 장소라도 제집처럼 드나들 수 있다. 다른 세상에 존재하는 은이나 납 같은 물체들은 금속 고유의 항마력을 가지고 있지만 영맥이 메마른 현대는 이능에 대한 그 어떤 대비책도 없다. 설사 핵 방공호에 숨어든다 해도 지금의 용노라면 너무나 쉽게 찾아가 제압하는 게 가능한 것이다.

이건 세계의 특성이기 때문에 아무리 대단한 권력을 가지고 있어도, 그리고 아무리 대단한 힘을 가지고 있다 하더라도 용노의 앞에서는 무방비 상태나 다름없다.

말하자면 근처에 사는 졸부나 철통같은 경호에 둘러싸인 대통령이나 똑같은 난이도를 가지고 있는 것이며, 그렇다면 최고의 효율을 뽑아낼 수 있는 움직임을 취해야 하는 게 너무나 당연한 일이다.

"저의 존재는 미합중국의 탑 시크릿(Top—secret)에 속합니다. 저는 지구에 존재하는 유일한 초능력자로 저와 접촉하는 것은 대통령 직속 명령으로만 가능하죠. 그리고 저와 당신의 관계는 어떻죠?"

"저는 미합중국 대통령으로서 강대한 이능을 가진 당신을 존중하고 협조체제를 유지하고 있습니다. 세상 사람들이 모를 뿐 당신은 몇 번이나 미국을 파탄 위기에서 구했지요."

"이게 제가 했던 일에 대한 문서들입니다. '문제가 있다면 수정한 뒤 확실한 서류로 만들어' 철저하게 보관해 주세요."

"물론이요. 미국의 친우여."

미합중국 대통령은 차분한 표정으로 고개를 끄덕였다. 단 한 점의 혼란도 없는 표정. 각인이 제대로 이루어지고 있다는 징조에 용노는 웃으며 말했다.

"저에게 너무 자주 연락하는 건 곤란하지만 혹시나 이해할 수 없는 현상이나 감당할 수 없는 일이 벌어질 경우 자문을 구하시는 건 허락해 드리겠습니다. 아, 그리고 미국을 좌지우지할 정도의 권력자에는 누가 있죠?"

"로스차일드 가문(The House of Rothschild)의 칼스 메이어 폰 로트실드. 미국총기협회(NRA)의 협회장인 찰리 헤리슨이 있습니다. 그리고……."

현 미합중국 대통령의 입에서 온갖 권력자들의 이름이 줄줄 흘러나오기 시작했다. 그 한 명 한 명이 세계의 경제를 뒤흔들 수 있으며 막대한 권력을 가진 존재들. 그들을 모두 기억한 용노가 다시 물었다.

"그들을 만나려면 어떻게 해야 하죠?"

하나같이 얼굴도 보기 힘든 존재들이지만 걱정할 필요는 없다. 설사 그 대상이 누구라 해도 미합중국 대통령의 부탁을 쉽게 무시할 수는 없기 때문이다.

용노는 약 한 달 간 전 세계를 돌아다녔다. 그는 미국, 러시아, 일본, 중국, 독일, 영국 등 강대국들의 최고지도자를 만나 단단해 흔들리지 않는 암시와 각인을 걸었다.

물론 아무런 이능도 없는 현대세계에서는 무공이나 오오라, 소환술 역시 대단히 강력한 힘이지만, 가장 강력한 힘은 누가 뭐라고 해도 정신계통의 능력이다. 정신을 제압하는 용노의 마안에 그 어떤 대책도 가지지 못한 현대의 인류는 그야말로 그에게 놀아날 수밖에 없다. 용노가 원하기만 한다면 이 세상에서 신처럼 군림하는 것도 가능하리라.

'물론 신적인 존재들이 전혀 없다는 가정하에서겠지만.'

그러나 용노는 절대 자신의 존재를 공개하지 않았다. 물론 권력과의 끈을 만들어 스스로를 보호하기 위해 강대국의 최고 권력자들에게 그 존재를 알렸지만 최고기밀사항인만큼 쉽게 이야기가 퍼질 정도는 아니다. 게다가 수를 써놨으니 퍼져나간다 해도 권력자들이 정보 통제를 걸어서라도 막을 것이다.

'하지만 운영자 녀석들은 왜 이렇게까지 조용한 거지? 게임 속에서도 별다른 말이 없고…….'

그것은 뛰어난 지능을 가진 용노조차 미처 예상치 못한 우연의 산물이다. 그는 몰랐지만, 탄이 디오의 최초 제작자라고 할 수 있는 제니카에게 반란을 일으킨 순간 디오에는 큰 변화가 있었기 때문이다.

용종, 그러니까 드래곤을 필두로 [연합]의 세력 중 가장 큰 권한을 가지고 있던 세력인 노블레스(Nobless)들이 디오를 차지하게 되면서 이를 달갑게 여기지 않는 다른 세력들이 그들을 견제하기 시작했다.

비록 그들도 거대 단체인 연합에서 큰 힘을 가진 노블레스를 무시할 수는 없는 일인만큼 디오로 쳐들어오거나 하지는 않았지만 일차적으로 제 3문명에 들어서지 못한 지구에서 노블레스의 간섭을 모조리 배제하고 나섰다.

연합에는 연합법(聯合法)이라는 게 존재한다. 수많은 종족과 초월자들을 통제하기 위해 만들어진 법으로 현대의 법처럼 높은 자리에 있는 이들이라도 지켜야 하는 규칙인 것.

그리고 그 연합법에는 [3문명에 들어서지 않은 행성에는 그 어떤 상위 문명의 간섭도 허락하지 않는다]는 법이 존재한다. 막대한 과학력이나 힘을 가진 문명이 하위 문명을 종속하는 것을 방지하기 위해 만들어진 법이다.

생명이 태어나면 그곳은 0문명. 흔히 원시문명이라 불리는 등급이 매겨진다. 이어 그들이 불을, 혹은 그 외의 에너지를 활용할 수 있게 되는 순간 제 1문명에 들어서게 되며 과학과 기술이 발달해 타인과 타인이 네트워크로 접촉하는 게 가능해지면, 그러니까 인류의 경우 정보화시대에 들어선 순간 제 2문명에 들어선다.

그리고 3문명은 스스로가 태어난 행성을 떠나 항성 간 이동이 가능해지는 시점이다. 공간을 다루는 게 가능해지며 워프 게이트를 열게 되는 바로 그 시점이 바로 3문명인 것이다. 이어 시간까지 다루게 되면서 세계의 구조를 이해하게 되고 정보의 통합이 가능해지면 제 4문명에 들어서게 된다.

안타깝게도 워프게이트는 고사하고 달에도 제대로 갈 수

없는 인류는 고작 2문명에 불과하며 그들에게 간섭하는 건 연합법으로도 명백한 불법. 물론 연합에서도 강한 세력을 가진 노블레스들은 틈틈이 불법을 저지르고는 했지만 다른 거대세력, 그중에서도 영계의 항의가 심해지자 지구에서 철수할 수밖에 없다. 물론 디오는 그대로 남겨둠으로써 디오의 운영은 가능하게 만들었지만 그 이상의 간섭이 힘들어진 것이다.

그리고 참으로 절묘하게도 용노가 멀린과 화해한 건 딱 탄이 반란을 일으켜 제니카를 밀어낸 직후였다. 만약 그전에 비슷한 일이 벌어졌다면 탄을 포함한 운영자들이 그에게 큰 관심을 가짐은 물론 어떻게 현실에서 이능을 쓸 수 있게 되었는지 조사하겠지만 지금은 그 정보 자체를 얻을 수 없는 상황이 되어버린 것이다.

당연하지만 그 상황을 알 리 없는 용노는 한동안 불안함을 느꼈지만 이내 전력을 다해 움직이기 시작했다. 비록 상황을 정확히 알지 못한다 해도 그는 초능력에 가까운 직관과 추리력의 소유자다. 적어도 그가 알고 있던 디오의 운영진은 그에게 벌어진 일을 알고도 가만있을 존재가 아니었던 만큼 뭔가 문제가 있다는 걸 눈치챈 것이다.

"뭐 그래서 이렇게까지 적극적으로 움직인 거지만."

다만 세상에는 그가 이렇게까지 움직인 사실이 전혀 드러나지 않았다. 그는 비행기를 탈 때에도 투명화와 정신제압을 병행하며 이동했고 그게 불가능한 장소에서는 텔레포트를 수시로 사용했다.

멀린과 화해하면서 현실에서 사용할 수 있는 용노의 힘이 기하급수적으로 늘어났다. 마법과 무공을 자유롭게 사용하게 되었으며 무엇보다 그의 가장 강대한 힘, 마석제작(魔石製作)이 가능해졌다는 점이 크다.

단번에 세계 톱클래스의 인맥을 가지게 된 용노는 연구소의 관심을 완전히 떨쳐 버릴 수 있었다. 지금의 용노는 마음만 먹으면 연구소를 완전히 없애 버리는 것도 가능한 수준이니 그 관심을 돌리는 건 너무나 간단한 일인 것이다.

더불어 그를 예전에 납치했던, 그래서 개인적으로 많은 관심을 가지고 있었던 간부 역시 직접 찾아가 정신제압을 걸어버림으로써 후환을 없애 버렸다. 방심하고 놔뒀다 그가 돌발행동이라도 벌이면 위험할 수 있다는 걸 뻔히 아는 그였기에 철두철미하게 처리해 버린 것이다.

모든 일을 다 마무리한 뒤 용노는 집을 새로 구해서 아파트를 나갔다. 구한 집은 지하실이 달린 단독주택으로 상당한 규모를 자랑하고 있다. 이미 매달마다 여러 국가에서 지원을 받는 그였기에 돈은 별문제가 되지 않았던 것이다.

은혜는 기관에서 빠져나왔다.

다만 완전히 빠져나오기는 힘들었기 때문에 기관을 탈퇴했다기보다는 디오 안에서의 연구를 돕는 일종의 계약직이

되었다는 표현이 옳으리라. 명색이 비밀기관인만큼 빠져나오기도 위치를 바꾸기도 쉽지 않은 일이었지만 막대한 권력을 얻은 용노는 그녀를 한국에 돌아오게 하는 데 성공하였으며 그녀를 같은 집 2층에 살게 할 수 있었다.

사실을 말하자면 은혜는 한국에 돌아오지 않으려고 했다. 용노가 기억을 되찾았다 하더라도 연구소에 복수할 마음이 가득했기 때문. 하지만 용노는 너무나 쉽게 그녀를 설득했다.

'그 복수, 내가 할 거야.'

온갖 이유를 대더라도 납득하지 못했을 그녀지만 그 말에는 대항할 어떤 단어도 찾지 못했다. 말이야 바른 말이지 피해를 입은 당사자는 그였기 때문이다. 그리고 예전과 다르게 그는 그들에게 복수하기에 충분한 힘을 얻었다.

용노는 현실에서의 능력을 개발하기 위해 연구를 계속하면서도 디오에 접속해 미션과 사냥을 이어나갔다.

그리고 그렇게 용노와 멀린과 화해한 지 반년이라는 시간이 흐른다.

어느새, 7월이 되었다.

* * *

신전풍의 건물에 상당수의 유저들이 몰려 있었다. 다만 그냥 모여 있는 건 아니고 자기들끼리 모여 게임을 하기도 하고 수련을 하기도 하며 혹은 식사를 하고 있었다.

미션이 갱신되었습니다.

아테리안 미션이 107개 추가되었습니다.

파니티리스 미션이 48개 추가되었습니다.

진 미션이 41개 추가되었습니다.

노아 미션이 3개 추가되었습니다.

마계 임무가 1개 추가되었습니다.

"오, 갱신됐다."

"노아 미션 조건부터 봐봐. 요새 광학병기 짱 비싸던데 나 좀 팔아서 강화무기 만들어보자."

"아니, 애초에 강화무기는 물량이 너무 적어서……."

각자의 비홀더로 추가된 미션의 내용을 확인했다. 필요인원, 자격 조건, 그리고 보상에 대한 내용들, 그리고 거기에 맞는 조건에 따라 파티를 구하기 시작했다.

"아우, 노아 미션은 10레벨 원거리 공격 유저가 반드시 한 명 필요하다네. 혹시 아는 마스터 있어?"

"그런 게 어디 있겠냐. 멍청아. 눈을 낮춰서… 오, 아테리안 쪽 미션은 치유 능력을 가진 7레벨 이상 네 명에 종류 가리지 않고 8레벨 이상의 전투 유저 다섯 명이래."

"그런데 아테리안은 주 미션 장소도 아닌데 뭔 미션이 107개나 뜬 거지? 게다가 치유 전문을 잔뜩 구하다니. 혹시 T바이라스라도 도나?"

"크크크. 좀비물이냐."

이런저런 말들로 떠드는 동안에도 수많은 유저들이 짝을 짓고 있었다. 별의 신전에서 미션을 위해 팀을 짜는 이 행위를 유저들은 흔히 〈매칭〉이라 불렀으며 자신과 어울리는 능력을 가진 이를 동료로 구하는 건 미션을 성공시키는 데 매우 중요한 요소라고 할 수 있었다.

"아테리안 행성에 무슨 일이라도 있나 보네. 갑자기 저렇게 많은 미션이라니… 아테리안은 지구 정도의 문명을 가진 행성이었지?"

테이블에 앉아 준비된 음료를 마시고 있던 제로스는 디오의 [세계관]을 떠올리며 물었다. 그러나 그와 함께 앉은 아돌과 한마는 하나같이 육체파라고 할 수 있는 존재다.

"퀘스트 플레이스가 한두 군데도 아니고 그걸 어떻게 다 외우냐. 자주 미션이 나오는 파니티리스나 진이라면 몰라도."

"그래도 좀 외우고 다녀 이것들아. 마스터라고 대접받고 다니는 녀석들이 기본 지식도 없으면 어떻게 하냐?"

제로스의 핀잔에도 한마와 아돌은 시큰둥한 반응이다.

"네가 기억하면 되지 뭐."

"비홀더를 검색해도 나와. 심지어 포털 사이트에서 검색해도 나오는데 뭘 굳이 외우나."

"아오, 공략법을 미리 찾지는 못할망정."

한숨 쉬면서도 손바닥보다 조금 큰 디스플레이에 설계도를 그린다. 그것은 고난이도의 마력 설계로 다른 일을 하면서 틈틈이 설계도를 만들 수 있다는 건 보통의 마법사들은 흉내도 내기 어려운 묘기. 그러나 한마는 신경 쓰지 않고 물었다.

"그나저나 현대면 약탈할 것도 별로 없지 않나? 솔직히 7레벨 이상 몬스터 중에서 화약병기가 먹히는 놈이 거의 없으니."

"게다가 화약병기 정도는 유저들끼리도 자체 생산한다더라. 그래 봐야 3급 커먼으로 위력이 별로인데도 등급만 높아서 초보들은 쓰지 못하지만."

화약무기를 만들려고 하면 여러 가지 현대기술이 필요하지만 그 구조는 몹시 간단하게 마련이다. 심지어 디오에 접속하는 마법사들 중 고 레벨 유저는 태반이 과학자가 아니던가. 물리학자냐 생물학자냐 하는 식으로 현실에서의 전문 분야가 갈라지면서 파괴마법사냐 흑마법사냐 하는 식으로 나눠질 뿐 결국 필요한 지식은 다 가지고 있는 것이다. 심지어 마법사 길드 중의 일부는 이미 컴퓨터 개발을 목표로 반도체를 만들고 있으니 총화기 정도야 문제도 아니리라.

"뭐, 구리다고는 하지만 화학무기도 잘 만든 건 꽤 괜찮아. 무엇보다 비상시에 별다른 힘의 소모 없이 공격할 수 있다는 것도 큰 장점이고. 게다가 마법적인 조치를 가하면 파괴력도 상당하지."

"하긴 요새는 마스터들 중에서도 돌격소총이나 권총 들고 다니는 녀석 꽤 많더라. 위력은 탄환을 마탄으로 하면 그만이니까."

아닌 게 아니라 공격력이 부족하거나 공격을 날리는 데 준비 시간이 필요한 유저들에게 총기는 나쁘지 않은 선택이다. 일단 총기라는 것은 들어서 방아쇠만 당기면 되는 간편한 병기이기 때문이다.

"그래 봐야 요새는 총알 피하는 녀석이 너무 많아서 미묘하지만… 아, 그러고 보니 멀린 녀석 신작을 냈더라."

"어 총?"

"피스메이커 3탄인가."

그의 말에 제로스는 후다닥 비홀더를 들어 경매장을 연결했다. 경매장에는 수없이 많은 아이템이 존재하기 때문에 멀린의 아이디를 검색한다.

"오, 벌써 경매 시작했잖아? 일단 최대 강화 횟수는 10회인 것 같고… 앗! 이것 봐! 유도 기능이 달려 있어! 게다가 공격 패턴이 세 개나 있잖아?"

"그래?"

호들갑을 떠는 제로스였지만 아돌과 한마는 시큰둥한 반응이다. 물론 아돌의 경우 레이저 건을 소지하고 있었지만 어디까지나 원거리에서 나타나는 적들을 상대하기 위해서 가지고 있을 뿐이라서 그리 강력할 필요는 없기에 관심이 가지 않는 것이다.

"그나저나 강화무기 비싸기는 진짜 비싸. 그만큼 강력하기는 하지만."

"중첩 주문의 위력이 워낙 강하니 어쩔 수 없지. 나만 해도 이걸 현금으로 1억 5천만 원인가? 하여튼 그 정도에 샀었는데 지금은 8억에 팔아달라고 로비가 빗발칠 정도거든."

"아, 그러고 보니 그거 최초로 만들었던 프로토타입(Prototype)이었지?"

"이거 하나 때문에 내가 데미지 딜링도 할 수 있게 된 거지 뭐. 쓰는 내가 봐도 진짜 사기긴 사기인 게 일반인 정도의 힘으로 내려쳐도 오거한테 치명상이 들어가. 탱크도 박살 날 정도고."

장비 변경으로 슬쩍 꺼내 든 것은 강대한 마력을 품고 있는 +9스트라이킹 소드(Striking Sword)다. 예전 멀린이 최초로 강화무기를 만들었을 때 대장장이 아이델른과 친하게 지내던 아돌에게 물건이 넘어가게 된 것이다.

"아오, 할아버지 진짜. 멀린이 뭐 만들지 물어봤을 때 건틀렛이나 기타 보조무기를 만들어 달라고 했어야지!"

"하지만 넌 건틀렛도 안 끼잖아?"

"그 정도 무기라면 기술 쓰는 데 불편해도 낀다!"

그렇다. 무투가로서 강력한 전투력을 가진 한마는 대장장이 아이델른의 친손자였다. 그러나 생체력 사용자로 병기를 사용하지 않는 그는 디오에서도 최고의 대장장이라고 알려진 아이델른과의 인맥을 별로 써먹을 일이 없었는데 그의 친구라고 할 수 있는 아돌이 그 열매만 쏙 빼다 먹은 것이다.

"아, 사야 해……. 사야 해……. 이건 사야 해……."

그리고 그런 상황에서도 비홀더에서 눈을 떼지 못하던 제로스가 홀린 듯 중얼거린다. 주문을 외우는 데 긴 시간이 걸리는 그에게 순간적으로 강한 화력을 낼 수 있는 총화기는 대단히 매력적인 무기다. 방아쇠를 당기는 것쯤은 주문을 외우면서도 얼마든지 할 수 있으니 비상시에 요긴하게 쓰이는 것이다.

"야, 그만둬. 벌써 가격이 2,500골드야. 너 그 수호갑 사느라고 돈도 별로 없잖아?"

"그렇게는 하지만… 으으. 이거 너무 필요한데."

말이 좋아 2,500골드지 1골드에 5만 9천 원. 그러니까 약 6만

원이나 한다는 걸 생각하면 2,500골드는 무려 1억 5천만 원이나 된다. 심지어 이건 사용이 편리한 권총인데다 강화 횟수도 아돌의 스트라이킹 소드보다 1회 높아 10강까지 주문 중첩이 가능한 무기이니 8억에 사려는 사람들이 있는 아돌의 스트라이킹 소드 이상의 가격으로 올라갈 게 뻔하다.

"와, 가격 미친 듯이 올라간다. 이 세상에는 돈 많은 놈들이 왜 이렇게 많은 거야?"

"저번에 광고 찍어서 받은 돈도 5,000만 원밖에 안 되는데 이게 무슨… 진짜 장비 제대로 맞추려면 국가단체에라도 소속돼야 하나?"

최근 마스터의 입지가 높아지면서 마스터들이 특정 기업을 스폰서로 두거나 방송에 등장하는 일이 많아지고 있다. 그게 아니더라도 마스터들은 각 분야의 전문가이거나 실력자인 경우가 많아서 디오에서 얻는 명성이 현실의 직업에도 큰 영향을 끼치곤 했다.

"아, 그러고 보니 저번에는 미국의… 그 뭐더라? 마운틴 록? 하여튼 거기에서 연봉 50억을 줄 테니 오라고 꾀더라고. 연구를 도와달라나?"

"엥? 무식한 네가 무슨 연구를 도와?"

"뭐, 아마 노아 관련이겠지."

"아하."

비록 일반인들에게는 알려지지 않았지만 마스터들 사이에

서는 디오 속의 과학기술들이 충분히 실현 가능한 종류라는 것이 꽤 퍼져 있는 상태이다. 이것은 과학자들 역시 알고 있는 사실이기 때문에 각국의 연구기관들은 마스터들을 포섭해 경쟁적으로 미래 기술을 취득하고 있었다.

"하지만 요새는 꽤 힘들어. 그 뭐랄까, 정도 이상의 기술에는 접근시키지 않는 느낌이 든다고나 할까?"

"게다가 미션 시간이 너무 촉박해서 제대로 뭔가 할 시간도 없지. 그렇다고 그것만 목적으로 삼기에는 여유가 너무 없고."

특히 미래세계라고 할 수 있는 노아의 경우 마스터 이하의 유저는 미션을 받을 수도 없으며 미션 시간이 워낙 짧아 여기저기에서 아이템을 긁어모을 여유가 없다. 사실상 그들이 얻을 수 있는 건 그들에게 직접적으로 저항하는 적들의 병기 정도인 것이다.

"그렇다고는 해도 레이저 총이 넘어가게 된 지 벌써 반년이 넘었어. 지금쯤이면 강대국들이 광학무기 정도는 만들었을 것 같은데."

"뭐 그래 봐야 별로 상관없는 말이기는 하지만… 덕분에 요즘 과학이 빠르게 발전하는 것 같기는 해."

"물론 수준 이상의 정보들은 모조리 통제하고 있겠지만 말이야."

그렇게 말하며 미션들을 쭉 훑어본다. 저 레벨에서야 먼저 더 좋은 미션을 찾기 위해 서두르는 유저들이 많지만 일단 마스터를 넘어서면 미션을 선택하는 것도 신중해진다. 무엇보다 미션은 고 레벨일수록 보상이 크지만 그만큼 실패하게 되면 페널티가 강력하기 때문에 파티원과의 호흡이나 레벨, 그리고 능력의 종류 등이 중요한 것이다.

"악! 팔렸어!"

"얼마에?"

"2만하고도 1,500골드!"

1골드가 6만 원이라는 걸 생각하면 무려 13억에 달하는 어마어마한 액수다. 아무리 그래도 그렇지 아이템 하나가 13억 원이라는 건 실로 기가 막힌 이야기지만 아돌과 한마는 놀라지 않았다. 다만 한마의 경우 구역질하는 시늉을 했을 뿐이다.

"우웩. 완전 비싸. 대체 누가 산 걸까? 돈이 썩어 도나?"

"그렇게 썩어 도는 건 아니야. 무엇보다 이런 무기들은 충분히 제값을 하지 않나?"

"엉?"

그때 일행의 옆으로 검은 갑주를 걸친 사내가 다가왔다. 단지 서 있는 것으로도 강대한 기세를 뿌리는 그의 모습은 꽤 인상적이어서 그를 처음 본 유저는 모두 소리치고 만다.

"우와, 저게 다 얼마야?!"

…라고 말이다.

"세상에. 후회하는 이반의 암흑투구에 절망하는 카라의 건틀렛. 고통받는 세릴의 부츠에다가 증오하는 알리스터의 그리브즈. 그리고 슬퍼하는 아둔의 갑옷…… 와, 말 많고 탈 많던 망령의 갑주가 드디어 다 모였다더니 정말이었구나."

"게다가 등에 차고 있는 건 불곰 씨의 자랑이었던 +6신념의 망토잖아? 게다가 저 보석 달린 귀걸이는 아더님이 가지고 있었던 준법의 귀걸이. 심지어 저 클레이모어는 멀린 최고의 역작 중 하나라는 +10암흑마검이야!"

"게다가 저 블랙 유니콘이 끼고 있는 마갑은 뭔지는 몰라도 강화장비잖아? 저런 걸 일반적으로 팔고 있을 리는 없으니 주문제작품이겠지?"

"세상에 나도 없는 강화 장비를 펫이 끼다니."

장비를 알아본 주변의 모든 유저들이 경악의 신음을 내뱉었다. 그만큼 그의 몸에 걸쳐 있는 장비들이 화려했기 때문이다. 게다가 그 사용자 또한 결코 약한 수준이 아니다. 그 역시 마스터 급 유저였던 것이다.

"브루스 웨인… 너 결국 다 모았구나?"

"운이 좋았지. 배짱으로 가격을 막 올리는 녀석들 때문에 고생도 상당했고. 아 그런데 이거 봐라."

그렇게 말하며 테이블 위에 한 정의 권총을 올려놓는다. 제로스는 감정으로 그 장비가 +6피스메이커라는 것을 알았다.

"윽! 역시 너였군! 게다가 벌써 6강이라니!"

으르렁거리는 제로스의 말에도 브루스는 싱글벙글이다.

"과연 디오 최고의 인챈터인 멀린의 작품은 다르더군. 강화 간격이 분 단위에 불과해. 다른 어중이떠중이들은 3~4강 하는 데에도 며칠 정도 시간을 두고 해야 하는데. 과연 천재라는 게 있긴 있어. 그렇게나 어린 나이에 말이야."

브루스 웨인은 거대 영화사이자 방송사인 메가 자이언트 회장의 장자로 양수검을 다루는 마법검사였다. 기본적으로 재벌 2세라고 할 수 있는 그는 그 막대한 재력으로 강력한 장비를 구입할 수 있었던 것이다. 물론 그렇다고 그가 아이템만 강한 그런 존재는 아니다. 그는 스스로도 강력한 소드 마스터이자 뛰어난 전투마법사이다.

"요즘은 윌리엄 씨에게 총과 검, 그러니까 건&블레이드의 전투법을 배우고 있지. 권총이야말로 내 전투 방식의 빈틈을 메울 거라고 생각되니까."

기본적으로 재능이 뛰어난 브루스는 스스로를 성장시키기 위해 최선을 다해 노력하며 거기에 투자하는 것도 전혀 아까워하지 않는 종류의 인간. 일부에서는 장비빨이라고 음해하기는 하지만 그는 디오의 유저들 중에서도 최상위에 속하는 강자였다.

"그나저나 브루스, 넌 미션 정했어?"

"고민 중이야. 너희는?"

"글쎄, 특별히 눈에 띄는 게… 오, 아돌. 마계 미션 조건 좀 봐. 전투 전문에 18레벨 이상이래."

"헐. 아더 오라는 소리네."

"맞아. 그냥 조건에 [아더]라고 쓰지 18레벨은 무슨 18레벨……."

구시렁거리는 한마와 아돌의 모습에 제로스가 음료수를 한 모금 마시고 혀를 찼다.

"쯧쯧. 이런 패배주의자들 같으니라고. 무슨 마음가짐이 그러냐? 언젠가 나도 18레벨을 찍어야지, 라고 생각하기는커녕."

"시끄러워. 14레벨 찍었다고 잘난 척은."

"잘난 척이 아니고 잘난 거지. 지금 전 세계에 14레벨 이상이 다섯 명 이하인 건 알지?"

"그래 봐야 18레벨은 까마득하거든?"

디오가 서비스된 지 어느새 7개월. 그야말로 한 손으로 꼽을 만했던 마스터들의 숫자는 어느새 180명을 넘어섰다. 각종 이능에 대한 해석과 공략이 풍부해지고 먼저 나아가 후진을 이끄는 고수들이 늘어나면서 5~7레벨 구간의 유저도 어마어마하게 많아졌다.

"그러고 보니 디오 가입자 수가 얼마라고 했지?"

"지난주쯤에 40억을 넘어섰다는 말은 들어본 것 같은데."

"정말 많긴 많구나."

바야흐로 지구의 절반 이상이 디오를 플레이하는 시대가

온 것이다. 대한민국 같은 경우에는 아주 어린아이가 아닌 이상 거의 대부분의 국민이 디오에 가입한 상황. 별다른 가입 절차도 필요없고 CD플레이어와 이어폰만 있으면 플레이할 수 있는 접근성 때문에 유저의 수가 폭발적으로 늘어난 것이다. 심지어 북극에서도 접속하는 게 가능할 정도니 더 말할 필요도 없으리라.

아테리안 미션이 57개로 감소되었습니다.

파니티리스 미션이 32개로 감소되었습니다.

진 미션이 35개로 감소되었습니다.

"어, 벌써 30분이 지났나? 미션들 막 줄어드네."

"결국 어떻게 할 거야? 아, 여기 노아 미션 봐. 근접 13레벨 다섯 명에 원거리 13레벨 두 명. 15레벨 한 명. 그리고 10레벨 치유사가 필요하다는데?"

"거 더럽게 많이 필요하네. 어디 보자. 13레벨 근접은 아돌이랑 한마, 그리고 이리야랑 오제, 그리고 한 놈은… 으, 그래. 브루스로 한다고 치고."

"어이. 누굴 맘대로 끼워 넣는 거야?"

브루스가 야유했지만 제로스는 신경 쓰지 않고 말을 이

었다.

"13레벨 원거리는 나랑 전갈을 부르면 되겠고. 뭐 10레벨 치료사야 13레벨에 비하면 수두룩하니 어떻게든 구할 수 있겠고… 15레벨은 어쩐다?"

당연한 말이지만 15레벨이 넘는 유저는 13레벨 유저보다 훨씬 드물다. 아니, 드문 정도가 아니라 한 손으로 꼽아도 손가락 두 개가 남을 정도로 적다.

"15레벨 유저는 아더랑 크루제, 그리고 멀린밖에 없지 않냐?"

"혹시 연락되는 사람?"

"……."

"……."

"……."

일행 전부가 꿀 먹은 벙어리가 되어 침묵을 지켰다. 아닌 게 아니라 디오에서 가장 유명한 그 셋의 유저는 디오에서 최상위 클래스라고 할 수 있는 마스터들조차도 쉽게 접하기 힘든 존재였다. 가장 숫자가 많은 내공 사용자들끼리는 그들을 하늘 밖에 있는 세 개의 하늘, 즉 천외삼천(天外三天)이라 불렀고 마법사들은 다른 세계의 신적 존재라는 우스갯소리로 아우터 갓(Outer God)이는 호칭을 사용하기도 했다.

"그나마 크루제가 파티 플레이를 제법 하는 편이기는 한데 친구 추가 멤버조차도 귓속말은 차단이라… 아더랑 멀린은 만년 솔플이고 말이야."

"그나저나 그 녀석들은 정말 인간인지부터가 의심스러워. 대체 어떻게 15레벨을 넘긴 건지. 심지어 그 녀석들은 반년 전부터 계속 고 레벨이잖아?"

"글쎄. 크루제랑 멀린은 모르겠지만 아더는 현실에서 본 적이 있으니 실존인물 맞아."

한마의 말에 아돌이 깜짝 놀랐다.

"엑? 현실의 아더를 본 적 있어? 외계인이라는 소문이 있던데."

"외계인은 무슨… 그냥 대학생이야. 원래 찢어지게 가난한 집 자식이었다는데 요새는 돈도 많이 벌어서인지 얼굴도 보기 힘들지. 소문을 들어보니 학교도 휴학하고 노블레스에 취업했다고 하는데."

노블레스는 2월 초에 디오의 개발사가 새로 내건 간판으로 제대로 된 본사도 없던 지금까지와 다르게 각국 대도시에 지점을 두어 직원들을 고용했다. 다만 그들이 고용한 건 다른 게임회사들처럼 개발자나 프로그래머들이 아니라 고 레벨의 유저들이었다.

"그나저나 노블레스에 취직해서 뭐한데? GM일을 하는 것 같지는 않은데."

"GM은 마스터에도 훨씬 모자란 유저들이 하고. 그 이상의 유저들은 그냥 평소랑 비슷한 일을 하는 모양이야. 가끔 받는 특수 미션만 수행해도 다달이 거액을 받는다고 하던데."

노블레스에 취직한 인원들 중 5~8레벨의 유저들은 특수한 능력을 받은 후 유저들 간의 치안이나 사건 사고들을 관리했다. 일종의 GM의 역할을 하게 된 것인데 디오에 유입되는 사람들이 많아지면서 그들 간의 충돌이 생기자 그것을 중재하기 위해 생겨난 것이다. 또한 범죄를 저지르거나 PK를 하는 이들을 단죄하기도 했다.

"그러고 보면 멀린도 중학교랑 고등학교를 일반인들과 다녀서 아는 사람들이 조금 있더라고. 다만 권력자 자식인지 추적이 어렵더라."

"참모총장 아들이라는 말도 있던데."

"오호, 참모총장?"

요리를 전문으로 하는 유저들에게 이런저런 음식들을 구입하고 온 그들은 이리저리 떠들기 시작했다. 하지만 그러다 제로스가 버럭 하고 소리쳤다.

"그러고 보니 이야기가 왜 이렇게 새버린 거야?! 파티원 구해야지!"

"하지만 멀린도 크루제도 아더도 연락이 안 되는데. 아 그러고 보니 한마, 아이델른님은 멀린하고 자주 연락하지 않나?"

아돌의 말에 한마가 난색을 표했다.

"엑. 그런 식으로 연락하면 별로 안 좋아할 텐데."

"됐으니까 한 번 찔러나 봐. 안 되면 말고."

"…알았어."

마땅치 않다는 표정으로 비홀더를 꺼내는 한마를 보며 아돌은 등받이에 몸을 기댔다. 주변을 둘러보니 멀리서 그들을 흘깃흘깃 훔쳐보는 다른 유저들이 보인다.

'거참… 어쩌다 내가 연예인 비슷한 존재가 되어버린 건지.'

실제로 마스터들은 하나하나가 유명한 편이고 오픈 베타 때부터 플레이해 온 아돌이나 한마의 경우는 팬도 꽤 많은 편이다. 실제로 그들을 동경하는 사람도 꽤 많다. 어디까지나 게임 속 한정이지만 그들은 보통 사람으로서는 상상조차 하기 힘들 정도의 강함을 가지고 있기 때문이다.

'정말 1년 전만 해도 상상도 못하던 상황이지만.'

하지만 그런 그들조차 그 위의 존재들에 비하면 그야말로 하찮은 존재에 불과하다. 천외삼천 혹은 아우터 갓이라 불리는 셋은 그야말로 상식을 초월하는 존재이기 때문이다. 아무리 그래도 같은 인간인데 어찌 이럴 수 있는지 믿을 수 없을 정도로 그들은 다른 모든 인간들과 격이 다른 수준에 도달해 있으며 그중에서도 뛰어난 아더의 경우는 그야말로 차원이 다르다고밖에 할 수 없는 존재였다. 과거 오크 영웅 성묵과의 전투에서 보였던 그의 강함은 그의 마음 깊숙한 곳에 새겨진 상태다.

'예전에는 그걸 따라잡겠다고 생각했지만…….'

레벨이 높아지면 높아질수록 자신이 없어진다. 매 순간순간 벽이 느껴진다. 여기까지 온 것만 해도 기적인 것만 같다. 그나마 13레벨까지 성장할 수 있었던 것도 근처에 있었던 선의의 경쟁자들 덕일 것이다.

'그의 눈으로 보는 세상은 어떨까.'

그렇다. 아돌은 사실 아더를 동경하고 있었다. 그 압도적인 강함, 홀릴 것만 같은 재능은 동경하거나 질투하지 않고는 견딜 수 없는 종류의 것이기 때문이다. 너무나 빛나는 그를 보면 낮은 경지에서 허덕이는 자신이 한심할 정도로 모자라 보인다.

"야. 그냥 아테리안 미션이나 하자. 거기에도 마스터들을 모으는 미션이 있네."

"하긴 연구소들하고 이야기도 없었는데 노아 미션에 목 메일 필요까지야."

이런저런 이야기를 나누는 친구들을 보며 아돌은 다시 생각했다, 지금 자신이 느끼는 이 절망감을 아마도 그는 느끼지 않을 것이라고.

삐빅!

그리고 그의 비홀더가 기계음을 낸 건 바로 그때였다.

* * *

요란한 쇳소리와 함께 아스칼론이 바닥에 떨어졌다. 아더는 아스칼론을 회수하기 위해 손을 뻗었지만 그보다 먼저 가죽신을 신은 커다란 발이 그의 손을 짓밟았다.

"크윽."

"어이쿠. 소년, 이해를 못하는군. 아직 이르다니까?"

아더의 손을 짓밟은 사내는 건장한 체구의 흑인 남성이었다. 210센티미터의 키와 180킬로그램의 체중을 가진 거구. 갑옷과도 같은 근육으로 뒤덮인 육체는 그야말로 생체 병기에 가까운 완성도를 가지고 있었다.

"허억… 허억… 허억……."

그리고 그 앞에 쓰러진 아더는 거친 호흡을 고르며 북명신공을 운기, 대자연의 기운을 흡수해 바닥난 마나를 회복시켰다.

"그래도 저번보다 성장했군. 그게 뭐더라, 혼전순결이라고 했던가?"

"혼검결(混劍訣)입니다. 어떻게 그게 혼전순결이 되는 겁니까?"

투덜거리며 몸을 일으켰다. 그 옆에서는 흙바닥을 구른 듯 먼지투성이인 흑색의 비룡 투슬리스가 있었다.

"크윽. 제기랄. 날개가 두 개 다 부러졌어."

"회복할 수 있겠어?"

"당장은 힘들어. 저 녀석한테 얻어맞으면 뼈랑 비늘이 무조건 최악으로 박살 난단 말이야. 게다가 묘한 힘이 실려 있어서 회복도 잘 안 되고."

"하지만 봐줬다는 것 정도는 알지 꼬마야? 제법 자신의 힘을 믿는 모양이지만 너무 감각으로만 싸우면 한계가 있어."

거구의 사내는 약간 납작해 보이는 모양을 가진 투슬리스의 머리를 슥슥 문지르며 너털웃음을 지었다. 최상급 소환수 투슬리스는 하악—! 하고 고양이처럼 사나운 소리를 냈지만 사내는 아랑곳하지 않는다. 애초에 그는 투슬리스가 어떻게 할 수 없을 정도의 강자였기 때문이다.

"모르겠어요, 라이오넬. 대체… 대체 어떻게 해야 강기를 만들어낼 수 있는 겁니까?"

"쯧쯧. 또 뛰지도 못하면서 날려고 하기는. 내가 너랑 싸우면서 강기를 썼냐?"

"하지만……."

"조급해하지 마라, 소년. 넌 유저들 중에서도 최강이잖아? 지금은 딱히 수련을 해도 소용없으니 실전을 더 쌓으면서 배운 것들을 자기 걸로 해봐."

내공 사용자들의 성지인 천무성(天武城)의 주인이라고 할 수 있는 천무성주(天武城主) 라이오넬은 사람 좋게 웃으며 어깨를 두드렸지만 아더의 얼굴은 펴질 줄을 몰랐다.

"어려워요. 솔직히 말해서 감을 못 잡겠다고요. 아무리 열심히 노력해도…….”

푸념하는 아더의 말을 라이오넬은 가볍게 잘랐다.

“노력이야 누구나 다 당연히 하는 거지.”

“…….”

“미안하지만 내가 해줄 수 있는 말이라고는 조급해하지 말라는 것뿐이군. 다음에는 좀 더 확신을 가지고 도전했으면 좋겠어.”

그 말과 동시에 거대한 덩치의 흑인, 라이오넬의 모습이 사라졌다. 동시에 허공에 텍스트가 떠오른다.

2미레벨 시험을 실패하셨습니다! 현실 기준 1주 동안 도전할 수 없습니다.

시험이 종료됩니다.

어느새 아더는 깔끔하게 정리되어 있는 집 안으로 돌아와 있는 상태다. 그곳은 아더가 천무성에 마련한 그의 집으로 일종의 하우징 시스템(Housing System)에 의한 공간이다.

“괜찮아?”

“너무 서두르지 마라, 주인. 어차피 저건 괴물이라 단시간에 이길 만한 상대가 아냐.”

검룡 더스틴과 비룡 투슬리스가 아더를 위로했지만 그는

대답조차 안 하고 방 안에 있던 침대에 누워버렸다. 투슬리스는 날렵하게 그의 곁에 다가가 그의 몸에 자신의 머리를 비볐으나 그럼에도 그의 기분은 나아지지 않았다.

'막막해. 너무 막막해.'

아더는 벽을 마주한 상태였다. 물론 수련에 임하게 된 이라면 누구나 벽을 마주한다. 이미 한 번 익혔던 걸 새로 익힌다면 모를까 무학을 포함한 이능을 수련함에 있어 어느 선을 넘어서면 매 순간순간 벽을 마주하게 마련이니까. 그리고 그중 어떤 벽은 시간과 노력으로 넘어설 수 있지만 어떤 벽은 평생을 두고도 넘어서지 못하는 경우도 있다.

그러나 여기에 문제가 있다. 아더가 지금까지 '단 한 번' 도 벽을 마주한 적이 없다는 것이다.

'대체 어떻게 해야…….'

그는 언제나 너무나 간단히 그 경지를 높여왔다. 누구 하나 가르치는 사람 없어도 적과 싸우면 그 모든 움직임의 [이치]를 체득하고 그보다 몇 단계는 높은 경지에 도달해 왔다. 그에게는 스승조차 필요없다. 디오에서 제공한 완전경(完全境)의 비급조차 그냥 아이디어를 제공하는 수준의 물건이라 생각할 정도인 것. 하지만 그런 그에게조차도 초월지경이라는, 인간을 넘어서는 벽은 그야말로 막막할 정도로 높기만 했다.

'어째서 안 되는 거지?'

아더는 벌써 4개월 동안이나 19레벨에 머물고 있는 상태다. 그러나 그건 어디까지나 현실의 시간을 기준으로 하는 것이지 12배나 빠르게 흐르는 디오의 시간과 그 안에서도 100배나 빠르게 흐르는 수련의 방까지 치면 그는 벌써 20년이 넘게 19레벨에서 단 한 발짝도 떼지 못하고 있는 것이다.

검강을 사용하지 못한다는 그런 간단한 문제가 아니다. 아무리 검을 휘두르고 땀을 흘려도 도무지 실력이 늘지를 않는 상태. 실력이 늘기는커녕 오히려 퇴보한다고까지 느껴지는 답보 상태는 언제나 단 한 번에 모든 과정을 넘어서던 그에게 있어 머리가 멍해질 정도의 벽이었다.

'모르겠어.'

마치 짙은 안개 속에 갇힌 것처럼 나아갈 길을 잃어버렸다. 방향이 흐트러진 것이다. 그는 이미 지쳐가고 있었다.

'그만두고 싶어.'

아더는 엎드린 채 고개도 들지 않았다. 그리고 그런 그의 모습에 투슬리스와 더스틴은 슬픔을 느꼈다. 소환의 주체인 그가 이렇게 마음을 닫아버리면 소환수인 그들이 할 수 있는 것은 아무것도 없기 때문이다. 그나마 그들이 고위의 소환수이기 때문에 버티는 것이지 보통의 소환수라면 벌써 귀환당했을 정도로 심각한 상태다.

'그만두고 싶어.'

모든 것에는 한계가 있다. 정신력에도 한계가 있다. 스스로 하고 싶거나 본능이 아닌 의식적으로 해야 하는 의무감으로 할 수 있는 의지가 필요한 모든 행위는 결과적으로 정신력을 소모하게 마련이며 정신력이란 주머니 속 동전처럼 쓰면 쓸수록 소모되는 개념이다. 사실 전혀 진전이 없는 수련을 20년이나 할 수 있다는 것만 해도 아더는 가히 초인적인 의지의 소유자라고 할 수 있는 것이다.

그러나 그런 초인적인 의지에도 한계는 온다.

'어쩌면… 이대로 평생 깨우치지 못할지도.'

힘없이 늘어지며 한숨을 내쉰다. 그는 점점 침전(沈澱)하고 있었다.

삐빅!

그때 엎드려 있는 아더의 품에서 작은 기계음이 울렸다. 그것은 유저들이 사용하는 스마트폰. 통칭 비홀더라는 물건으로 귓속말이나 공지사항 확인은 물론 인터넷까지 접속되어 사용처가 많은 물건.

아더는 비홀더를 들어 그 내용을 확인했다. 그에게 온 메시지는 그가 지금 일하고 있는 회사, 노블레스에서 온 것이다.

"일이네."

"나도 봤어."

"가지 않을 거야?"

투슬리스의 말에 엎드려 있던 아더가 힘겹게 몸을 일으켰다. 솔직히 기분은 전혀 아니었지만 그는 다른 유저들처럼 놀이삼아 게임을 하는 게 아니다. 그는 디오의 제작사 노블레스의 직원으로서 미션을 수행하는 것으로 막대한 월급을 받고 있었으니까.

게다가 노블레스의 운영진은 불치병으로 죽어야 했던 그의 어머니의 목숨을 연장시켜 준, 말하자면 은인이라고 할 수 있는 존재들. 기본적으로 성실한 성격의 아더가 그들의 부름을 무시할 수는 없다.

"후우. 뭐 어쩔 수 없지. 조급해한다고 달라질 것도 아니고."

아더는 몸을 일으켜 오른팔에 낀 팔찌를 조작했다. 별의 신전을 거치지 않고 바로 미션 장소에 이동하거나 다른 유저의 호출을 받아 디오의 어느 장소로든 날아갈 수 있는 팔찌는 일종의 운영자 아이템으로, 노블레스에 취직한 GM들만이 가지고 있는 물건이다.

"이동."

팔찌가 은은한 빛을 발하는가 싶더니 아더의 모습이 순식간에 사라졌다. 목적지는 노아였다.

*　　　*　　　*

문을 열고 나온다. 그리고 그대로 문으로 돌아선다.

"다시 부탁드립니다."

"흠… 랜슬롯, 이제 경험치가 떨어졌는데."

"그렇습니까?"

표정 변화 없는, 그래서 약간은 멍해 보이기까지 한 얼굴로 문이 열리길 기다리고 있던 랜슬롯은 별 망설임 없이 다시 몸을 돌렸다. 게이트 관리 NPC인 컬린은 모조리 타버린 잿더미를 보는 것만 같은 랜슬롯의 눈동자에 눈썹을 찡그렸다.

"우리가 유저들에게 간섭하는 건 권장사항이 아니지만… 너무 무리하지 마. 세계의 이치라는 건 단순히 많이 수련한다고 깨닫는 종류의 것이 아니니까."

단순히 수련 시간이 길다고 초월지경에 들어설 수 있다면 천 년의 시간을 사는 요정족이나 드라칸들은 모조리 높은 경지에 들어설 것이며 천 년의 시간에 걸쳐 초월지경에 들어서는 용종(龍種)들은 그리 대단한 존재도 아니게 될 것이다.

"후후후. 재미있는 말이군요. 그럼 컬린 씨는 뭐가 필요하다고 보십니까? 한 달 만에 지금의 저보다도 높은 경지에 올라섰던 크루제처럼 타고난 특별함 같은 것?"

"랜슬롯."

묵직한 컬린의 목소리에 랜슬롯은 가볍게 한숨 쉬며 사과했다.

"…죄송합니다. 또 쓸데없는 생각을 했어요."

랜슬롯과 컬린은 이제 제법 친해진 상태다. NPC 입장에 서 있다고는 하지만 그들 역시 사람인 건 마찬가지여서 많이 보고 마음이 맞으면 친해지게 되는 게 당연한 일이니까.

게다가 마치 스스로를 깎아나가는 것만 같은 랜슬롯의 단련은 지켜보는 사람으로 하여금 자기도 모르게 응원하게 만드는 힘이 있었다. 하물며 더 이상 위로 올라갈 수 없다는 것을 알고 지금의 경지에서 멈춘 컬린의 경우는 더욱 큰 공감을 느끼고는 했다.

"잠깐 쉬는 건 어때? 요즘 유저들이 장터에 영화관을 만들었으니 문화생활도 좀 하고 놀기도 하면서 스스로를 추스르는 것도 좋겠지."

"그렇습니까……."

힘없이 웃으며 고개를 끄덕인다. 틀림없이 맞는 말이자 부정할 수 없는 정론. 하지만 정론을 듣는다고 모든 사람이 수긍하고 거기에 따를 수 있다면 세상에 갈등과 범죄 따위는 존재하지 않을 것이다.

삑! 기잉—!

품 안에 들어 있던 스마트폰, 비홀더를 꺼내자 기동음과 함께 화면이 떠오른다. 기본적으로 손바닥만 한 크기의 화면은 그리 많은 정보를 표시할 수 없게 마련이지만 시력이 워낙 좋은 유저들은 깨알 같은 글자도 읽을 수 있기 때문에 그 작은 액정으로도 어지간히 큰 모니터보다도 많은 정보를 담을 수 있다. 물론 직업이나 경지에 따라 작은 글자를 못 보는 경우도 있지만 그런 경우 크기를 조절하면 그만이다.

"홈페이지도 많이 바뀌었군요."

"시간이 꽤 지났으니까. 수련의 방에서는 인터넷에 접속할 수 없지?"

"단절된 공간이니까요. 가지고 들어갈 수 있는 물건에도 제한이 걸리는데 인터넷 같은 게 가능할 리 없죠."

수련의 방에 가지고 들어갈 수 있는 것은 아주 기본적이 무장과 맨몸뿐이다. 수련의 방에는 일종의 [메모리]라는 게 있어서 외부 정보를 주입하기 어렵기 때문이다.

수련의 방은 어디까지나 수련의 방에 들어선 유저 한 명을 중심으로 시간을 가속하는 공간이기 때문에 하나의 방에 두 명의 유저가 들어가는 것도 불가능하며 외부와 연결하는 것 역시 불가능하다. 현실보다 최고 1,200배나 빠른 시간 가속을 위해 어쩔 수 없는 일이었다.

만약 수련의 방에 많은 것을 가지고 들어갈 수 있다면 게임기나 소설책을 가지고 들어가서 쉬거나 수많은 책자를 가지고 들어가 암기하고 나오는 일 등이 가능했을 것이다.

"요즘 인기있는 사냥터는… 신대륙이군요."

"어이, 쉬라니까?"

"쉴 겁니다. 다만 아주 쉬면 그 뒤에 더 고생한다는 것을 아니까요."

노력에도 한계가 있다. 정신력이라는 것은 사용하면 사용할수록 소모되는 개념이기 때문에 불굴의 의지를 가진 이라 하더라도 시간이 지나면 지날수록 마모되어 마침내 포기에 이르게 되는 것. 때문에 랜슬롯은 한계를 느낀 그 순간부터 수련 방식을 바꾸었는데 그것이 바로 '습관'과 '버릇'이다.

"쉬다가 오겠습니다. 혹시 유니크 급 영단이 매물로 나오면 알려주세요."

"그러지."

랜슬롯은 컬린의 대답을 들으며 환전소를 나섰다. 언제나 그랬듯 스타팅에는 셀 수 없이 많은 유저들이 버글거리고 있다. 이제 유저의 수가 너무나 많아져서 디오를 단순히 게임이라고 말하기에도 어려울 지경에 이르렀다. 이미 디오는 전 세계를 아우르는 하나의 사회가 되어버린 것이다.

"현재 마스터의 숫자가… 182명인가. 꽤 늘었군."

랜슬롯은 디오의 서비스가 시작된 지 한 달 만에 마스터의 경지에 오른, 흔히 선구자(先驅者)라 불리는 멤버 중 하나였다. 찌르기[衝]의 의미를 깨달은 그는 많은 힘을 사용하지 않으면서도 강력한 공격을 할 수 있게 되면서 마스터의 경지에 올랐던 것이다.

그러나 디오가 서비스된 지 반년이 넘은 지금 사실 그는 과거만큼 희귀한 존재가 아니다. 현재 그의 레벨은 12로 6개월 전과 비교해도 고작 1레벨이 올랐을 뿐. 심지어 그에게 지난 6개월은 반년의 시간조차 아니었다. 물리적인 시간은 고작 반년일 뿐이지만 그가 경험한 시간이란…….

로그인 시간이 다 되었습니다. 게임 시간 5분 후 강제 로그아웃 됩니다.

멍하니 허공을 바라보고 있던 랜슬롯은 피식하고 웃었다.

"곤란하군. 지금이… 그래. 여름이었지. 시간개념이 너무 사라졌어."

하루의 절반에 불과한 시간이 지난 것이지만 이 하루의 절반에 그가 경험한 시간은 무려 500일에 가깝다. 이는 거의 2년에 가까운 시간으로 절대 짧다 할 수 없는 수준이니 게임에서 너무 오래 있다가 오히려 현실이 어색해져도 이상할 게 없는 상황이었다.

현실에서보다 가상현실에서 보내는 시간이 압도적으로 길어짐에 따라 현실감각이 떨어지게 되는 건 한국은 물론 전 세계 수많은 학자들이 경고하고 있는 사안이다. 그나마 다행인 것이 있다면 디오 속의 NPC들이 현실의 존재를 알고 항상 이야기해 주며 거기에서 만나는 유저들 역시 현실의 인간들이라는 것이다. 만약 이런 식의 게임이 역할연극으로 이루어진다면, 더불어 열두 시간마다 강제적으로 로그아웃되지 않는다면 현실을 완전히 등져 버릴 사람들이 다수 생기게 되었을 것이다.

"후우, 기말고사는 끝났었고 오늘은… 수요일이군."

마치 잠에 취한 듯 몽롱하던 정신을 깨운다. 디오 속에서야 오직 수련만을 위해 사는 그였지만 현실에서는 세상이 돌아가는 흐름에 따라, 그리고 정해진 스케줄에 따라 움직여야 한다.

"좋아. 그럼……."

그리고 그렇게 막 로그아웃을 하려는 그 순간,

삐빅!

비홀더에서 신호음이 울렸다.

*　*　*

삐빅!

"응?"

난데없는 신호음에 마력설계를 짜고 있던 멀린의 눈매가 가늘어졌다. 물론 비홀더의 특수한 기능은 인벤토리에 넣는다 해도 신호음을 낼 수 있게 되어 있지만 지금의 멀린은 마법 연구를 위해 비홀더를 비활성화시켜 놓은 상태이기 때문이다.

귓속말도 친구추가도 다 차단해 놓았는데 정작 비홀더가 울리는 건 비정상적인 상황. 불꽃을 피워 올리던 멀린의 펫, 정천이 빼꼼 고개를 내민다.

"뭐야?"

"글쎄. 느낌이 별로 안 좋은데."

멀린은 마나를 동결시켜 마법진의 작동을 정지시키고 비홀더를 작동시켰다. 그리고 그때였다.

부웅―!

"음……."

순식간에 배경이 변하고 어느새 자신이 생소한 장소에 서 있다는 것을 깨달은 멀린은 품속에서 20센티미터 정도의 금속 봉을 꺼내 들었다. 손톱만 한 보석 수십 개가 빼곡히 박혀 있는 금속 봉에서는 결코 무시할 수 없는 양의 마력이 일렁이고 있는 상태. 그리고 그런 앞으로 회색 정장에 중절모를 쓰고 있는 중년의 사내가 모습을 드러냈다. 디오의 운영자 중 하나인 탄이었다.

"정천은?"

"집에 놔뒀다. 필요한 건 너뿐이니까. 아, 그리고 긴장할 것 없어. 미션이 있어서 부른 거니까."

태연한 탄의 말에 멀린의 눈살이 찌푸려졌다.

"요즘 디오에서는 미션을 운영자가 직접 줍니까?"

"특정한 몇 명에게는 그렇게 하지. 물론 그것도 흔한 일은 아니지만 다른 녀석들과 다르게 넌 미션을 할 생각을 안 하니까. 솔직히 조금 강압적으로 나가거나 목줄을 죄면 되지만… 너한테만 그런 불이익을 주면 의욕을 잃겠지?"

탄의 얼굴에는 여유가 묻어 있다. 동작 하나하나에 자신감이 넘치고 몸에서는 묵직한 패기가 뿜어져 나온다. 멀린은 막연하게 느낄 뿐 정확한 상황을 몰랐지만 그는 하루하루 [과거]의 힘을 되찾아가고 있었다.

"제가 이런 말 하기는 그렇지만… 정말 친절하시군요. 당신 정도의 힘을 가지고 있다면 힘으로 우리를 강제하는 게 정상일 텐데."

그건 멀린이 예전부터 궁금해하던 사안이었다. 직감적으로 상대방의 심성을 파악하는 게 가능한 그는 탄이 그리 선한 성격이 아니라는 것을 알 수 있었기 때문이다. 사악하다고 할 정도까지는 아니지만 기본적으로 냉혹하고 정이 없는 인물. 그런데 그런 상대가 유저들이 의욕을 잃을까 봐 미리미리 배려하다니 이상한 일이 아닌가?

"후후. 이미 실패해 버린 방식을 또 고수할 수는 없지. 심적으로 억제된 이는 절대 초월지경에 들어설 수 없으니까."

"그러니까… 저희가 초월자가 될 수 있는 확률을 막지 않기 위해 억압하지 않는다는 말입니까?"

멀린의 말에 탄이 고개를 끄덕였다.

"그래. 하지만 착각하지 마라. 이건 어디까지나 방침이지 억제력이 있는 건 아니니까. 뭐 어쨌든."

딱!

탄이 가볍게 손가락을 튕기자 공간이 열리며 커다란 유리관이 나타났다.

"……!!"

멀린은 숨을 멈췄다. 정체를 알 수 없는 액체가 가득 차 있는 2.5미터 높이의 유리관 안에는 그로서는 잊을 수 없는 이가 자리하고 있는 상태다.

"어때, 기쁜가? 다른 유저들이 절대 경험할 수 없는 차별화된 서비스인데."

"당신……!"

멀린의 주변 마나가 그의 심상에 영향 받아 으르렁거리기 시작했다. 그는 분노했다. 사실 이런 상황이 있을지도 모른다고 생각했기에 더욱 그랬다. 그러나 그와 동시에 그의 제안을 무시할 수 없다는 것도 알았다.

"혹시나 해서 하는 말이지만 가짜라고 의심하지 않았으면 좋겠어. 너에게는 어떨지 모르지만 우리에게 구미호도 아닌 칠미호, 그것도 반푼이 따위는 사기를 칠 필요도 없을 정도로 흔하니까."

태연하게 말하며 유리관을 바라본다. 그렇다. 거기에는 과거 멀린과 함께 여행했던 여우일족의 요괴소녀, 미호가 있었다.

사실 멀린은 이미 미호를 찾아다닌 적이 있었다. 두 번이나 죽었지만 살아난 오크 영웅 성묵이나 다른 몬스터들이 그랬듯 부활이 가능할지도 모른다고 생각했기 때문이다.

그러나 그의 생각과 다르게 신대륙의 몬스터들에게는 리젠이라는 개념이 없었다. 한 번 죽으면 그것으로 끝이었고 리

젠이 아니라 보통의 생명체들이 번식하듯 자손을 낳고 키워 그 숫자를 늘렸다.

다만 유저들에게 몬스터들이 압도적으로 밀리는 상황을 막기 위해서인지 초고레벨의 몬스터들의 경우 신대륙의 지배자 황룡(黃龍)의 소생(蘇生) 능력으로 부활시키고는 했는데 당연히도 그들에게 저항했던 미호는 그 대상이 될 수 없었다.

"원하는 게… 뭡니까?"

"미션을 좀 해줬으면 좋겠어. 급한 일이 생겨서 정도 이상의 유저가 다수 필요하거든. 물론 최근 들어 마스터가 늘었지만 수준이 고만고만해서."

마스터들이 늘었다고는 하지만 그중에서도 아더와 크루제, 그리고 멀린은 다른 유저들과 격이 다른 힘을 가지고 있다. 천외삼천이나 아우터 갓이라는 호칭은 물론 과분한 것이지만 그들의 전투 능력이나 깨달음은 마스터들의 평균 수준을 아득히 넘어선 데가 있었다.

'어째 최근 들어서는 한계에 들어선 것 같지만…….'

그렇게 생각하면서 멀린은 물었다.

"그럼 그 미션이라는 걸 해주면 끝이라는 겁니까?"

"그렇게 쉽게 넘어가면 아쉬우니 가격을 정하지. 그래, 100만 잼 포인트는 어때? 하루 대여는 1만 잼 포인트."

"……."

어마어마한 가격이다. 물론 멀린은 그 두 배에 달하는 250만 포인트를 얻어 비공정을 제작했지만 그건 이벤트라는 특수한 상황 때문에 가능했던 일이었을 뿐 일반적인 유저들은 1,000의 잼 포인트를 얻기도 힘들어한다.

"너무 놀라지 마. 너한테 주는 미션은 다른 미션과 비교가 되지 않을 정도로 보상이 크니까."

그리고 당연하게도 그만한 난이도를 가지고 있을 것이다. 지금껏 멀린은 자신을 숨기며 연구와 수련만을 계속해 왔으나 어차피 디오의 시스템 안에 머무는 이상 운영자들의 눈을 피할 수는 없는 것이다.

현실에서 그들의 눈을 피해 이능을 사용할 수 있는 것과는 상황 자체가 전혀 다르다. 애초에 디오 속에서 그들은 전지전능한 신이나 다름없다.

'이대로는 곤란하다.'

마치 부처의 손에 올라간 손오공처럼 그들에게 놓아날 수는 없다. 다만 지켜보고 있을 뿐이지 그들은 멀린의 모든 행적을 감시할 수 있다.

'가능성은 낮지만… 녀석들은 내가 현실에서 능력을 사용한다는 사실을 눈치챘을지도 모르지.'

물론 그렇지 않다는 걸 직감적으로 파악하고 있는 멀린이지만 그의 직감이 초능력에 가깝다 해도 미래 예지나 통찰 인식 같은 종류의 힘은 아니니 100% 신뢰한다는 것은 불가능하다.

"…하죠."

"좋아. 미안하지만 서둘러 줬으면 좋겠군. 다른 유저들은 이미 미션을 시작할 시간이니까."

웅!

말과 동시에 공간이 열렸다. 멀린은 잠시 유리관에서 잠자듯 눈을 감고 있는 미호의 모습을 바라보다 발걸음을 옮겼다.

'대책을 세워야 해.'

Chapter 35

우주괴수, 그로테스크(Grotesque)

디오가 만들어지기 약 400년 전, 물질계에서는 육계(物質界. 神界. 冥界. 天界. 魔界. 靈界) 전체가 뒤흔들릴 정도로 큰 전쟁이 있었다. 물질계에서 살아가고 있는 생물들과 이름 지어지지 않은 자들, 흔히 언네임드(Unnamed)라고 불리는 이들에게서부터 시작된 전쟁은 천계와 마계, 초월자들과 비(非)초월자, 그리고 죽은 자들과 살아 있는 자들의 전쟁으로까지 번졌다.

전쟁의 피해는 무지막지했다. 게다가 여기저기서 동시다발적으로 터졌기 때문에 중재할 만한 존재도 없어 육계 전체가 엉망으로 변했다. 그리고 그 틈을 타 물질계의 존재들은 그들의 힘을 하나로 모은 단체, 통칭 [연합]이라는 기관을 만들어낸다.

연합을 이끄는 세력은 크게 두 개로 나뉜다. 그것이 바로 노블레스(Noblesse)와 엘로힘(Elohim)으로서 전 우주를 좌지우지하는 강력한 세력들이다.

노블레스는 드래곤(Dragon)이나 프라야나(Prajna)같은 종족들이 중심이라 할 수 있는 세력으로 그 특징을 말하자면 '고귀한 혈통' 이라고 할 수 있다. 용종이 흔히 그러하듯 태어날 때부터 강대한 힘을 가진 이들이 바로 노블레스인 것이다. [귀족]이라는 이름이야말로 그들의 성향을 가장 극명하게 드러낸다고 할 수 있으리라.

반대로 엘로힘은 물질계 어디에나 있는 평범한 종족, 그러니까 인간이나 그와 비슷한 각종 지성체들을 구성원으로 하고 있다. 물론 그들이라고 평범한 존재는 아니다. 엘로힘을 이끄는 것은 '탈각(脫殼)' 한 이들로 평범하고 나약한 육신을 타고났지만 그럼에도 크게 깨달아 초월경에 이른 존재들이다.

당연한 말이지만 노블레스든 엘로힘이든 어디까지나 이끄는 이들이 초월자일 뿐 그 구성원은 물질계에 얽매인 자들이다. 드넓은 우주에서도 초월경에 들어선 이는 극히 소수로 고위한 혈통이라 불리는 노블레스들조차 초월경에 들어서는 것은 쉬운 일이 아닌 것이다.

용종의 정점이라 할 수 있는 드래곤조차 정상적으로 성장해 초월지경에 들어서려면 무려 천 년에 가까운 시간이 걸린다. 인간을 비롯한 일반종이 무의 극의를 깨달아 그랜드 마스터가 되거나 대마법사가 되는데 빠르면 수십 년, 길어도 수백 년도 걸리지 않는다는 걸 생각하면 오히려 너무나 늦은 속도인 것이다.

'하긴 그건 중요한 게 아니지. 중요한 건 '반드시' 된다는 거니까.'

그렇다. 그것이 용종의 무서움이다. 번식 속도도 늦고 성장 속도는 더더욱 늦지만 그럼에도 그들은 단지 정상적으로 자라 나이를 먹는 것만으로 초월지경에 이르기 때문에 전 차원을 아우르는 초월종으로 분류된다.

용족은 수백 수천억의 인구를 가지고 있어도 단 한 명의 초월자조차 잘 나오지 않는 다른 종족과는 비교할 수도 없을 정도의 초월자를 배출하기 때문에 그 영향력이 엄청나다. 심지어 그들은 훈련에 따라 더 강해지기까지 하기 때문에 용족 중에서도 엄선되어 가혹한 훈련과 학습으로 강대한 무력을 얻은 100체의 용족, 흔히 전룡단(戰龍單)이라 불리는 존재들은 전 우주에 쟁쟁한 위명을 떨침은 물론 신들조차 겁낼 정도의 힘을 가지고 있다고 한다.

'하지만 그래서 더 모르겠어.'

멀린은 어지간한 교실 절반만 한 크기의 방 안에 준비되어 있는 차를 마시며 눈살을 찡그렸다. 머리 위에는 고딕체로 크게 〈로딩 중입니다…….〉라는 글자가 떠 있다.

'왜? 어째서 유저가 필요한 거지?'

세븐 쥬얼 학파의 경지가 6성(六星)에 이르게 되면서 온갖 정보를 습득하게 되는 게 가능해진 그였지만 그것만은 도저히 알 수 없었다.

이미 그는 많은 것을 알고 있었다. 디오가 단순한 게임이 아니라 단지 [다른 장소]에 존재하는 현실이라는 것도, 디오의 세계관은 사실 지구인들이 그렇게 알고 싶어 하던 우주의 진실이라는 것도, 그리고 디오는 연합, 그중에서도 [노블레스]라 불리는 존재들에 의해 만들어져 관리되고 있다는 것과 그들이 행성 한둘 정도는 우습게 좌지우지할 정도로 강력하다는 것도.

'그렇게나 강력한 노블레스들이라면 스스로도 충분할 텐데.'

그러나 실제로 그들은 가상의 세계를 만들어 유저들을 디오의 시스템 안으로 던져 넣었다. 과연 즐겁게 수련하는 디오의 유저들은 그 성장속도가 빨라 눈부실 정도의 성장을 이뤄냈지만 과연 그 성과가 하나의 [세계]를 만들어내는 수고를 감수할 만큼 큰 것인지는 알 수 없는 일이다.

'일단 미션 내용부터 확인할까.'

대략의 전투 준비를 마친 멀린은 퀘스트 창을 띄웠다.

Mission

[호위전투/구출/단체전]

제한시간:24:59:55

목표:인명구조. 인펙터 격퇴.

행성 아얀에는 우주괴수 그로테스크(Grotesque)의 감염(感染)이 진행 중이다. 생존자들은 안전지대를 구축해 방어를 하고 있는 상태지만 2차 공격이 시작되면 전멸하게 될 테니 최대한 많은 사람들을 지키고 이어 등장하는 상위 그로테스크를 제거하라.

TIP. 현재 1차 X—벨트가 지나친 상태이며 2차 X—벨트가 지나치게 되면 인펙터들이 2기로 진화하기 때문에 최대한 빨리 숫자를 줄여놔야 한다.

2차 X—선 도착까지 11분 23초.

보조목표

1. 1기~4기 인펙터 제거 1체당 5~500잼 포인트.
2. 슬레이어(Slayer) 제거 1체당 5,000~10만 잼 포인트.

"우주괴수 그로테스크……."

그것은 [연합]의 대적(大敵) 중 하나로 뽑히는 존재로 우주역병이라고도 불리는 영적 기생체다. 그 우두머리는 킹(King)이라고 명명된 흑색혹성으로 태양의 수십 배에 달하는 무지막지한 크기를 가진 괴물 중의 괴물로 최상위 신에 준하는 힘을 가진 무시무시한 존재라고 한다.

"결국 본격적인 갈등에 우리를 활용하기 시작한 건가."

당연한 말이지만 유저들의 힘으로 킹이나 퀸(Queen)을 건드리는 건 불가능한 일이다. 그로테스크가 괜히 연합의 대적인 것이 아니니까. 킹이 아니라 퀸만 하더라도 디오에 존재하는 모든 유저들을 몰살시킬 정도로 강력하다. 그녀만 해도 상위 신에 준하는 초월자인 것이다.

"하긴 보조목표에 슬레이어까지만 있는 걸 봐서는 그런 일은 없겠지만."

그로테스크는 [킹—퀸—로드—슬레이어—인펙터]라는 계급을 가지고 있으며 등급에 따라 그 힘이 극명하게 나뉘는 존재다.

인펙터(Infecter)란 흔히 감염자(感染者)라 불리는 존재로 킹이 뿜어낸 X—벨트, 흑풍(黑風)이라고 불리는 대전입자의 흐름에 휩쓸린 존재들이 거기에 반하는 정신의 방향성이나 저항 DNA를 갖추지 못해 변하게 되는 존재를 말한다. X—벨트를 뒤집어쓴 횟수에 따라 1~4기로 나뉘며 초기에는 좀비에 가까운 미약한 능력을 가지지만 최종적으로 9레벨에 달하는 힘을 가지게 된다. 일반적인 행성에서 맞닥뜨리는 그로테스크는 이것이 전부로 어지간한 행성은 인펙터만으로 멸망을 맞이하고는 한다.

슬레이어는 속칭 전마(戰魔)라 불리는 존재로 4기에 들어선 인펙터가 까다로운 조건에 의해 진화한 존재를 말한다. 그들은 중—최상급 마족에 맞먹는 전투병기들로 살아온 세월에 따라 10~19까지 폭넓은 전투력을 가지고 있다. 일반적으로 상위 그로테스크라고 하면 바로 이들을 말한다.

로드, 혹은 대군주(大君主)라 불리는 존재는 지배계층으로 초월경에 들어선 괴물들이다. 그들은 퀸이 직접 힘을 써 낳은 자식으로 어지간한 성룡이나 하급 신에 맞먹는 힘을 가지고 있으며 레벨로 치면 20레벨에서 25레벨 정도다.

"실력을 숨겨봐야… 의미가 없겠군. 그렇다면 오히려 확실하게 하는 게 좋겠지."

우웅!

멀린의 주변으로 강력한 마력장이 펼쳐지고 그와 동시에 배경이 변했다.

탁.

멀린이 내려선 곳은 어떤 건물 옥상이었다. 하늘을 올려다보니 빨갛게 물든 저녁놀이 보인다. 건축 양식이 지구와 흡사한 것을 보니 문명 수준이 비슷한 행성인 것 같다.

"뭐, 넌 뭐야? 어디서 나타난 거야?"

멀린은 뒤쪽에서 깜짝 놀란 듯 조심스러운 목소리를 듣고 몸을 돌렸다. 거기에는 검은색 단발의, 그러나 서양인의 이목구비를 하고 있는 소녀가 있었다.

'초능력자로군. 3레벨… 혹은 4레벨 정도인가.'

그는 슬쩍 그녀를 바라보다가 대기의 흐름과 마나 분포를 파악했다. 다행히 마법을 사용하는 데에 별다른 어려움은 없어 보인다.

"너, 뭐냐니까!!"

투웅!

순간 공격적인 마나의 흐름이 멀린에게 날아들었지만 그야말로 장난 같은 수준이었기에 가볍게 흘려버렸다. 그녀와 멀린 사이의 수준 차가 워낙 커 손발을 휘두를 필요조차 없다.

"2차 X—벨트까지… 대충 10분이군. 말하는 분위기를 봐서는 단독 퀘스트가 아니었는데도 근처 다른 유저들이 없는 걸 보니 행성 전체에 흩어진 모양이야."

결국 그 혼자 정체도 알 수 없는 행성에 외로이 떨어진 셈이지만 두려움 따위는 없다. 그 역시 레벨 업 시험을 많이 거쳐 왔고 미션 역시 상당히 겪어왔다. 기본적으로 미션이나 레벨 업 시험은 전혀 알 수 없는 장소에 [버려져] 상황을 파악하고 퀘스트를 수행하는 방식이기 때문에 고 레벨 유저들은 대부분 서바이벌의 달인이자 단독 전투가 가능한 존재들이다.

키잉—!

멀린은 감지마법을 펼쳐 주변을 살폈다. 문명 수준은 지구와 비슷하지만 그 느낌이 전혀 다르다. 건축양식이나 의복 등이 지구와 비슷한 걸 봐서는 지구와 같은 역사를 가지고 발전한 듯하지만 어느 순간 크게 달라진 느낌이다.

'영력이 존재하는 세계이기 때문인가.'

당장 그의 앞에서 악악 소리치고 있는 소녀만 해도 미약한 영력을 가지고 있다. 느껴지는 것은 [염동력]과 [발화능력], 그리고 [텔레파시] 능력이다.

"내 공격을 이렇게 쉽게 받아내다니 뭐하는 녀석이야? 게다가 생존자 중에는 너 같은 녀석을 본 적이 없는데."

"우연히 못 봤을 수도 있잖아?

태연한 반응에 소녀가 눈에 쌍심지를 켰다.

"웃기지 마! 그런 이상한 복장을 입고 있는데 못 봤을 리 있겠냐! 설마 군인이야?"

"이상한 평이군. 이런 복장을 하고 있는데 왜 군인을 떠올려?"

"그, 그럼 뭘 떠올리란 말이야?"

"마법사."

"뭐, 뭐?"

소녀는 그건 또 무슨 미친 소리냐는 표정을 지었지만 멀린은 아랑곳하지 않았다.

'강력한 능력을 가지고 있으니 군인으로 본다… 라는 건 능력자가 흔한 세계라는 뜻이군. 게다가 이 근처 건물 양식은 대학으로 보인다.'

그의 감각, 그러니까 반경 3킬로미터 안에 있는 대부분의 인간이 능력자다. 다만 멀린을 비롯한 유저들처럼 체계적인 학습에 의한 것이 아닌 감각적인 이능, 흔히 초능력이라 불리는 종류의 힘이었다.

레벨로 치면 대부분 1~3으로 사실 멀린의 앞에 서 있는 소녀는 상당히 강력한 능력자에 속한다.

"대답 안 해? 대체 어디에서 나타……."

"미안하지만 바빠서."

슬쩍 그녀를 지나쳐 옥상의 끄트머리까지 걸어간다. 그리고 그는 보았다.

"크르르."

"우우어어."

"캬악—!"

학교의 튼튼한 담 밖에 구름처럼 우글거리고 있는 시체의 무리들을 말이다.

"아 이 광경… 언젠가 영화에서 봤던 것 같아."

어지간한 강심장이라도 질려 버릴 만한 광경이지만 멀린은 태연히 중얼거렸다. 아닌 게 아니라 좀비영화에서 흔하게 봐왔던 장면이다. 피 냄새가 진동을 하긴 하지만 호러무비가 취미라면 좋아할 수 있을지도 모른다.

"정천."

웅—!

가볍게 속삭이자 허공에 마법진이 떠오르고 온통 붉은색의 깃털을 가지고 있는 커다란 독수리가 모습을 드러낸다. 일반적인 생물체라고는 볼 수 없을 정도로 유형화된 기운을 몸에 두르고 있는 독수리, 정천은 살짝 날갯짓해 멀린의 어깨에 앉았다.

"어떻게 된 거야? 갑자기 사라지더니… 여긴 또 어디고?"

당연하지만 전혀 상황 설명을 듣지 못한 정천은 난데없는 주변 풍경에 의문을 표했다. 디오의 운영자들이 멀린을 데려갔을 것이라는 것쯤은 간단히 눈치챈 그였지만 그렇다고 모든 상황을 파악할 수는 없었기 때문이다.

"사정이 생겨서 미션을 해야 할 것 같아. 그것도 한동안."

"그런데 왜 그렇게 썩은 표정이야? 예상하던 바잖아?"

"예상 중에서도 최악의 예상이라는 게 있는 법이니까. 뭐 어쨌든… 2차 감염까지 앞으로 8분이군. 서둘러야겠다."

"2차 감염?"

"내용은 알아서 확인해."

어차피 시간낭비할 생각이 없었던 멀린은 장비 변경으로 데케이안의 각궁을 불러들였다. 그의 펫인 정천 역시 퀘스트 창을 불러오는 게 가능하기 때문에 굳이 설명하기보다 알아서 확인하게 한 것이다.

끼이익!

시위를 당기자 강철을 휘는 것 같은 소리와 함께 어마어마한 부하가 팔에 걸린다. 그러나 이제는 제법 능력치가 높아진 멀린이었기에 별다른 부담 없이 마나를 끌어올렸다.

까득!

미리 꺼내놓았던 마정석이 부서지며 마력이 해방된다. 그것은 너무나 막대해 주변 공간이 일그러져 보일 정도의 마력이었다.

"이게, 이게 뭐야? 이게… 힉?!"

마법사도 뭣도 아니지만 명색이 초능력자인 소녀, 이민아는 느껴지는 거대한 영력에 비명을 질렀다. 이능이 존재하는 세계라고는 하지만 영력에 대한 멀린과 그녀의 이해도는 비교할 수 없을 정도로 압도적인 차이가 있었다. 이는 거의 문명이 다르다고 할 수 있는 수준으로 수세기 이상 벌어졌다고 봐도 좋을 정도다.

"가라."

시위를 당긴다. 사용하는 것은 신성마법. 궁극적으로는 신성력(神聖力)을 불러오는 게 가장 좋겠지만 그는 신의 존재를 믿지 않았기 때문에 그와 가장 비슷한 마력을 발현시킨 것이다.

아르테미스의 월광(The Moonlight of Artemis)!

어둑어둑해져 가던 주변에 은은한, 그러나 선명한 은빛이 파도처럼 퍼져 나갔다. 커다란 담벼락에 연신 몸을 들이밀던 인펙터들은 그 빛에 노출되기가 무섭게 비명을 지르기 시작했다.

"캬아아아악!!"

"크아악!"

신성마법을 기본으로 한 빛의 마력이 물결치며 사방으로

퍼져 나가자 죽었음이 분명함에도 걸어다니던 시체들이 괴로워하다가 쓰러지기 시작했다. 육체를 움직이던 백(魄)이 빛의 마력에 소멸함에 따라 문자 움직이는 시체에서 그냥 단순한 시체로 변하게 된 것이다.

"뭐, 뭐야?!"

"비상!!"

강렬한 영적 파동과 괴성에 놀란 사람들이 여기저기에서 뛰쳐나오기 시작했다. 그 숫자는 수십 수백에 가깝지만 멀린은 신경 쓰지 않았다. 어차피 그들은 그의 관심 밖 존재다.

"가라."

아르테미스의 월광(The Moonlight of Artemis)!

어둑어둑해지는 밤하늘에 두 개의 달이 뜬다. 강대한 신성 마력에 높고 튼튼한 담벼락 앞에서 몸을 부딪치고 있던 시체들의 몸이 타오르기 시작했다.

"흠… 같은 마정석을 몇 개 더 만들어놨으면 최고 효율이었을 텐데."

단 두 방의 마법이었을 뿐이지만 그 효과는 어마어마했다. 족히 수천수만의 인펙터들이 모조리 불타 쓰러진 것이다. 물론 전멸한 건 아니어서 개중 상당수가 다시 몸을 일으키고 있었지만 그들조차 제대로 서지 못하고 휘청거린다.

끼익! 팡! 끼익! 팡!

옥상 난간에 올라선 멀린은 아르테미스의 월광이 끝나기도 전에 연신 화살을 발사했다. 시간은 그리 많지 않다. 그의 [직감]은 지금 적을 하나라도 더 쓰러뜨리는 것이 가장 이상적이라는 걸 가르쳐 주고 있었다.

"저, 저게 뭐야? 저 먼 거리에서 화살이 직선으로 박혀 들어가?"

"세상에 좀비들이 쓸려 나가고 있어!"

옥상으로 올라온 수십 명의 사람이 믿을 수 없다는 듯 소리쳤지만 멀린은 신경조차 쓰지 않았다. 어차피 미션에서 만난 그들은 다시는 볼 수 없는 존재들. 친해질 필요도 없으니 할 일만 하면 된다.

끼릭! 쾅!

폭음이 울렸다. 인펙터들이 어느 정도 일어나 다시 벽으로 모여들기 시작하자 멀린이 마법이 걸린 단창을 쏘아내기 시작한 것이다. 벼락처럼 떨어져 바닥에 박힌 단창이 붉게 빛나면 1초의 딜레이를 두고 수십 마리의 인펙터들이 휩쓸린다.

"와, 말도 안 돼. 이렇게 가면 저녁까지 좀비들을 다 잡겠어!"

"그런데 저 녀석 도대체 누구야? 게다가 붉은 망토에 저 큰 모자는 뭐고? 코스프레인가?"

놀랍다는 듯 소리치는 사람들의 말대로 멀린은 이 페이스

대로 두세 시간이면 모든 인펙터들을 해치울 수 있다. 어차피 화살은 많고 마법이 걸린 단창들은 리콜 마법이 걸려 있으니 시위를 당길 힘만 있으면 충분히 적들을 학살할 수 있는 것이다.

그러나 당연하지만, 10분의 시간은 그리 길지 않다.

"쳇. 시간이군."

"뭐?"

멀린의 뒤쪽에 서 있던 소녀는 그의 말을 이해하지 못한 듯 의아해했다. 시간이라니? 그러나 그 순간 퀘스트 창의 시계가 00분 00초를 가리켰다.

키잉—

정확히 말하자면 그것은 소리가 아니다. 하지만 그럼에도 멀린은 머리가 윙윙 울릴 정도의 소음을 느꼈다. 뭐라 표현할 수 없을 정도로 막대한 영적 파동이 사방을 짓눌렀다.

"큭! 이, 이건… 설마 그때의?!"

"썩을! 이게 왜 또 나타난 거야?!"

미약하게나마 영능력을 가진 사람들 역시 그 파동을 느낀 듯 비명을 질렀다. 다만 그들은 그 파동을 경험한 적이 있는 듯 목소리에 공포가 실려 있다.

"또 사람들이 좀비로 변하는 거야? 이제 생존자도 별로 없는데!"

"모두 건물 안으로 이동해! 붙어 있다가 동료가 좀비로 변하면 큰일이야!"

사람들의 말을 들은 멀린은 그들이 경험한 것이 제1차 감염이라는 것을 깨달았다. 평범한 삶을 살아가던 사람들이 갑자기 인펙터로 변해 주변 사람을 습격하고, 그래서 그 숫자를 불려 나간다. 다만 좀비영화와 다른 게 있다면 연합의 주적 그로테스크의 인펙터는 그야말로 하급 중에서도 최하급의 존재라는 것이다.

'강제력을 가진 영적 명령… 이게 X—벨트. 그중에서도 세컨드 웨이브인가?'

영적인 파동은 순식간에 주변을 훑고 지나갔다. 단순히 어떤 지역을 덮친 게 아니라 태양풍처럼 행성 전체에 영향을 끼치는 것이다.

"따라라! 우리는— 위대— 하다!"

'흠, 이건…….'

당연하지만 강제 명령은 멀린에게 씨알도 먹히지 않았다. 이렇게나 광역으로 영향을 주는 간섭에 영향 받기에는 그의 영적 방어가 너무나 두텁기 때문이다.

특히 정신에 관해서는 신들조차 인정하는 강력한 방어벽, 흔히 마르둑 시스템(Marduk System)이라 불리는 장치에 보호받는 유저들은 설사 1~2레벨의 초보라 할지라도 이 정도 정신 공격에는 흔들리지 않는다. 심지어 멀린의 경우는 항마력 만으로도 하위 마법 정도는 흩어낼 수 있을 정도이니 더더욱 타격이 있을 수 없다.

"하악. 하악. 제, 제길. 끝장이야. 설마 이게 또 닥쳐오다니."

그리고 그걸 견뎌내는 건 유저들뿐이 아니다. 실제로 멀린이 맨 처음 만난 소녀 역시 힘겹게 헐떡일 뿐 문제없이 강제 명령을 버텨내고 있었으며 그녀를 제외한 나머지 인간들도 어떻게든 버티고 있다.

'한 번이라도 X—벨트에 저항한 녀석들은 다시금 저항할 수 있다는 뜻인가?'

X—벨트, 속칭 흑풍은 대항 DNA를 갖추고 있거나 강한 정신력 혹은 영적인 저항능력을 가지고 있다면 버텨낼 수 있는 종류의 침식. 이론상 퍼스트 웨이브를 버텨낸 사람이라면 세컨드 웨이브 역시 버텨낼 수 있는 것이 정상인 것이다.

"제, 젠장! 우린 끝났… 큭?!"

"아, 안…… 캬악!"

그러나 모든 것이 이론대로 돌아가지는 않는다. 설사 과거 X—벨트에 저항했던 사람들이라 해도 긴 시간 동안 인펙터들에게 시달리면서 점점 정신이 지치고 한계에 도달해 나약해진 상태였기 때문. 그리고 그때 새로운 텍스트가 떠올랐다.

감염률 27%! 17만 4,890명의 생존자 중 4만 7,220명이 감염되었습니다!

인펙터들이 X-벨트에 노출되었습니다! 인펙터들이 1기에서 2기로 강화됩니다!

3차 X-선 도착까지 237시간 23분 45초!

"이런 젠장! 경원이가 변했어!"

"조심해!"

서로서로 눈치를 보고 있던 생존자들 사이에서 괴성이 터져 나오기 시작했다. 생존자 중 한 명이 별안간 눈을 뒤집더니 다른 생존자에게 덤벼들기 시작한 것이다.

"그만."

그러나 그 순간, 아무런 소리도 기척도 없이 이동한 멀린이 인펙터의 머리를 붙잡았다. 인펙터는 무지막지한 힘이 실린 팔을 휘두르며 저항하려 했지만 그 순간 퉁 하는 소리와 함께 인펙터의 몸이 떨리는가 싶더니 이내 그 몸이 축 하고 늘어진다.

"불타라, 청염(青炎)."

화악!

멀린의 어깨에 앉은 정천의 눈이 푸르게 빛나자 인펙터의 몸이 불타오르기 시작했다. 일단 불이 붙자 인펙터는 그대로 힘을 잃고 쓰러져 주변에 어떤 피해도 끼치지 못했다.

"호오, 신성력도 아닌데 백(魄)을 재료로 불태울 수 있다니. 선도의 술법이야?"

"비슷하지. 그나저나 이 녀석들보다는… 저것들이 문제인 것 같지?"

콰앙! 콰앙!

난간 아래에서 폭음이 울렸다. 거기에서는 비정상적으로 발달한 근육을 가진 인펙터들이 건물을 때려 부수고 있었다. 인펙터들이 벽을 후려칠 때마다 콘크리트 벽이 쩍쩍 갈라진다.

"뭐, 뭐야. 시체들이 강해졌어!"

"미친! 방어선이 부서지고 있잖아?"

수많은 인펙터들의 공격을 피해 건물 안으로 숨어들었던 생존자들은 2기에 들어선 인펙터들의 모습에 비명을 질렀다. 이제는 피할 곳조차 없다는 공포 때문이었지만 멀린은 무감동한 표정이다.

"2렙짜리들이 4렙짜리가 되었군. 경험치 더 주려나?"

게다가 모든 인펙터들이 2기로 진화한 것도 아니었다. 물론 비율은 꽤 높아서 반절 정도가 2기로 진화하였는데 아마 그들은 인간 중에서도 평균 이상의 육체를 가진 이들이었을 것이다.

'2기로 진화하는 인펙터는 대충 절반 정도인가. 3기는 그 2기 중에서도 다시 절반 이하 정도겠군.'

그러나 3기에 들어선다 해도 우습게 학살할 수 있는 멀린이 태연한 분위기자 정천이 살짝 경각심을 깨웠다. 멀린이야 인펙터가 아무리 많아도 문제되지 않지만 생존자들은 목숨이 위험한 것이다.

"숫자가 많으니 방심하지 마. 새롭게 나오는 인펙터들은 내가 처리할 테니 넌 밖을 처리하고."

그렇게 말하고 정천이 멀린의 어깨를 박차고 날자 그의 몸이 붉게 타오르더니 여기저기 불꽃의 화살을 발사하기 시작한다. 불꽃의 화살은 정확히 사람들 사이사이에 있는 인펙터들에게 명중했다. 새롭게 감염된 이들은 아직 1기에 불과했기 때문에 정천이라면 그 숫자가 몇이든 감당이 가능했다.

끼익!

시위가 당겨진다. 적의 숫자는 셀 수 없이 많다.

"노가다로군."

투덜거리며 멀린이 시위를 놓았다.

* * *

좌앙!

두 줄기의 검광이 교차로 스쳐 지나가자 문을 부수며 뛰어들던 인펙터들의 몸이 갈기갈기 찢겨 나갔다. 듀얼 소드 마스터, 오제는 가볍게 호흡을 고르며 뒤를 돌아보았다. 그의 뒤에는 마침 비홀더를 확인하는 흑마법사 전갈이 있었다.

"야, 얼마나 남았어?"

"얼추 끝났어요. 형님은 괜찮수?"

"죽겠다!"

지친 듯 소리치는 그였지만 움직임은 여전히 팔팔하다. 강대한 내공이 그의 몸을 휘돌며 지친 몸을 회복시키고 있기 때문이었는데 마찬가지 상황인 아돌 역시 조금 피로할 뿐 별다른 상처 하나 없다.

"대, 대체 당신들은 누구요?"

"거 아까부터 뭐 이렇게 궁금한 게 많아요?"

한마는 주먹에 묻은 인펙터들의 살점을 털어내며 투덜거렸다. 중간중간 끼어 있던 인펙터들을 제거한 후 생존자들을 지하 벙커에 몰아넣은 그들이지만 굳이 도와주겠다며 바득바득 우기는 이들까지 막지는 못했다.

물론 지상으로 올라온 십여 명은 아무것도 할 수 없었다. 그들은 꽤 강했지만 미션을 받고 행성 아얀에 내려온 유저들은 그야말로 한 명 한 명이 현대 병기, 아니, 미래 병기조차 먹히지 않는 괴물들이었던 것이다.

"어찌… 궁금하지 않겠습니까? 저희는 당신들의 정체도, 소속도 심지어 목적조차 모릅니다."

"어렵게 생각할 것 없어요. 저기 먼 곳에서 이곳의 인류가 멸망하질 않길 바라는 존재가 있는 것뿐이니까."

귀찮은 표정이지만 그럼에도 한마의 태도는 제법 친절했다. 유저들은 [선행도]라는 수치를 가지고 있기 때문에 상대가 먼저 피해를 입히거나 하지 않는 이상 마음대로 행동할 수 없다. 오히려 그들을 도와 선행도를 쌓으면 이런저런 보너스를 받을 수 있기 때문에 먼저 나서 그들을 돕고는 하는 것이다.

"하지만 괜찮습니까? 맨몸으로 적들을 짓이기다니… 좀비들에게 상처 입으면 그들에게 감염될 텐데."

"하하. 무슨 걱정을. 애초에 이따위 녀석들이……."

"그르륵!"

그때 건물을 뛰어넘어 2기에 들어선 인펙터가 일행을 습격해 왔다. 기형적일 정도로 커다란 머리를 가지고 있는 인펙터는 그 커다란 입으로 한마의 옆구리를 물어뜯었지만.

끼기긱! 카각!

그 날카로운 이빨은 한마의 몸에 박히지도 못했다. 못으로 철판을 긁는 것 같은 소리와 함께 미끄러지는 것이다.

"…내 몸에 상처를 입힐 수 있을 리가 없거든요!"

푸확!

태연히 웃어버린 후 오른손을 들어 내리찍자 무슨 거대한 압착기에 넣은 후 눌러 버린 것처럼 인펙터의 몸이 찌그러졌다.

"캬악!"

이번에는 바깥쪽에 있던 인펙터가 덤벼들었다. 노리는 목표는 아돌. 기습은 그야말로 섬전 같았지만 인간을 넘어선 반사 신경을 가진 그는 코웃음 지었다.

"거참 귀찮게."

그가 한 발 나서며 커다란 타워실드로 덤벼들던 인펙터를 후려쳤다. 거의 숨 쉬듯 가볍게 이뤄진 실드 차징이었지만 인펙터는 덤프트럭에 치이기라도 한 듯 박살 나 튕겨 나갔다. 벌써 13레벨인 아돌에게 고작 4레벨에 불과한 인펙터 따위는 자다가도 격살시킬 수 있을 정도로 하찮은 존재인 것이다.

"흐음, 이거 뭐 완전 노가다네. 머리들이 나빠서 작전도 뭣도 없이 계속 덤비기만 하니 경험치 벌기에는 좋지만. 세상에. 한자리에서 이 망할 놈들을 3천 마리나 잡게 될 줄이야."

한탄하는 아돌의 말에 한마 역시 투덜거렸다.

"아, 정말 모르겠네. 이런 미션에 15레벨 유저가 무슨 필요지?"

"그거야 퀘스트에 나오는 슬레이어인가 하는 것 때문 아냐? 미치지 않은 이상 인펙터들이 3기까지 진화하도록 기다리지는 않을 테니까."

슬슬 전투가 끝나가자 긴장이 풀어진 일행이 삼삼오오 모여들어 잡담을 시작했다. 슬슬 귀환 시간이 돌아오지 않을까 싶었지만 그런 기미는 없는 상태니 일단 대기나 하고 있으려는 것이다.

하지만 그 순간,

끼이익!

못으로 칠판을 긁는 소리를 백 배쯤 강화시킨 것 같은 소음과 함께 공간이 [찢어지기] 시작했다.

"전투대기!"

"이제야 진짜가 오는 건가!"

오제는 쌍검에 내공을 주입했고 전갈은 주문을 외웠다. 전투에 능숙한 그들은 적이 오기까지 기다리지 않았다.

우웅―! 쩡!

묵직한 소리와 함께 죽음의 파동이 찢어진 공간에서 막 고개를 내밀던 커다란 뱀을 후려쳤다. 그러나 뱀은 그 덩치만큼이나 가죽이 두터워 잠시 움츠렸을 뿐 큰 타격을 입지는 않았다.

"캬악! 이놈들은 또 뭐야?! 이제 겨우 2기밖에 안 된 우리 아이들을 다 죽이다니!"

차원의 틈에서 모습을 드러낸 커다란 뱀은 다짜고짜 화를 냈다. 사실 이런 고만고만한 수준의 문명을 가진 행성에는 군이 슬레이어들이 내려설 필요도 없었는데 인펙터들의 숫자가 폭발적으로 줄어들더니 급기야 10분의 1까지 줄어들어 부랴부랴 공간을 넘어서야 했던 것이다.

"어 미안."

그러나 당연하게도 그와 대화할 생각 따위는 가지고 있지 않던 오제가 측면으로 파고들어 슬레이어의 몸통을 크게 베었다. 슬레이어의 몸은 단단해 검이 박히지 않았지만 검기로 후려친 만큼 피부에 줄기줄기 검상이 새겨졌다.

"수준은 어때?"

"추정 15레벨에 오차는 위 아래로 1레벨! 물리내성은 있지만 내부까지는 모르겠어!"

"쳐보면 알겠군!"

끼이이익.

그렇게 외친 한마가 손가락을 바닥에 박은 채 마치 단거리 선수가 출발신호를 기다리는 것처럼 스타팅 포즈(Starting Pose)를 취했다. 도약을 위해 대퇴근(大腿筋)이 크게 부풀고 그의 몸에서 수증기가 피어오른다.

"싸울아비 팔식."

그것은 과거 유저들을 습격했던 웨어베어 기사 동균이 사용했던 기술이지만 생체력 사용자라면 누구나 활용할 수 있는 기술이기도 하다. 한계에 한계까지 압축된 근육을 이용해 육체를 스프링을 튕겨내듯 발사하는 이 기술은 최초엔 단순한 몸통박치기이지만 경지를 넘어서면 음속에 도달한 육체 그 자체를 탄환으로 사용함으로써 극강의 파괴력을 만들어내는 것이 가능하게 된다.

그리고 지금 한마의 경지는, 틀림없이 과거 동균의 경지를 따라잡았다!

"천둥지기."

쿠아아!! 펑!

한마의 육체가 일순간 음속을 뛰어넘으면서 공기가 터져 나갔다. 10~20그램에 불과한 총알조차도 음속이 넘는 속도를 갖추면 강력한 살상력을 가지는데 192센티의 커다란 덩치에 120킬로그램의 몸무게를 가진 그가 음속을 돌파하면 과연 어떤 일이 벌어지겠는가?

"컥?!"

기습적으로 얻어맞은 커다란 뱀의 몸통이 움푹 일그러졌다가 허공에 떠버렸다. 길이만 해도 70여 미터에 가까운 거대한 몸이 십수 미터나 허공을 날아 건물을 부수며 바닥을 구른 것이다.

"생각보다 별로인데!"

"좋아. 그럼 덮쳐!"

"이, 이 버러지들이!!"

슬레이어는 귀가 먹먹해질 정도의 괴성과 함께 초고열의 폭염을 내뿜었지만 아돌이 타워실드를 들어 올리자 완전히 막혀 버렸다. 단순히 방어벽을 세운 것만이 아니라 방패에 걸린 마법적 효과와 내공이 열기를 완전히 차단하는 것. 게다가 어느새 전갈과 오제, 그리고 한마는 그의 등 뒤로 숨어들어

단 한 점의 피해조차 받지 않는데다가 그 짧은 시간조차 쉬지 않고 이미 다음 공격을 준비하고 있다. 그야말로 대화조차 필요없는 콤비네이션이었다.

"저주받아라! 덩치만 큰 뱀 새끼야!"

영창 자체는 성의없지만 술식과 마력의 재배치는 완벽하게 실행되었기에 강력한 어둠의 마력이 슬레이어의 몸에 스며들어 이상을 안겨주기 시작했다.

촤악!

그리고 그렇게 약화된 피부를 다시 한 번 오제의 검기가 후려치자 틀림없이 검을 튕겨냈던 가죽에 깊숙한 검상이 남았다. 이미 너무나 많은 실전과 셀 수도 없을 정도로 다양한 적과 싸워온 유저들이 순식간에 [공략법]을 찾아낸 것이다.

"죽어라!"

그때 분노한 슬레이어가 순식간에 머리를 들어 올렸다. 작은 뱀이라면 그저 그뿐일 동작이지만 70미터나 되는 괴물이 고개를 꼿꼿이 세우자 난데없이 빌딩이 들어선 것 같은 착각이 들 정도로 압박감이 대단했다.

웅―!

당연한 말이지만 특별한 조건을 충족한 4기의 인펙터가 긴 시간 동안 진화해 만들어지는 슬레이어는 절대 덩치만 큰 괴물이 아니며 특히나 그들 앞에 도착한 거대한 뱀은 상급 마족과도 몇 번이고 싸워본 경험을 가진 베테랑 중의 베테랑이었다.

"크!"

"아, 젠장 걸렸… 어!"

슬레이어의 눈이 붉게 빛나는 순간 항마력이 떨어진 한마는 물론 오제와 전갈, 심지어 강력한 항마력을 가진 아돌까지 모조리 시선에 사로잡혀 어마어마한 타격을 받았다. 그것은 그들의 영적 방벽조차 꿰뚫어 버릴 정도로 강력한 마안(魔眼). 그러나 정말 치명적인 건 마안 그 자체가 아니라 마안으로 인해 그들이 일순간 움직임을 멈추게 되었다는 점이었다.

후웅!

그리고 그렇게 멈춘 일행 위로 슬레이어가 그 거대한 머리를 벼락처럼 내리찍었다. 게다가 그건 단순한 박치기도 아니었다.

"크! 중력이 변했어! 성능은 다섯 배 정도밖에 안 되지만……."

마안에 제압당해 꼼짝도 못하는 그들이지만 슬레이어의 머리에 찍히면 그대로 사망이라는 것 정도는 순식간에 파악할 수 있었다. 중력 다섯 배 증가 따위 그들 사이에서는 우습지도 않은 재주였지만 저만큼 거대한 괴물이 다섯 배의 중력 증가를 걸어버린 다음 고속으로 내려찍으면 그 충격량은 수십 수백 톤을 넘어선다.

"아돌!"

"알아. 젠장! 신기 가동. 아이기스(Aegis)!"

순간 아돌의 몸에서 은빛의 빛이 번쩍이나 싶더니 그에게 걸려 있던 마안이 단숨에 풀렸고 아돌은 몸을 일으켜 그의 몸을 다 가릴 정도로 커다란 강철방패를 들어 올렸다. 그것은 전쟁의 여신 아테나가 들고 다닌다는 방패의 이름을 따 만든 신기로, 모든 개념의 악의를 반사한다는 절대의 방벽이다.

'사실 내가 지금 마스터 스킬을 발동한 상태라면 가장 좋은 상황이겠지만.'

만약 그랬다면 반격을 하는 것을 넘어서 적에게 치명적인 타격을 줄 수 있을 테지만 안타깝게도 그의 마스터 스킬은 스킬 시전 시간이 수십 초에 달하기 때문에 전투 전에 걸고 시작해야지 급박한 순간에 사용하는 게 불가능하다.

때문에 그는 급한 대로 원래 가지고 있던 타워실드를 아이기스의 뒤쪽에 덧대었다. 전투 중에 이런 거추장스러운 짓을 할 수 있을 리 없지만 어차피 적은 위에서 아래로 떨어지고 있기 때문에 위에 얹는 것만으로 방패에 걸려 있던 주문을 활성화시킬 수 있었다.

"술식… 기동(術式起動)! 카운터 스트라이크(Counter Strike)!"

아이기스 아래에 받쳐 있던 타워실드에서 푸른색 영기가 피어오른다. 그리고 그와 더불어 아돌은 아이기스에 내공을 주입해 특수능력 회천(回天)을 발동시켰다.

쩌엉!

공간이 일렁거려 보일 정도로 무지막지한 충격파와 함께 내리찍혀지던 슬레이어의 머리가 벽에 충돌한 고무공처럼 거세게 튕겨져 올라갔다.

"이런 미친?!"

슬레이어는 머리를 울리는 어마어마한 타격보다 저 작은 녀석의 방어에 자신의 머리가 튕겨 올라갔다는 믿을 수 없는 현실에 비명을 질렀다. 충격이 너무나 커 마안은 당연히 깨졌고 육체에 가해진 데미지 때문에 한순간 육체의 통제 능력을 잃어버릴 정도. 만약 어느 정도 회복되어 휴식에 들어간다 해도 완전한 상태로 돌아가려면 한 달은 정양해야 한다.

그러나 당연히도 자유의 몸이 된 유저들은 그를 살려줄 생각 자체가 없다.

"신기 가동. 스플린터(Splinter)."

오제의 양손에 묵빛의 쌍검이 나타나 잡혔다. 그것은 그의 신기로 검기의 위력과 적에게 끼치는 피해를 극단적으로 증폭시키는 마스터 웨폰.

사실, 그의 신기는 다른 신기들에 비해 화려함이 떨어지고 다른 신기들이 가진 강력한 [한방]이 없었다. 그러나 중요한 것은 오제가 그 모든 걸 포기한 만큼 그의 신기에는 [극단적인 실용성]이 있다는 것이다.

그의 신기는 다른 신기들과 다르게 부르는 즉시 나타나며, 부른 그 순간부터 효과가 발동하기 시작한다. 검 자체에 뭔가 기술이 실려 있지는 않지만 정해진 [내구도]를 소모하지 않는다면 장시간 불러낼 수 있는 종류의 무기. 굳이 어떤 필살기를 발동하는 게 아니라 검 자체의 효과가 강력한 것이라 할 수 있으리라.

그리고 그는 더불어 그만의 궁극기(窮極技), 마스터 스킬을 발동시켰다.

"파이널 크레센트(Final Crescent)."

그의 마스터 스킬 역시 몹시 실용적인 기술이다. 스킬 시전 시간도 준비 모션도 없이 초승달 모양의 검기를 뿜어내는 그의 마스터 스킬은 그 검기에 얻어맞은 대상의 방어력을 포함한 모든 저항능력을 극단적으로 떨어뜨려 버리기 때문이다.

다만 이 기술의 문제는 막대한 부하가 검에 걸리는 만큼 무기가 망가지게 되며, 마스터 스킬과는 반대로 오로지 [한방]만을 노린다는 것이다. 게다가 타격점 자체도 그리 넓지 않기 때문에 적이 피하면 그대로 망하게 되는 그런 스킬.

사실 극단적인 실효성을 가진 무기와 스킬은 따로 있으면 그냥 그런 수준에 불과하다. 검도 기술도 소환 시간과 시전 시간이 빠른 만큼 효율은 어느 정도 포기할 수밖에 없었던 것.

그러나 최적의 상황, 최적의 타이밍에 그 효과가 중첩되면 상상 이상의 결과를 낳는다.

푸확!

거대한 은빛 초승달이 슬레이어의 머리를 가르고 지나갔다. 거대한 뱀의 모습을 하고 있는 슬레이어의 몸 두께는 어지간한 성인 남성 네 명이 팔로 감싸도 안기 힘들 정도로 두터웠지만 은빛의 검기는 거짓말처럼 목을 잘라 버리고 이내 사라져 버렸다.

쿠웅!

슬레이어의 몸이 묵직한 소리를 내며 바닥에 떨어졌다. 당연히도 결과는 두말할 필요도 없이 즉사. 한 번에 너무 많은 내공을 사용한 덕에 신기가 사라져 버리자 오제는 마음에 안 든다는 듯 투덜거렸다.

"아오, 결국 써버렸네. 쿨 타임이 현실 기준 일주일짜리 무기를 5초 만에 날려먹다니."

"하지만 확실히 너 그거 세긴 세다. 상급 마족 수준인데 단박에 죽여 버리다니. 게다가 사실 네 마스터 스킬은 저런 대형 몬스터가 아니라 인간형 전문이잖아?"

디오가 서비스된 지 어느새 7개월째. 초창기 마스터 멤버, 흔히 선구자라 불리는 멤버들은 대부분 마스터 웨폰을 신기로 진화시킨 상태였다. 물론 신기는 한번 사용하면 다시 사용할 때까지의 텀이 너무 길어서 일반인들은 그들의 신기가 어떤 종류인지조차 모르지만 함께 싸워온 시간이 긴 그들은 서로에 대해 너무나 잘 알고 있다.

"아이구, 지친다."

"망할 놈. 신기도 마스터 스킬도 안 쓰고 엄살 부리네."

"아 왜~ 나도 저 덩치한테 천둥지기 쓴 바람에 힘들단 말이야. 자식이 어찌나 튼튼한지 반탄력 때문에 속이 울렁거려."

저 멀찍이 있던 생존자들이 자신들을 괴물 보듯 보고 있거나 말거나 아무렇게나 널브러져 투정을 부린다. 192센티의 커다란 덩치에 120킬로그램의 거구가 투정을 부리는 모습에 나머지 일행의 표정이 썩었다. 꿈에 나올까 두려운 광경이었다.

슬레이어들의 행적이 탐지되었습니다! 다음 공간의 균열이 열릴 때까지 앞으로 15분 12초!

그때 떠오르는 경고에 일행의 얼굴이 굳었다. 한마는 마음에 안 든다는 듯 투덜거렸다.

"뭐야, 첫 번째 공격은 예측도 못하더니. 그나저나 설마 또 같은 급으로 등장하는 건가?"

"그래도 시간이 나와서 다행이네. 등장하기 직전에 마스터 스킬이라도 써야지."

"아, 이런 놈으로 세 차례만 더 나오면 마스터 스킬도 다 떨어지고 마법 무기 사용 횟수도 떨어져서 끝장인데……."

그들은 다음 전투를 위해 각자 휴식을 취하기 시작했다. 그리고 그러다 문득 의문을 표했다.

"다른 팀은 어쩌고 있으려나?"

* * *

"캬아아. 컥!"

괴성을 지르며 덤벼들던 슬레이어가 폭음과 함께 튕겨 나갔다. 폭음의 중심지는 막 적을 막아내고 있던 브루스의 총구. 과연 피스메이커Ⅲ는 2만 1,500골드, 즉 13억 원의 가치를 하듯 대단한 위력을 자랑했지만 이미 주문이 캔슬된 제로스는 신경질을 부렸다.

"아나 어글 좀 제대로 잡아봐! 주문이 또 풀렸어!"

"아… 흠. 미안. 우리 중에 탱커가 없어서."

"아오! 팀이 왜 이렇게 짜여진 거야! 아돌이 없으면 아쉬운 대로 한마라도 있었어야 하는데!"

미션을 시작할 때에는 총체적인 인원으로 짜였지만 막상 아얀 행성 각지로 흩어진 후에는 랜덤으로 인원이 갈렸다. 장시간의 정신집중과 마력설계로 파괴적인 범위마법을 사용하는 게 장기인 제로스로서는 탱커가 없는 이 상황이 달갑지 않다.

현재 무리는 오제, 전갈, 아돌, 한마까지 네 명의 무리와 이리야, 브루스, 제로스, 랜슬롯의 무리로 나뉘어 있었다. 다만 크루제와 아더, 그리고 멀린은 무리 없이 각자 다른 위치에 떨어진 상태다.

"에이, 제길! 나 그냥 퀵스펠로 싸운다! 얼창!"

자꾸 덤벼드는 적의 공격에 제로스는 결국 고위주문을 사용하는 것을 포기하고 즉시 발동이 가능한 세 개의 주문, 그러니까 파이어 볼(Fire Ball). 썬더(Thunder). 그리고 아이스 스피어(Ice Spear) 중 아이스 스피어를 발동시켰다. 그 주문은 그가 저레벨 때부터 사용하던 것들로 이제는 주문 자체를 완벽하게 습득해 시동어를 외치는 것만으로 발동이 가능했다. 심지어 아이스 스피어라는 단어 자체가 길기 때문에 '얼' 음의 '창' 이라는 의미에서 얼창이라고까지 간추려 버렸다.

"또 정면 대결. 요새는 암살이 통 없군."

이리야는 투덜거리면서도 어둠 속에 녹아들었다. 다행히 저녁을 넘어 어두워지고 있는 시간대였기에 은신술을 펼치기에는 상황이 충분하다.

푸확!

일행의 정면으로 나선 랜슬롯은 시기적절하게 위치를 변경해 가며 찌르기를 이어나가고 있다. 그들의 앞에 나타난 슬레이어들은 아돌 일행에게 나타난 거대한 뱀과 다르게 10~13레벨 수준에서 다수 나타났기 때문에 극렬한 위험은 없어도 모두 정신없이 전투에 임해야 했다. 자칫 한 축이 무너지기라도 하면 걷잡을 수 없이 밀릴 수 있기 때문이다.

'강해졌어. 나보다 늦은 이들이지만… 추월당해 버렸군.'

랜슬롯은 다른 유저들의 모습을 보며 쓰게 웃었다. 그러나 그렇게 될 것이라는 것쯤은 예전부터 예상하고 있었기 때문에 새삼스레 상처 입거나 하지는 않았다. 그는 그의 길을 갈 뿐인 것이다.

다만 그런 그들의 모습을 보니 문득 궁금해진다.

'녀석들은 어디에까지 이르렀을까?'

궁금해하며 그는 다시 창을 찔렀다.

*　*　*

드르륵! 드르륵!!

"크악! 크아악! 이 잡년이!"

"아우 참! 그만 떠들고 죽어. 왜 이렇게 튼튼한 거야?"

크루제는 양손에 기관단총을 들고 수십 개의 다리를 가진 슬레이어를 향해 쉴 새 없이 탄환을 발사했다. 공간의 틈을 열고 나타난 슬레이어는 나타난 그 순간 일단 대전자미사일부터 맞고 시작해 그 후로는 정신없이 얻어맞고만 있다.

"왕이시여! 세상의 진리를 나에게!"

슬레이어가 크게 소리치자 공간 전체가 울리며 보이지 않는 기운이 크루제의 몸을 억압했다. 크루제가 오오라를 내뿜어 저항하자, 기운이 그대로 폭발했다.

쿠우우!

사소해 보이는 공격이었지만 사실 그것은 속임수. 작은 공격에서 이어진 대폭발은 그야말로 무시무시한 규모의 것이다. 그리 멀지 않은 거리였기에 마찬가지로 폭발에 휩쓸린 슬레이어는 수십 개의 다리로 몸을 둥글게 말아 충격을 완화시켰다.

"큭큭. 큰일 날 뻔했군. 생각 외로 귀찮은 계집……."

"꼴에 법사구나, 너."

"어?"

쩡—

순간 빛줄기가 번쩍하고 지나가자 그대로 슬레이어의 몸이 쓰러졌다. 폭발의 중심지였던 곳에서 흙먼지가 사라지자 5미터 정도의 크기에 붉은색 장갑을 걸치고 있는 이족보행병기, 기가스(Gigas)가 나타났다.

차르릉—

오오라로 만들어졌던 기가스가 사라지고 그 자리에 크루제가 주저앉았다. 끓어오르는 오오라를 제어하며 그녀는 한숨 쉬었다.

"아아, 제길. 고작 15렙짜리 같은데 왜 이렇게 힘든 거야? 기가스 유지하는 것도 너무 힘들고."

이미 크루제는 상당히 긴 시간 동안 16레벨에 머물고 있는 상태다. 벽에 부딪쳤다고도 할 수 있겠지만 아더나 랜슬롯이 마주친 벽과는 좀 다른 종류의 벽이다.

"아 좀 더 열심히 하면 될 것 같은데… 아니, 그냥 하루에 명상 네 시간씩만 해도 어떻게든 될 것 같지만."

그러나 열심히 해야지, 라는 마음은 한순간이다. 집중해야지 하고 자리에 앉아도 잠시만 지나면 어느새 딴생각이다.

기본적으로, 그녀는 게으르다.

랜슬롯이 불굴의 의지를 지닌 대신 평범한 재능을 지녔다면 그녀는 극강의 재능을 지닌 대신 범인의 마음가짐을 가지고 있다. 보통의 학생이라도 3년 동안 꾸준히 공부한다면 누구라도 상위권의 성적을 얻을 수 있음에도 막상 그러하지 못하는 것처럼 그녀에게는 더 위로 올라갈 만한 근성이 없던 것이다.

"아니, 뭐 그런 거 아니더라도 유저들 중 최상위권이잖아? 막 국가 단체에서도 찾는 느낌이던데."

힘든 것보다는 편한 게 좋다. 남들이 받들어주니 으쓱한 마음도 생긴다. 그나마 이런 생각이 드는 것도 아더나 멀린의 존재 때문이지 아니었으면 벌써 현실에 안주해 버렸을 것이다. 어쩌면 아직까지 15레벨, 아니, 14레벨이었을지도 모른다.

슬레이어들의 행적이 탐지되었습니다! 다음 공간의 균열이 열릴 때까지 앞으로 25분 12초!

떠오르는 텍스트에 크루제의 얼굴이 찌푸려졌다.

"귀찮구나……."

*　　*　　*

"죽어라!"

"싫은데."

아더는 뿜어지는 폭염을 검룡 더스틴으로 받아냈다. 검에 닿았던 폭염은 그대로 핑그르 돌더니, 너무나 부드럽게 [반사]되었다.

펑!

"캬악!"

회심의 공격을 반사당한 슬레이어가 불타는 머리를 부여잡고 길길이 뛰었다. 간신히 불을 끈 그는 붉은색의 기운이 어린 주먹으로 아더를 공격했다.

"혼검결(混劍訣)."

"크하하! 이런 근접 공격에 그런 게 통할 것 같… 캬악?!"

뻗어지던 주먹이 검에 닿는 순간 운동에너지를 무시하고 [반사]된다. 내뻗어지던 속도 그대로, 아니, 오히려 더 빨리 돌아간 주먹이 슬레이어의 얼굴을 후려쳐 버린 것이다.

아더는 분광검법(分光劍法)으로 발전시켜 광검결(光劍訣)을 만들어내었듯 태극혜검(太極慧劍)을 극한으로 발전시켜 혼검결(混劍訣)을 만들어내었다. 본디 타인의 기운까지 적에게 되돌리던 태극혜검이 그의 손에 닿자 [모든 에너지의 방향성]을 바꾸는 무지막지한 기술이 되었다.

파직!

슬레이어가 쏘아낸 번개가 반사되어 주인을 때렸다.

퍽!

슬레이어가 휘두른 꼬리가 운동역학을 무시하고 주인을 때렸다.

쾅!

보호막을 만들어 방어라도 하려 했지만 일단 검이 닿는 순간 보호막에 담긴 힘마저도 주인을 찌르는 창이 된다. 슬레이어의 입장에서는 정말이지 환장할 지경이었다.

"야 이……! 그 기술 쓰지 마라, 비겁한 놈!!"

"아니, 내가 열심히 익힌 기술 쓰는데 그게 왜 비겁해?"

아더는 피식 웃으며 더스틴에 내공을 불어넣었다. 사실 죽고 죽이는 전투인만큼 조금 더 치열하고 비장한 맛이 있어야 하지만 일상이 전투인 마스터들은 시체 옆에서 웃고 떠들 수 있을 정도의 강철 멘탈(Mental)을 가진 이들이다.

"가끔은 약한 놈하고 싸우는 것도 괜찮군."

"뭐, 뭐라고, 약한 놈?"

슬레이어가 으르렁거렸지만 아더는 눈 하나 깜짝하지 않았다. 아니, 오히려 안쓰럽다는 눈으로 적을 바라본다.

“이런 마음가짐으로 죽여서 미안. 하지만 억울해하지 않길 바란다. 어차피 너도 그리 착하게 살아오지는 않았잖아?”

당연하지만 현대를 살아가는 유저들은 누구를 해치고 죽이는 일에 익숙하지 않던 이들이다. 실제로 저 레벨의 유저들은 토끼를 잡는 것조차 잔인해 하지 못하고는 하니까.

그러나 디오의 유저들은 정신보호 시스템에 의해 보호받고 있으며 세상 모든 일은 반복되면 익숙해지는 법이다. 그들은 체감하지 못했지만, 사실 마스터들의 세계관과 마음가짐은 상당히 독특한 방향으로 발전하고 있었다.

“잘 가라.”

검을 그어 내린다. 그는 이미 능숙한 전사였다.

* * *

“저기… 당신은 누구죠?”

벌써 한참 전에 모든 인펙터들과 그 후에 나타난 슬레이어까지 처리해 버린 멀린의 근처에는 그가 이 행성에 내려서 처음 만났던 소녀, 민아가 있다. 다른 사람들은 그의 무지막지한 신위에 놀라 조심스러워하는 상황인 것이 비록 이능이 존재하는 행성이라고는 하지만 그들이 발휘할 수 있는 능력과 멀린의 능력은 그야말로 격이 다른 수준이었던 것이다.

“말하자면, 일종의 해결사지.”

"어디에서 오셨어요?"

그녀의 말에 멀린은 슬쩍 하늘을 바라보았다. 민아는 움찔했다.

"외계인?"

"외계인이라… 비슷하네. 이 행성 사람이 아닌 건 틀림없으니까."

디오의 이상한 점을 깨달은 건 멀린 혼자가 아니다. 마스터가 많아진 최근에 들어서는 운영진 스스로도 디오가 평범한 게임이 아니라는 것을 그리 크게 숨기려 하지 않는다고 느낄 정도였으니까.

하지만 멀린은 그 어떤 유저들보다도 많은 정보를 알고 있었다. 그는 아무리 적은 정보만 주어져도 전체적인 윤곽을 파악할 수 있을 정도의 추리력의 소유자이자 [세계의 지식]을 엿볼 수 있는 고위 마법사였다.

"진짜… 외계인이라는 거예요? 당신 그럼 이 괴물들이 어디서……."

"거기까지 하지."

멀린이 차갑게 말을 끊어버리자 더 말을 잇지 못한다. 민아는 현실 세계로 치면 연예인 이상의 외모에 단단하게 단련된 몸을 가진 미녀에 속했지만 어차피 멀린의 입장에서는 다시 볼일 없는 존재에 불과하다. 비록 이렇게 이 행성에 와 있지만 여기가 지구에서 몇백억 광년이나 떨어져 있는지 감도 잡히지 않는다.

'불쾌해.'

멀린은 벽에 기대 앉아 눈을 감고 있는 상태다. 그는 유리관에 들어가 있던 미호의 모습을 떠올렸다.

'아무것도 할 수 없어. 정보도 제한되어 있다. 완전히 부처님 손바닥 위의 원숭이로군.'

이렇게 잼 포인트를 쌓아 미호를 돌려받는다고 해도 그녀가 정상이라는 보장은 어디에도 없다. 기억이 삭제되었을 수도 있고 그녀로 위장한 다른 존재일 수도 있으며 최악의 경우 그를 감시하거나 억제하기 위해 암시에 걸려 있을 수도 있었다.

물론 고위 마법사인 멀린의 경우 어지간한 수는 다 파악할 수 있을 정도로 여러 가지 수단을 가지고 있지만, 디오라고 하는 이 초월적인 시스템을 구축할 수 있는 존재에게 뭘 할 수 있을 것인가?

끼익—

"시간인가."

멀린은 느껴지는 영적인 파동에 눈을 뜨며 자리에서 일어났다. 그런데 주변을 날아다니며 생존자들을 돕고 있던 정천이 날아와 말했다.

"잠깐. 기척이 좀 이상한데? 아까랑 달라."

정천은 바로 진언(眞言)을 외워 붉은색의 영기를 몸에 둘렀다. 멀린은 고개를 돌려 민아를 바라보았다.

"지하실이라도 숨어. 위험한 느낌이 드니까."

"네? 하, 하지만 위험한 적이라면 우리가……."

"도와준다고?"

가당찮은 짓은 하지 말라는 표정으로 쏘아보자 깜짝 놀라 물러선다. 그러나 시선에 놀라 물러섰다는 사실에 분한 듯 오히려 한 발짝 나선다.

"이, 이봐요! 그래도 생각해서 도와준다는데……."

"왔군."

쿵!

허공이 갈라지는가 싶더니 거대한 강철 문이 모습을 드러냈다. 최초 멀린은 그게 특이한 모양의 슬레이어라고 생각했다. 슬레이어는 일반적인 생명체가 아니기 때문에 별의별 모습으로 다 변할 수 있기 때문.

그러나 문은 슬레이어가 아니었다. 정말 문이었던 것이다.

"어? 저거 느낌이 안 좋은데?"

"동감이야. 부숴야겠군."

멀린은 정천의 말에 수긍하며 바로 마력탄을 만들어 문을 향해 날려보냈다. 문이라 함은 뭔가 나오는 장소. 그리고 이 상황에 그에게 호의적인 존재가 나올 리 없으니 미리 부숴놓으려는 것이었는데, 그보다 먼저 문의 좌우편 공간을 열고 나타난 두 마리의 슬레이어가 그 공격을 막아섰다.

"하하하. 이놈이 그 유저라는 녀석들이군. 소식이 너무 늦어서 피해가 막심한데?"

"연합 놈들… 이젠 별 이상한 수를 다 쓰는군."

새롭게 나타난 슬레이어들은 14~16레벨 수준으로 상급 마족이나 능천사와도 동등하게 싸울 수 있는 무시무시한 존재들이었다. 미션을 위해 날아온 마스터들이야 홀로, 혹은 파티를 짜서 문제없이 상대하고 있지만 만약 지구에 떨어뜨린다면 단 한 마리만으로 어지간한 국가는 파탄에 이르게 할 수 있는 괴물인 것이다.

그리고 그런 괴물이 두 마리나 된다면, 천외천이라 불리는 멀린도 절대 방심할 수 없다.

'불쾌해.'

그러나 멀린은 그들을 보고 있지 않았다. 그는 이 상황이 마음에 들지 않았다. 자신의 앞에 나타난 문과 적이 다른 유저들에게도 나타나지 않았을 것이라는 것을 짐작했기 때문이다.

운영진, 노블레스들은 그를 시험하고 있다.

'뭘 시험하려는 거지? 경지? 전투력? 아냐. 그 정도는 벌써 알 텐데… 성향인가? 심리상태?'

어떤 것을 노리는 것인지 확신할 수는 없지만 그는 그중 무엇도 마음에 들지 않았다. 문제는 아무리 마음에 들지 않아도 막을 방법이 없다는 것이다.

'불쾌하다.'

그가 그렇게 읊조릴 때, 두 명의 슬레이어 중 한 명이 멀린의 앞으로 나섰다. 그는 기본적으로 인간 형태의 슬레이어였지만 회색의 피부에 열 쌍의 팔을 가지고 있다는 점에서는 인간과 달랐다.

"후후후. 솔직히 이런 하수인들 따위 때문에 넘버링이 둘이나 움직여야 한다는 사실이 이해가 안 가지만 숫자가 많다니 그럴 수도 있겠지."

철컹! 철컹!

허공에서 검은색의 검이 나타나 슬레이어의 열 개의 손에 잡혔다. 그리고 이내 살벌한 칼바람을 일으키며 자유자재로 움직이기 시작했다.

"하하, 하하하하!!! 좋아! 그럼 나랑 춤춰볼까 인간―!"

웃음을 터뜨리는 슬레이어의 눈에는 광기가 넘쳤다. 셀 수도 없이 많은 생명체를 학살해 온 학살의 집행자. 타인의 고통과 슬픔을 양식으로 살아가는 사악의 결정체. 아무리 강건한 정신을 가진 이라도 그 눈과 마주한다면 공포에 질려 주저앉고 말았을 테지만, 그럼에도 멀린은 그런 그를 비웃었다.

"뭐래? 장애인 새끼가."

퍽.

아주 작은 소리가 들렸다. 넓적한 스폰지를 손바닥으로 가볍게 친 것 같은 소리. 그러나 일순간 통제를 잃어버리는 육신의 느낌에 슬레이어는 자신의 가슴을 내려다보았다.

거기에는 깊숙이 손바닥 자국이 나 있다.

그것은 자신의 기운을 적의 몸에 파고들게 해 인위적인 주화입마를 일으키는 격살기(擊殺氣)와도 같았으며 물리적인 타격을 주는 폭살기(爆殺氣)와도 같았다. 적의 방어를 뛰어넘는다는 점에서는 침투경(浸透勁)과도 같았고, 물리적인 막대한 타격을 입힌다는 점에서는 대력금강수(大力金剛手)와도, 거리와 상관없이 적을 칠 수 있다는 점에서는 밀종대수인(密宗大手印)도 같다.

만약 무학을 배운 누군가가 지금 이 공격을 봤다면 그야말로 엄청난 혼란에 빠졌을 것이다. 그것은 수많은 무학의 총집합이면서, 동시에 그 무엇도 아니었다.

그것이야말로 멀린이 랜슬롯의 찌르기를 본 후 깨달은 치기[打]의 진정한 의미를 궁극적으로 개발한 것이다.

"…어, 이건?"

신음하는 슬레이어를 향해 멀린이 대답했다.

"이것은 이해도 방어도 회피도 불가능한 정점의 이치이니……."

웅 하고 공간이 울렸다.

"…이를 무리수(無理手)라 하겠다."

텅—

멀린의 말과 동시에 무지막지한 충격이 가슴에 새겨진 손바닥 자국을 통과해 등으로 터져 나갔다. 10년의 내공이 제1계 수성(水星)에서 20년의 내력으로 증폭되고, 그렇게 증폭된 내공이 금성(金星)에서 다시 40년의 내력으로, 제3계 지구(地球)에서 80년의 내력으로 증폭되었으며 제4계 화성(火星)에서 160년, 그러니까 거의 3갑자에 가까운 내공으로 증폭되었다.

3갑자라고 하는, 일격에 사용되기에는 너무나도 많은 내공은 슬레이어의 몸속을 엉망진창으로 만들었다. 물론 슬레이어는 물리적으로나 영적으로나 강력한 방어능력을 가지고 있었지만 멀린의 일수(一手)가 그 모든 것을 뚫어버린 것이다.

차라랑!

슬레이어의 몸이 쓰러지고 열 개의 칼이 모두 바닥에 떨어졌으나 그 순간 움직인 두 개의 염체, 영휘와 샤이닝이 열 개의 검을 모조리 회수해 인벤토리로 넣어버린다. 여유만만하게 전투를 관람하려고 하던 슬레이어가 대경해 몸을 일으켰다.

"네, 네놈!"

"뚫어라."

그러나 어느새 멀린의 손에는 데케이안의 각궁이 들려 있다. 노란색의 토파즈가 깨져 나가고 무시무시한 전격이 몰아쳤다.

제우스의 번개검(Lightning Blade of Zeus)!

콰릉!

벼락이 친다. 광속에 다다른 벼락의 검을 슬레이어는 당연히 피해내지 못했다. 그것은 멀린이 가진 하울링 스펠 중 일인 대상으로 가장 강한 위력을 가진 주문이다.

"이, 이런 어처구니없는……."

신음과 함께 슬레이어의 몸이 가루로 변해 흩어졌다. 멀린은 장비 변경으로 활을 집어넣고 중얼거렸다.

"그래도 아깝군. 마석 만드는 데에는 시간이 걸리는데."

가장 좋은 건 둘 다 무리수로 처치하는 것이지만 언제나 활용할 수 있는 제1계 수성과 다르게 제2계 금성은 0.5초의 쿨타임이 필요했고, 지구의 경우에는 더 늘어서 30초의 쿨 타임이 필요하였으며 화성에 이르러서는 약 15분의 쿨 타임이 필요했다. 이는 그의 무유생계가 내공을 증폭하기 위해 일종의 방전상태에 들어가기 때문인데 한번 무유생계를 가동한 후 안정 상태로 들어선다 해도 짧은 시간 안에 자꾸 사용하면 쿨 타임이 점점 길어지게 된다.

기본적으로 그의 수공은 기습이나 일격필살의 기술이지 여러 번 쓸 수 있는 스킬이 아니다. 무엇보다 그 막대한 내력이 한차례 지나가면 혈맥이 비명을 지르기 때문에 더욱 그렇다. 만약 180년 내공의 공격을 연속으로 세 번 정도 사용하면 전신 혈맥이 갈기갈기 찢어지고 말 정도인 것이다.

끼이익!

그때 시끄러운 소리와 함께 문이 천천히 열리기 시작했다. 그리고 그 모습에 멀린은 문에 손을 대었다.

"특촬물(특수촬영물의 약자) 주인공도 아니고 이런 걸 두고 볼 필요가 없지."

키기긱! 치직!

주변의 마나가 멀린의 통제하에 재배열되고 이내 문의 영자패턴에 침식하기 시작했다. 그의 영자(靈子) 해석 능력은 이미 상식을 벗어난 수준이어서 불과 10여 초의 시간 만에 해석이 끝나고 이내 문이 우그러들기 시작한다.

15렙 수준의 슬레이어들이 고작 지킴이로 올 정도의 문에서 뭐가 튀어나올지는 제법 궁금했지만 그걸 꼭 알 필요는 없다.

"전투를 길게 할 필요는 없지. 싸우는 게 너무 좋아 미치는 변태가 아닌 이상에야."

때문에 멀린은 자신이 가지고 있는 가장 강력한 공격 수단, 말하자면 필살기라고 할 수 있는 기술을 가장 처음부터 사용했다. 만약 적당히 싸움으로써 자신의 힘을 보이고, 그래서 적의 경각심을 높인 후 사용했다면 제법 강한 적이 그의 공격을 막았을지도 모르는 것이다.

때문에 멀린은 시작과 동시에 견제도 없이 필살기를 날렸고 그 때문에 생대가 인간이라 경시하고 방심하던 적을 일격에 즉사시키는 데 성공했다. 특히나 무리수나 제우스의 번개검은 모두 발동시간이 없다시피 한 즉발기술이었으니 적이 미처 대비할 시간이 없었던 것이다.

우득.

멀린의 마력이 가하는 압력에 허공에 나타났던 문이 우그러든다. 특수한 힘으로 보호받는 금속문은 일반적인 공격이나 압력에 쉽게 상하지 않는 물건이었지만 이미 영자패턴을 완전히 파악한 멀린의 마력에 찌그러질 수밖에 없는 상황.

문은 끼긱 거리며 어떻게든 열리려고 했지만 그보다 문에 가해지는 압력이 커지는 속도가 더 빨라 기어코 문을 절반 가깝게 접어버리게 이르렀고, 그렇게 찌그러진 문에서 고함이 터져 나왔다.

"아, 안 돼!"

그것은 무지막지한 울림이었다. 묵직하고, 살벌한 외침은 영혼을 짓누를 정도로 강한 수준, 그러나 멀린은 태연히 말했다.

"돼."

콰드득!

마침내 문이 완전히 우그러져 박살이 나버린다. 어딘지 알 수 없는 먼 곳과 이어졌던 워프 게이트는 그것으로 닫히고 말았다.

"와우, 뭔가 무시무시한 놈이 오려던 것 같은데… 깔끔하게 해결되었군."

생존자들 근처를 날아다니며 그들을 지키고 있던 정천이 날아와 하는 말에 멀린이 고개를 끄덕였다.

"게다가 좋은 것도 얻었지."

"좋은 것?"

정천의 의문에 멀린은 우그러져 이제는 고철 덩어리가 되어버린 문을 잡아 들었다. 멀린의 마력에 찌그러진 것을 봐서 그리 강도가 높은 금속은 아니었지만 스스로 내뿜는 기운이 기묘한 그 금속은 멀린조차 재질의 정체를 알 수가 없는 물건이다.

"허공을 향해 날려라. 보이지 않는 곳. 나의 안식처……."

멀린이 주문을 외우자 공간이 열리고 고철 덩어리가 사라졌다. 정천은 의아한 표정을 지었다.

"왜 인벤토리가 아니라 아공간에 넣은 거야?"

"사정이 있어서."

사실 그것은 인벤토리에 들어가는 순간 운영진들에게 물건의 존재가 들키기 때문이다. 물론 그걸 챙기는 것을 정천이 보았으니 그에게서 정보가 샐 수도 있고 뭔가 다른 수단을 사용해서 멀린을 보고 있었을 수도 있지만 그건 차차 확인해야 할 문제였다.

"그런데 이제 끝난 거야?"

정천의 질문에 멀린이 강화안을 사용해 주변을 훑었다. 이미 근처에는 단 한 마리의 인펙터도 슬레이어도 없다. 사실상 미션이 끝난 것이다.

"그런 것 같은데 귀환이 안 되는군."

멀린은 잠시 기다렸다. 약 10분 정도? 그는 잘 몰랐지만 그가 매드니스를 순식간에 처리하는 바람에 시스템에 잠시 오류가 생긴 상황이었으니까.

그러나 그것도 잠시여서 이내 새로운 텍스트가 떠오른다.

위험! 최상위 슬레이어 넘버링(Numbering)이 유저들을 학살하고 있습니다!

넘버 27. 시리어스(Serious)!

유저 집결! 강제 이동까지 7초!

텍스트와 동시에 멀린의 주변에 마법진이 떠올랐다. 너무나 당연하겠지만 다른 장소까지 멀린을 날려 보내기 위한 워프 마법진이었다.

'역시…….'

다른 유저나 마법사라면 그냥 자신을 이동시킬 마법진이라는 것만 파악할 수 있겠지만 멀린은 마력해석 능력으로 그 마법진이 가지는 효과와 특성을 파악했다. 그리고 그건 일종의 단서가 되었다.

'어쩌면 유저들을 활용하는 이유… 알 수 있을지도.'

그러나 당장 중요한 건 그것이 아니다. 점점 주변 공간이 일그러지고 있었다.

*　*　*

온통 검은 공간이다. 재질을 알 수 없는 금속으로 되어 있는 건축물은 별다른 장식도 없이 새카맣기만 하다.

"매드니스의 신호가 끊겼습니다."

"몹시… 빠르군. 어떻게 된 일이지?"

마치 커다란 석상처럼 정지되어 있던 거인이 눈을 떴다. 심연의 군주라 불리는 카이사르는 여황이 낳은 여섯 번째 자식이었다. 초월자에 맞먹는 힘을 가지고 있는 그는 연합이 이를 가는 가장 유명한 테러리스트 중 하나로 그로테스크의 영향력 확대를 위해 움직이고 있다.

"연락이 두절되어 정확한 정보는 알 수 없습니다만 노블레스 녀석들이 과거 인중신(人中神)을 배출했던 시스템을 부활시킨 모양입니다. 매드니스를 해치운 건 그들이라고 예상되고요."

물론 그건 사실 틀린 말이다. 최상급 슬레이어 넘버링이 행방불명 된 것은 워프를 타던 도중 멀린이 차원주소를 날려 버렸기 때문. 그러나 우주는 넓고 넓어서, 초월지경에 이른 이라도 모든 정보를 완벽하게 수집하는 게 불가능하다. 그들로서도 매드니스가 적의 얼굴조차 제대로 못 보고 차원의 미아가 되었다는 사실을 알 방법이 없는 것이다.

멀린은 생각했다. 왜 디오의 운영자들은 스스로 나서지 않고 유저를 육성하는 것일까? 그들 정도의 힘이라면 유저의 손 따위는 필요없지 않은가?

그러나 우주는 너무나 넓고 광대해 그랜드 마스터나 대마법사쯤 되는 존재라 해도 죽을 때까지 자신이 살고 있는 은하계조차 벗어나지 못하는 경우가 태반이다. 강대한 마력을 사역하는 고룡이나 신적 존재들조차 완전히 통제가 가능한 건 자신의 주변뿐인 것이다.

현재 지구가 있는 은하계의 직경이 10만 광년에 불과하지만 은하 중 큰 은하는 천만 광년이 넘는 크기를 가지고 있으며 그런 은하조차 우주에는 수백 수천억 개가 넘는다.

인간은 신적 존재가 전 우주를 아우를 수 있을 거라고 믿지만, 사실 신적 존재들에게조차 우주는 너무나 넓다. 심지어 그 하위차원과 상위차원, 그리고 다섯 개의 대차원까지 모조리 감안한다면 그 넓이는 감당이 불가능할 정도로 방대하여 수많은 종족의 집합이자 강대한 초월자들이 이끄는 연합조차도 완전히 관리하는 게 불가능한 것이다.

"타격이 크군. 넘버링은 만들어지기까지 너무 긴 시간이 걸리는데."

"하지만 그만둘 수도 없습니다. 이건 저희의 위상이 걸린 일이니 적어도 경고의 뜻은 보내야겠지요."

부하의 말에 카이사르의 주변 공기가 우르릉 하고 울린다. 그의 감정이 가지는 강렬한 힘이 물질계에 영향을 준 것이다.

"정말… 짜증나는군. 내가 달려가고 싶을 정도야."

"그러나 그곳은 할론 은하입니다. 4,600만 광년은 이동해야 하는데 저희라도, 아니, 저희이기 때문에 금방 갈 수 있는 거리가 아니지요."

"끄응."

그렇다. 그것이 문제다. 초월자들은 그 하위 존재들이 감당하기 힘들 정도로 강력하지만 그들의 몸도 결국 하나뿐. 워프 능력이야 누구라도 쓸 수 있지만 그것조차 거리가 멀어질수록 위험도와 난이도가 높아지는 것이다.

게다가 영(靈)적인 용량(容量)의 문제도 있었다.

볼펜 하나를 미국에서 한국으로 가져오라고 한다면 아무나 그걸 들고 비행기를 타면 되는 문제니 그리 긴 시간이 걸리지 않겠지만 자유의 여신상을 미국에서 한국으로 가져와야 한다면 문제가 심각할 것이다. 자유의 여신상은 누가 들고 갈 수 있는 물건이 아니며 비행기에 실어 나를 물건도 아니니 어마어마한 대공사와 수송 작전, 그리고 긴 시간이 필요한 것.

마찬가지로 워프 역시 그 존재에게 담긴 영적인 용량이 크면 클수록 수행이 어렵다. 짧은 거리라면 얼마든지 가능하지만 그 거리가 광년 단위에 들어서면 위험성도 위험성이지만 시간이 심각할 정도로 많이 드는 것이다.

"어쩌시겠습니까?"

"별수 없지. 지금 남은 게 누구지?"

"시리어스입니다."

"좋아. 시리어스에게 종말(終末)의 사용을 허가하라."

"네, 주군."

대답과 동시에 흑색혹성에서 검은색의 파동이 발사되었다. 연합 측에서 전혀 예상하지 못한 변수의 시작이었다.

* * *

"요오~ 반갑군. 인간 나부랭이들."

문을 열고 나온 것은 거의 인간과 흡사한 외모를 가진 존재였다. 다만 다른 점이 있다면 그의 이마에 1미터짜리 뿔이 두 개나 나 있다는 것과 그 신장이 3미터에 이른다는 점 정도일 것이다.

"어, 이거… 느낌이 너무 안 좋은데."

브루스는 침을 꿀꺽 삼키며 검을 붙잡은 손아귀에 힘을 주었다. 마법과 검술을 고루 파는 만큼 기감 쪽에 있어 좀 둔감한 그였지만 그럼에도 전해지는 압박은 엄청나다. 단순히 힘이 강하다 약하다 그런 문제가 아니라 손발이 떨릴 정도의 위압감이 전신을 짓누르는 것이다.

"나와라! 솔로몬의 열쇠!"

제로스는 느껴지는 위기감에 마스터 웨폰을 호출했다. 솔로몬의 열쇠는 그 이름과 다르게 묵직한 두께를 가진 한 권의 책이었는데, 이어 그는 자신의 마스터 스킬을 발동시켰다.

"팬타그램(Pentagram)! 소환하나니 글라시아 라볼라스(Glasya Labolas)! 지금 이 앞에 나타나 싸……."

"귀찮게 하기는."

몰아치던 강대한 마력이 단 일격에 흩어졌다. 그것은 너무나 빨라 미처 인식할 수조차 없는 공격. 반사적으로 창을 붙잡았던 랜슬롯은 신음했다.

"제길……."

제로스의 상체가 사라져 있었다. 잠시간 피가 튀었지만, 이내 그 피조차 황금빛 연기가 되어 흩어져 버린다.

"맙소사. 일격으로 제로스가 죽다니."

"위험하군. 레벨이 너무 높아."

랜슬롯은 재빨리 브루스와 합류했고 이리야는 그들 사이에서 차크라를 끌어올렸다. 전력은 비교조차 안 된다. 철저히 방어전으로 나가야 하는 것이다.

"뭐야. 생각보다 약하잖아? 왜 이런 것들 때문에 내가 와야 한 거지?"

시리어스는 투덜거리며 땅을 박찼다. 순식간에 그의 몸이 흐릿해지며 시야에서 사라졌다.

쩌엉!

그러나 보호막이 떠오르며 시리어스의 몸이 튕겨 나갔다. 동시에 브루스의 검에서부터 암흑이 뿜어진다.

"잠식하라!"

멀린 최고의 역작 중 하나라고 알려진 +10암흑마검은 다른 강화 무기들이 그렇듯 단 하나의 주문이 열 번이나 중첩되어 막대한 효과를 발휘하는 마법무기였다.

암흑마검의 효과는 암흑기에 의한 속박!

우드득!

시리어스의 그림자가 벌떡 몸을 일으켜 무시무시한 힘으로 주인의 적을 억누르기 시작했다. 본디 속박주문은 발동이 빠르고 적의 움직임을 막는 효과가 전부이지만 무려 열 번이나 중첩된 주문이 발휘하는 압력은 실로 무시무시해서 25톤 덤프트럭을 속박주문으로 죄이면 사람 덩치보다 조금 큰 쇳덩이로 압축될 정도였다.

쩡!

그러나 미처 다음 공격을 날리기도 전에 속박진이 박살 나며 무지막지한 충격이 브루스의 몸을 후려쳤다. 그는 마치 배트에 얻어맞은 야구공처럼 바람 소리를 내며 날아가 근처 건물을 두 개나 부수고서야 정지했다.

"오호. 제법 좋은 무기를 가지고 있군. 인간 녀석들의 마법 실력이 이렇게까지 발전했었나?"

어느새 시리어스는 브루스의 손에 잡혀 있던 암흑마검을 빼앗아 든 채 그 모습을 살피고 있다. 거기에 담긴 강대한 마력과 술식은 그로서도 제법 놀라운 수준의 것이다.

"돌아와!"

그러나 외침과 함께 그의 손에 잡혀 있던 검이 사라졌다. 무너진 건물 아래에서는 암흑마검에 담긴 리콜 기능을 사용한 브루스가 걸어나오고 있었다.

"와, 저걸 맞고 멀쩡하네. 망령의 갑주가 좋긴 하구나."

"지금 그런 소릴 할 때냐?"

브루스는 골이 윙윙 울리는 타격에 예전 아더에게 구입했던 준법의 귀걸이를 활성화시켰다. 귀걸이에 담긴 마력이 발동하며 그의 몸 상태가 호전되기 시작한다.

웅—!

그때 공간의 문이 열리고 오제와 전갈, 그리고 아돌과 한마가 모습을 드러냈다. 가장 가까운 곳에 있었던 만큼 먼저 날아온 것이다.

"아, 이런 식으로 점점 많아지는 건가. 그렇다면 두고 볼 수 없지."

"이런! 조심해!"

"응? 뭘……."

퍼엉!

순간 오제의 몸이 튕겨 나갔다. 멀찍이 서 있던 시리어스가 달려들어, 그대로 후려쳐 버렸기 때문이다. 동작 자체는 단순했는데 속도 자체가 너무 빨라 제대로 방어할 수조차 없었다.

푸스스.

"이런 미친! 형님?!"

바로 오제의 옆에 있던 전갈이 비명을 질렀다. 오제는 브루스와 비슷한 수준의 공격을 받았지만, 안타깝게도 그에게는 망령의 갑주가 없었기에 그것으로 사망하고 말았다.

쩡!

"진영을 짜! 이 자식 추정 레벨이 18이 넘어!"

"아더는 언제 오는 거야?!"

아돌이 정면으로 뛰어나갔다. 장비를 변경해 타워실드에서 스몰 실드로 방패를 바꿨다. 상대가 범위형 공격을 날리는 게 아니라 직접 몸을 움직이는 스피드형이었기에 신속하게 대처할 수 있는 체제로 전환한 것이다.

쾅!

"컥! 더, 더럽게 아프다!"

"오호? 이건 또 상당히 튼튼하군?"

시리어스는 강하게 내려찍은 한마가 멀쩡하다는 사실에 놀라워했다. 마치 망치로 못을 박은 것처럼 그의 몸이 땅에 박혀들었지만 이내 땅을 부수고 나온 것이다.

우득.

그러나 시리어스의 공격을 버틸 수 있는 것도 한 번뿐이었다.

"맙소사……."

유저들은 찐 감자를 뭉개 버리는 것처럼 한마의 머리가 부서지는 모습에 신음했다.

"한마의 뼈는 검기에도 안 잘리는데 그걸 부숴 버리다니."

그 일수에 유저들의 사기가 완전히 죽어버렸다. 시리어스가 단순히 덩치만 크고 빠른 존재가 아니라는 것을 눈치챈 것이다. 레벨이라는 건 높아질수록 그 격차가 심해지며, 평균 13레벨대의 그들이 18레벨 이상의 존재를 상대하려면 수없이 많은 조건이 필요하다. 숫자도 지금보다 열 배 가까이 되어야 할 것이다.

웅—

그리고 그때 후발주자가 나타났다.

"아아 귀찮… 읏! 고렙이잖아?"

"크루제!"

"…강자로군."

"아더."

"와, 젠장. 다행이다. 전멸하는 줄 알았네."

방패를 든 아돌을 정면으로 두고 삼각진을 짜고 있던 유저들이 안도의 한숨을 내뱉었다. 반면 여유롭던 시리어스의 얼굴이 찌푸려졌다. 당연히 그가 보고 있는 것은 검룡 더스틴을 들고 있는 흑발의 검사, 아더였다.

"호오, 네놈. 제법."

강자는 강자를 알아본다. 그리고 멀린과 다르게 아더는 자신의 기운을 굳이 숨기지 않는 스타일이었다.

"흠. 아돌 형, 몇 명이나 죽은 거예요?"

"오제, 한마, 제로스까지 세 명입니다. 추정 레벨이 18 이상이니 조심하시길."

정중한 아돌의 말에 아더가 머쓱하게 웃었다.

"아 형. 제가 다섯 살이나 아래인데 말 편하게 하세요."

"하하. 그러면 오히려 제가 불편해서……."

난데없이 화기애애한 분위기다. 아더는 다른 유저들과 잘 어울리지 않았지만 그럼에도 예의는 꽤 바른 편이었던 것. 그러나 당연히도 거기에 관심없는 시리어스는 한 발짝 앞으로 나섰다. 화를 낼 필요도 없다. 애초에 그는 대화보다 주먹질을 즐겨 하는 존재였으니까.

쩌엉—!

아더의 오른손에 잡힌 검룡 더스틴과 시리어스의 주먹이 충돌하자 충격파와 함께 주변 바닥이 쩍쩍 갈라졌다. 지금껏 누구도 반응하지 못했던 시리어스의 공격에 반응한 것이다.

"빠르네. 속도로 하자는 거지?"

번쩍!

빛이 폭발한다. 광검결 일초 천광(千光)이 해일처럼 시리어스의 몸을 뒤덮었다.

"하하하하! 이제야 제대로 된 놈이 나오는군!"

시리어스의 양팔이 사라진다. 마치 두 팔이 잘려 나간 것 같은 모습이었지만 사실 두 팔이 너무나 빨리 움직이고 있어 눈에 보이지 않는 상황이다.

"조심해! 우와악?!"

검과 권이 충돌하자 폭풍이 몰아쳤다. 그냥 거센 바람 정도가 아니라 바위도 부술 정도의 위력이 담긴 충격파의 모임이다.

키잉!

남들이야 그냥 '번쩍!' 하면 빛의 해일이 밀려 나간다고 생각하겠지만 어쨌든 그건 모조리 그가 직접 뽑아내는 검기. 물론 정말 천 번이나 검을 휘두르는 건 아니다. 한 번 검을 휘두를 때 한 개에서 최고 수십 개까지 검기를 뿜어내니까.

그리고 지금, 아더는 [일상모드]보다 수십 수백 배로 가속된 [전투모드]의 시간 속에서 팔백마흔두 번째 검격을 내뻗고 있었다. 평균적으로 10회 정도의 검기를 뿜어내는 그였지만 그 사이사이 힘을 집중한 한 개의 검기를 섞어 두어 면(面) 단위로 공격을 막는 적에게 치명적인 타격을 주는 것이다.

"오, 특이해. 너 신기한 기술을 쓰는구나?"

그리고 그렇게 수백 배 가속된 시간 속에서 시리어스가 [말]을 걸었다. 놀랍게도 시리어스는 아더와 동등한 속도로 움직이며 쏟아지는 검기를 후려치고 있었다.

'말도 안 돼.'

아더는 신음했다. 물론 마나를 깨우친 이라면 검기를 쳐낸다고 해도 이상할 것도 없지만 광자화(光子化)된 그의 검기를 주먹으로 쳐낸다는 건 있을 수 없는 일이다.

일반적인 실체화된 검기는 고체에 가깝고 경지가 높아질수록 액체에 가까워진다. 특이한 내공에 의한 검기라면 기체와도 비슷해지지만 그게 한계.

그러나 아더는 거의 불가능에 가까운 빛의 광자화에 성공함으로써 물리적인 방어가 불가능한 기술로 발전시켰다. 애초에 햇빛이 찌는데 그걸 주먹질로 쳐낸다는 게 가당키나 한 소리인가?

쩌엉!

"큭!"

거세게 몰아치던 빛의 파도가 사라졌다. 어느새 아더는 10미터 가까이 떨어진 곳에서 인상을 찡그리고 있다. 검신으로 시리어스의 공격을 받아내기는 했지만 누가 봐도 낭패한 모습이다.

'밀리는군. 확연하게 밀려. 나도 19레벨인데. 이 페이스로 싸우면 30분 안에 완패야.'

내상을 다스리며 아더는 쓰게 웃었다. 태연한 척 웃고 있지만, 사실은 절망감까지 든다. 그러지 않을까 하는 짐작이 조금씩 들었지만, 사실 지금까지는 외면하고 있었다. 천무성주 라이오넬에게 패배하고 또 패배해 오던 그이지만 그건 상대가 20레벨이 넘는 괴물이기 때문이라고 스스로에게 변명했던 것이다.

그러나 이제 확실히 알았다. 물론 같은 레벨이라도 막 들어선 수준과 아슬아슬하게 벽을 넘지 못한 차이는 하늘과 땅까지 벌어지지만 시리어스는 그 수준조차 아니다. 어쩌면 보름 전, 아니, 한 달 전의 그였다면 대등하게라도 싸울 수 있었을 것이다.

'약해졌어.'

물론 다른 이유 따위는 없었다. 그는 만전의 상태였으며 그 어떤 해로운 저주나 제약이 걸려 있지 않은 상태니까.

굳이 설명하자면,

그건 슬럼프에 가까웠다.

"어딜 쉬고 있-!"

콰릉!

시리어스는 불과 한 호흡 만에 내공을 안정시키는 아더의 모습에 몸을 날렸지만 그 순간 벼락이 떨어져 그의 몸을 후려쳤다. 물론 그는 그 벼락조차 막아냈다.

"와, 지금 봤어? 벼락을 양손으로 잡아서 찢었어!"

"미친, 이게 무슨 괴수 대결전이냐!"

"아나, 난 저 소환수도 못 이기겠다!!"

이미 멀찍이 떨어져 타워실드를 들고 있는 아돌과 그런 그의 뒤에 숨어 있던 나머지 일행이 신음했다. 벼락을 쏘아낸 것은 아더의 펫인 검은색의 비룡, 투슬리스였는데 사실 다른 펫들은 전투에 보조적인 역할밖에는 하지 못하는 것에 비해 투슬리스는 그 자체만으로도 충분히 강력한 전투력을 가지고 있었다.

"크하하하! 덤벼라!"

호쾌하게 소리치는 시리어스의 주변으로 막대한 충격파가 뿜어졌다. 아더는 투슬리스와 함께 반격했지만 연신 밀리고만 있는 상태. 그러나 웃고 있는 시리어스 역시 치밀하게 상황을 파악하고 있었다.

'이거 안 좋은데. 적들의 숫자가 많아. 게다가 저놈이랑 저기 계집은 만만치 않아 보이는군.'

쇳소리와 함께 시리어스의 몸에서 영기가 피어오르기 시작하더니 그대로 그의 등에 한 쌍의 날개가 펼쳐졌다.

파앙!

"읏?!"

"안 돼!"

아더는 전혀 엉뚱한 방향으로 뛰어가는 시리어스의 모습에 그의 목적을 깨닫고 몸을 날렸다. 그러나 애초에 속도 자체가 다르다. 맞서 싸우는 건 가능해도 속도에 특화한 시리어스의 움직임을 따라잡는 건 불가능한 것이다.

콰득! 퍼억! 쩡!

어둠에 은신해 있던 이리야가 한방에 즉사했다. 그녀의 은신은 놀라운 수준이었지만 시리어스의 눈을 피할 정도는 아니었던 것. 이어 브루스가 쓰러진다. 망령의 갑주는 무사했지만 마치 침투경처럼 무지막지한 충격이 그의 내부를 산산조각내 버린 것이다.

"이리야! 브루스! 이 멍청이들 잘 좀 숨어 있지!"

유일하게 적의 공격을 받아낸 아돌은 어깨까지 찌릿찌릿 울리는 타격에 신음하며 뒤로 물러섰다. 그의 뒤에 숨어 횡액을 피한 전갈과 랜슬롯은 아돌의 방패 손잡이에 설치되어 있던 마정석 중 하나가 빛을 잃어버린 것을 발견하고 물었다.

"괜찮습니까?"

"더 받아봤자 한 방이에요. 제대로 받아냈는데도 이 지경이라니."

그러나 그 공격을 받아냈다는 자체가 놀라운 것이다. 망령의 갑주를 입은 브루스가 일격에 격살당한 것처럼 시리어스의 공격에는 단순히 물리적인 충격을 주는 게 아니라 침투경처럼 적의 방어를 타고 넘어가는 상승의 무리가 담겨 있었으니 그걸 막아낸 아돌은 탱커로서 최상위급 실력을 가지고 있다 할 수 있으리라.

콰앙!

당연하게도 몇 번 더 공격을 날리면 남은 셋도 처리할 수 있었던 시리어스는 무지막지한 타격에 바닥을 뒹굴고 있었다. 그가 강력하다고는 하지만 아더가 무시할 만한 존재는 아니기 때문이다. 심지어 아더는 혼자도 아니다.

"완전 지 멋대로네! 다시 한방!"

콰앙!

"크! 이딴 장난감으로!"

"장난감 맛이나 보시지!!"

오오라를 굳혀 만든 기가스에 탑승한 크루제가 오른손으로 포격을 발사했다. 강대한 오오라가 굳혀져 만들어진 철갑탄은 시리어스의 방어를 뚫고 그 몸에 어마어마한 타격을 주었다.

"십망(十亡)."

열 개의 검격으로 이루어진 광검결 제3초식이 터져 나갔다. 무려 일천 개의 검기를 내뿜는 천광에 비하면 조촐해 보이는 공격이지만 그 하나하나에 담긴 기운은 천광과 비교를 불허할 정도. 그리고 무엇보다, 그 검기는 너무나 빨랐다.

촤악!

"제길!"

여덟 개의 검기는 어떻게든 피하고 막아냈지만 마지막 두 개의 검기가 시리어스의 가슴에 깊은 상처를 남겼다. 그는 놀라운 재생력으로 상처를 재생시켰지만 검기에 의한 상처는 회복시킨다 해도 타격이 전부 사라지지 않는다.

펄럭!

시리어스의 등 뒤로 펼쳐진 날개가 펄럭이더니 그의 몸이 마치 UFO처럼 정지 상태에서 급가속해 아돌 일행의 뒤로 이동했다. 반격을 막아내기 위해 준비하고 있던 크루제가 신음했다.

"아 집요해 진짜!! 그 상황에서도 저 녀석들을 노리다니!"

그녀는 기겁하며 포격을 발사했고 아더 역시 달려들어 검기를 뿜어냈다. 그러나 시리어스는 옆구리에 포탄을 얻어맞고 아더에게 한쪽 날개를 잘리면서도 기어코 아돌을 후려쳤다.

콰득!

"크… 윽. 이 무슨 어처구니없는… 쿨럭?"

아돌은 피를 토했다. 아더나 크루제는 반응은 물론 공격까지 날릴 수 있었지만 시리어스의 속도는 아돌에게 인식조차 되지 않을 정도였다. 지금까지는 그 공격이 직선적이라는 점 때문에 방패로 막을 수 있었지만, 이번에는 너무나 간단히 그의 측면으로 돌아오는 바람에 옆구리를 후려쳐 오는 공격을 막지 못한 것이다.

"다, 다리안의 영광된 힘이여……."

아돌은 신성력을 끌어올렸다. 일단 그가 다리안의 이름

을 부르자 거대한 신성력이 그에게 깃든다. 평소 그가 신성력을 전혀 사용하지 않는다는 걸 생각하면 기형적일 정도로 큰 힘. 사실 그거야말로 아돌이 가지고 있는 비장의 수 중 하나다.

"늦었어. 등신아."

그러나 비장의 수라는 것도 적당한 타이밍이라는 게 있고 발휘할 수 있는 효과에도 한계가 있는 법이다. '후훗. 나는 사실~' 이라는 비장의 수를 드러낼 때마다 상황이 반전된다면 뭐하러 자체적인 능력을 키우겠는가?

푸스스스.

아돌의 몸이 금색 연기로 흩어졌다. 다이내믹 아일랜드를 벗어난 유저들은 상처 입으면 피를 토하고 뼈가 드러나지만 회복이 불가능한 타격을 입으면 시체는 물론 장비까지 금색 연기로 변해 흩어져 버린다.

"그리고 너도!"

이어 시리어스는 랜슬롯을 덮쳐 갔다. 그는 [말]을 하며 공격했지만 당연히도 랜슬롯은 그 말을 알아듣지도 못한다. 시리어스와 랜슬롯은 서 있는 시간대가 전혀 다르기 때문으로 그의 공격을 파악하는 건 더더욱 불가능한 일이었다.

키잉!

그러나 순간 의식이 멈춘다. 그리고 육체가 움직인다. 육체가 그리는 것은 단 한 줄기의 선. 수백 수천 번을 넘어 수십 수백만 번도 넘게 연마해 온 하나의 동작.

랜슬롯의 감각에는 한계가 있었다. 아더나 멀린처럼 사고를 가속시킨다는 건 그에게 꿈에서나 가능한 일. 때문에 랜슬롯은 자신의 육체를 한계까지 혹사시켜 모든 투로(鬪路)를 직접 때려 박았다.

물론 육체는 잊는다. 언제나 열 개의 투로를 체득할 때즈음이면 맨 처음 투로는 이미 흐려져 떠올릴 수 없는 상황. 하지만 랜슬롯은 아랑곳하지 않고 그 과정을 천 번이고 만 번이고 반복한다. 언제고 자신의 육체가 마치 숨 쉬듯 그 동작을 기억할 수 있도록.

웅.

더불어 랜슬롯은 상상력이 부족했고, 그렇기에 복잡한 기술이나 참신한 능력 따위는 만들어낼 수 없다.

때문에 모방한다.

그는 자신에게 필요한 타인의 기술을 따라 하고 그것을 체득할 때까지 발버둥쳤다. 필요한 기술을 결정하기까지는 수 없이 긴 시간이 걸렸지만, 일단 결정하면 절대 멈추지 않는다.

"읏? 이건?"

주먹을 내뻗던 시리어스는 마주 뻗어오는 창의 모습에 눈썹을 꿈틀했다. 그러나 아직도 공격을 인식하지 못한 랜슬롯과 다르게 그는 시간을 수백분의 일로 쪼개는 게 가능한 강

자. 그는 아무렇지도 않다는 듯 몸을 틀었다. 아슬아슬하게 창을 피해낸 후 랜슬롯의 품에 파고들기 위해서였다.

파앗!

그러나 투로가 변한다. 랜슬롯의 근육에, 뼈에, 그리고 뇌 깊은 곳까지 박혀 있는 120만 5천여 개의 투로 중 하나로 선택을 변경한 것이다. 그 모든 건 이미 본능의 영역이었다.

랜슬롯은 언제나 그야말로 24시간 내내 마음속 심상을 차분하게 가라앉힘으로써 육체에 새긴 경험이 자연스럽게 발현되는 것이 가능하도록 만들었다. 그것은 과거 오크 영웅 성묵이 펼쳐 냈던 극쾌의 영역을 재현하기 위해 발버둥치다 이뤄낸 집념의 결정체.

위(僞). 명경지수(明鏡止水)!

푸확!

공기가 터져 나가는 소리와 함께 랜슬롯의 찌르기가 시리어스의 주먹으로 날아들었다. 시리어스는 피하려고 했지만 다시 랜슬롯의 투로가 변한다. 이미 그는 기습이 불가능한 영역에까지 들어가 있던 것이다.

콰득! 쾅!

"크!"

랜슬롯은 수십 미터나 튕겨 나가 건물을 부수고 쓰러졌다.

끝까지 창을 잡고 있던 랜슬롯의 양어깨는 흉측할 정도로 박살 나 창을 쥘 수도 없는 상태.

그러나 그럼에도 랜슬롯은 웃었다. 진심으로 기쁜, 만족감이 어린 미소. 그리고 반대로 그를 엉망진창으로 만들어 버린 시리어스는 험악하게 인상을 찡그렸다.

"이… 벌레 같은 놈이?"

시리어스의 커다란 주먹에서는 연신 피가 흐르고 있다. 무려 여덟 개나 되는 손가락은 다섯 개가 되어 있다. 중지를 포함한 세 개의 손가락이 뭉개져 바닥에 떨어진 상태이기 때문이다.

"죽어."

시리어스는 광분해 쓰러진 랜슬롯을 향해 몸을 날렸다. 아더에게 날개를 잘리거나 크루제에게 포격을 받은 건 그에게 문제가 아니다. 그들의 능력이라면 충분히 그럴 수 있고 모두 예측하에 두고 있던 공격이었기 때문. 그러나 완전히 눈 아래로 두고 있던 랜슬롯에게 당한 건 상황 자체가 달라서 그에게 심각한 치욕감을 느끼게 하고 있었다.

"하지만 그렇다고 해도 우릴 너무 무시하면 곤란하지."

"너야말로 죽어, 멍청아."

팟!

단 한 줄기 빛살이 공간을 가르고 지나간다. 그것은 일반인들은 별로 대단하다 느끼지 못할 정도로 가볍고 빨라 마치 카

메라 플래시를 얇고 넓게 퍼뜨린 것 같다.

"크윽."

어느새 날아온 포탄을 잡아낸 시리어스가 신음했다. 그의 몸에는 비스듬히 새겨진 검상이 자리하고 있다.

"윽. 그 상황에서도 내 공격은 막다니."

크루제는 투덜거리며 다시 오오라를 집중했다. 다음 공격을 내뿜기 위해서였는데 그보다 먼저 시리어스의 몸이 사선으로 어긋난다.

쿠웅―!

시리어스의 뒤쪽 공간이 사선으로 베어지며 일렁거렸다. 놀랍게도 지금 아더가 휘두른 검격이 광속(光速)을 넘어서면서 한순간 물질 붕괴가 일어난 것이다.

"광검결 오의(奧義) 일섬(一閃). 현재 내가 사용할 수 있는 최강의 공격이다."

천광(千光), 백뢰(百雷), 십망(十亡), 일섬(一閃), 광검결을 깨달으면서 그의 화두는 어떻게 하면 더욱더 빠른 공격을 날릴 수 있는가 하는 것이었고 때문에 더 경지가 높아지면 높아질수록 검을 휘두르는 횟수가 줄어들었다. 그리고 그 궁극이 바로 일섬, 광검결의 진정한 일격이다.

"큭큭. 묻지도 않은 소리를……."

"혹시 궁금할까 봐. 자기가 뭐에 죽는지는 알아야 하잖아?"

태연하게 웃는 아더였지만 내심 씁쓸함을 감추지 못하는

그다. 사실 솔직한 심정으로 말하자면, 그는 설사 패배하더라도 시리어스와 일대일로 붙고 싶었다.

'멍청한 생각을.'

그러나 실리를 위해 몬스터와 싸우는 유저들에게 있어 그건 비합리적인 생각이다. 게다가 그 생각에 동료들이 동의한다는 보장 역시 어디에도 없지 않은가?

"으으. 죽겠어 주인. 돌아갈게."

"아, 미안."

아더의 사과와 함께 아더의 손에 들려 있던 검이 미끄러지듯 그의 손에서 빠져나와 허공을 날았다. 비늘을 붙여 만든 것 같은 모양을 가지고 있었던 그의 검은 너무나 당연하다는 듯 눈을 뜨고 허공에서 몸을 폈다. 그건 아더가 소환한 소환수, 검룡(劍龍) 더스틴이다.

웅—

더스틴이 공간을 넘어 사라지자 암흑의 방패를 두른 채 숨어 있던 전갈이 모습을 드러냈다. 물론 그가 만들어낸 암흑의 방패 따위는 시리어스의 주먹질 한방이면 박살 났을 테지만 그렇다고 무방비로 있을 수는 없는 일이 아닌가?

"끝난 거야?"

"아직 마무리는 짓지 않았으니 조심하세요. 뭐, 그것도 금방이지만."

아더는 장비를 변경해 멀린에게 구입했던 +9무변(無變)을 꺼내 들었다. 그것은 고정(Fixation) 주문이 걸린 강화무기로 강력한 마법이 걸려 있는 다른 강화장비와 다르게 오직 검 그 자체가 굳건해지는 것만이 유일한 효과인 검이다. +9무변은 일반인이 들게 되면 그냥 한없이 단단하기만 한 검이라 아무 쓸모도 없지만 아더에게는 아주 중요한 무장이었다.

'더스틴에게 사과해야겠군. 아무리 급해도 녀석으로 일섬을 펼쳐 버리다니.'

광검결의 최종오의라고 할 수 있는 일섬은 일순간 광속을 뛰어넘으며, 그렇기에 검에 가해지는 충격이 상상을 초월한다. 물론 아더는 수십 가지 수단으로 그 충격으로부터 자신과 검을 보호하지만 그렇다고 해도 그 부담이 가벼워지는 것은 아니어서 더스틴이 부상을 입고 환계로 돌아간 것이다.

쩌엉! 파지직!

그가 일섬을 펼쳐 낸 후유증으로 잠시 몸을 가누고 있을 때 크루제가 쏘아낸 대구경 저격총이 시리어스의 이마를 후려치고 아더의 펫 투슬리스가 뿜어낸 벼락이 그 몸을 태운다. 너무나 당연하게도, 그들은 적이 사경에 빠졌다 해도 방심하는 스타일이 아니다. 심지어 이렇게 위험한 적은 재빨리 죽이지 않으면 어떻게 될지 모르는 것이다.

그러나 시리어스는 땅을 뒹굴면서도 끝끝내 죽지 않았다.

"맙소사. 이거 대체 얼마나 단단한 거야? 방어를 못하는데도 안 죽어?"

아더의 검격에 몸이 반 이상 뜯겨 나간 상황에서도 자신의 공격을 견뎌내는 시리어스의 육체에 크루제는 황망함을 감출 수 없었다. 상황이 이 지경이라는 것은 만일 아더가 없었다면 시리어스가 그녀를 가지고 놀다 죽였을 거라는 뜻이다.

'뭐야. 언제 이렇게까지 벌어진 거지?'

아더가 자신보다 강할 거라는 것 정도는 짐작했지만 그 차이가 이렇게까지 심각할 거라고는 예상하지 못했던 크루제는 신음했다. 그녀는 머릿속으로 아더와의 가상 대결을 펼쳐 보았고, 아더가 진심이라면 자신이 십수 초 안에 참살당할 것이라는 사실을 알 수 있었다.

"짜증나네."

오오오―

크루제의 오오라가 끓어올라 그녀의 손 위에서 형태를 만들기 시작한다. 어차피 저항할 수 없는 상태이기는 하지만, 시리어스의 숨통을 확실하게 끊어버리기로 한 것. 그리고 그때였다.

"위대한 부름을 받아라! 네가 바로 종말(終末)의 주인이다!"

강력한 영언이 후려친다고 느껴질 정도로 강하게 주변을 장악한다. 아더나 크루제는 항마력으로 가볍게 흩어냈지만,

그들보다 수준이 떨어지는 전갈은 한순간 바닥에 주저앉아 버릴 정도로 강력한 영언이다. 심지어 중상을 입었던 랜슬롯은 하마터면 그대로 사망할 뻔했다.

"로그아웃."

아슬아슬하게 죽지만 않은 랜슬롯이 토해내듯 중얼거렸다. 미션 도중 이탈하면 보상을 받지 못하지만 지금은 그런 걸 따질 때가 아니다.

로그아웃 중입니다. 11초 동안 이동할 수 없습니다. 적에게 공격당할 수 있으니 주변이 안전하지 않다면 로그아웃을 취소하시고 대응하길 바랍니다. 11초. 10초. 9초…….

다행히 11초 동안은 별다른 공격이 없었기 때문에 랜슬롯은 무사히 전장을 빠져나갈 수 있었다. 그러나 전갈은 상황이 조금 달라서 주문을 외워 스펙터를 소환했다. 어쨌든 그는 별다른 부상을 입지 않은 만전의 상태였고 비록 전력은 안 된다지만 이대로 버티다가 미션을 성공하면 보상을 받을 수 있을 거라고 생각했기 때문이다.

쿠우우—

그러나 거대한 힘이 집중되며 만신창이가 되어 쓰러져 있던 시리어스의 몸이 일으켜지더니 문자 그대로 시간을 거꾸로 돌리듯 회복되기 시작한다. 초회복이라면 제법 흔한 수준의 능력이지만 검기에만 상처를 입어도 신성마법이 듣지 않는다는 걸 생각하면 아더의 광검결을 맞고 이렇게 빨리 회복하는 건 있을 수 없는 일이다.

"저열한 암흑! 지금 그 권세를 넓혀 모든 존재가 고통에 울부짖게 하라!"

전갈은 모든 흑마력을 집중시켜 시리어스에게 강대한 저주를 걸었다. 그것은 상대의 회복력을 역전시켜 회복력이 빠르면 빠를수록 더더욱 치명적인 타격을 입게 하는 고위 마법. 그러나 자색의 기운이 시리어스의 몸을 휘돌고 마법이 튕겨 나온다.

"미, 미친. 방어도 아니고 항마력만으로 튕겨내? 아무리 렙 차이가 있다지만 이건 너무 심… 설마!"

전갈이 화들짝 놀라며 오른손으로 수인을 맺은 후 원을 그렸다. 허공에 떠오른 원은 시리어스의 몸을 비추었고, 원 안에 떠오른 문자를 확인한 전갈은 비명을 질렀다.

"추, 추정 레벨 20. 초월자야!!"

"뭐라고?!"

초월자들의 강함이 얼마나 심각한지 잘 알고 있는 크루제가 비명을 질렀다. 아더는 오른손을 뻗었다.

"신기 가동. 엑스칼리버(Excalibur)."

콰릉!

벼락이 뿜어졌다. 이후 매서운 검격이 공간을 찢어발긴다.

그러나 벼락도 검격도 적의 몸에 닿지 못한다. 시리어스의 등에서 펼쳐진 거대한 날개가 벼락도 검격도 아무렇지 않게 막아낸 것이다.

"저런 괴물이 천사의 날개라니… 잡아먹은 건가? 아니면 인간들한테 그랬듯 감염시켰어?"

마법사의 본능인 것인지 이런저런 추론을 토해내는 전갈이었지만 그게 중요한 게 아니었던 만큼 몸을 피해 무너진 건물 잔해에 숨는다.

"로그아웃."

어둠의 마력으로 몸을 숨기고 [현실]로 빠져나가려고 했다. 처음부터 그랬지만 이건 그가 끼어들 만한 수준의 전투가 아니다. 그냥 인펙터와 하위의 슬레이어들만 처치하고 빠지는 게 가장 이상적이었다는 판단이 들 정도.

그러나 그런 판단조차 너무 늦었다.

푸욱!

새까만, 너무나 새까매 빛을 빨아들이는 것만 같은 여덟 개의 발톱이 전갈의 상체를 관통했다. 손의 크기는 그의 전신을 잡아챌 정도로 커서 그대로 주먹을 쥐자 몸이 일그러진다.

"크… 억?"

화끈한 살을 찢어버리는 고통에 비명조차 지르지 못하고 괴로워한다. 디오를 플레이한 이후 단 한 번도 느껴보지 못한 어마어마한 통증이 그의 정신을 뒤흔들었다. 그건 다시 말해 디오의 통각 제어 시스템이 망가졌다는 뜻이다.

팟!

크루제는 고성능 폭탄을 만들어 투척했지만 시리어스가 날개를 휘두르자 마치 지우개로 지워 버린 듯 허공에서 사라져 버린다. 폭약을 강제로 오오라로 환원시킴으로써 파괴력을 제거한 것이다.

"전갈 형! 괜찮아요?"

"살려줘. 아, 아파……. 너무 아… 컥… 안……."

우드득!

검은색의 발톱에 관통되어 경련을 일으키던 전갈은 이내 온몸이 산산이 우그러져 사망했다. 피투성이였던 그의 몸이 금빛 연기로 흩어져 사라지는 모습에 아더는 섬뜩함까지 느꼈다.

'이건?'

아더는 몸을 떨었다. 이상한 일이었기 때문이다. 애초에 죽음은 유저들에게 '짜증' 나는 일이지 '공포'의 영역이 아니었지만 지금의 죽음은 너무나 이질적이었기 때문이다. 게다가 유저는 레벨이 몇이든 고통스러워하다가 죽는다는 상황 자체가 있을 수 없다. 정도를 넘어서는 고통은 [정보]로만 파악하는 게 유저라는 존재가 아니던가?

"야, 조금… 이상하지 않아? 저 발톱에 흐르는 기운이 너무 흉험해 보이는데."

이제는 단둘만 남은 상황이었기에 아더의 뒤로 빠진 크루제의 말에 아더 역시 고개를 끄덕였다. 그의 눈에도 시리어스의 발톱에 흐르는 기운이 심상치 않아 보이는 건 사실이었기 때문이었다. 이제는 제법 많은 이능을 섭렵한 상태임에도 [해석]이 되지 않는다.

"큭큭. 아아. 종말을 하사하시는 데에는 시간이 걸리니 내 위기를 보시고 하신 건 아니겠지만… 정말 적절한 타이밍이군. 운이 내 쪽에 있는 건가?"

놀랍게도 시리어스는 불과 수분 전과 차원이 다른 힘을 지니게 된 상태였다. 그를 죽음에 몰아갈 정도로 우세를 유지했던 아더와 크루제는 그의 몸에서 뿜어지는 기운만으로도 휘청거릴 정도다.

"신기 가동! 허무의 왕관(Crown of Nihility)!"

외침과 함께 화려하게 빛나는 백색의 왕관이 크루제의 머리에 씌워진다. 그것은 그녀의 메모리(Memory)를 순간적으로 증폭시키는 신기로 허무의 왕관을 쓴 상태라면 그녀는 평소 감히 불러볼 생각조차 못했던 물건들을 구현할 수 있었다.

"한정무구(限定武具) 가동! 나와서 부숴라! 박살 내라! 어스브레이커(Earth Braker)!!"

순간 크루제로부터 어마어마한 공간의 파동이 퍼져 나갔다. 존재하는 그 자체만으로도 차원을 뒤흔드는 그것은 그녀의 손에 잡힌 두터운 검신의 검이다.

쿠우우!

검이라고는 하지만 단순히 휘둘러 맞추는 방식의 무기는 아니다. 크루제의 어스 브레이커는 인력과 척력을 지배하며 자체적으로 벡터를 조작하여 제4문명에서도 전략병기로 취급되는 물건인 것이다.

크루제의 어스 브레이커가 제어하는 것은 방향성만이 아니다. 그 정도야 아더가 평소 사용하는 혼검결조차 할 수 있는 것. 그러나 벡터의 조작이 방향성은 물론 힘의 크기의 영역에까지 들어서게 되면 그 자체만으로 상식을 파괴하는 초과학의 산물이 되어버린다. 존재하는 그 자체만으로 질량 에너지 법칙을 무너뜨리는 것이다.

$E=mc^2$

물리학에서는 질량과 에너지를 동등하게 보며 이는 흔히 질량에너지 등가라고 불리기도 한다. 그러나 그것은 어디까지나 현대과학의 한계이며 온갖 미션에서 미래세계의 병기와 정보를 접한 크루제는 질량 에너지 법칙보다 상위의 이론을 깨달을 수 있었다. 굳이 설명하자면.

$E=I$

즉, 에너지=정보라는 뜻이다. 오오라를 데이터로 변환해 해당 정보를 가지는 것만으로 그것을 현실로 구현하는 게 가능한 크루제는 막대한 정보를 집약시켜 물질세계에 간섭하는 게 가능한 무시무시한 물건을 구현하고 만 것이다!

"하압!"

크루제가 어스 브레이커를 휘두르자 땅이 뒤집히며 한순간에 수 톤이 넘는 콘크리트와 시멘트가 가속되어 알갱이 하나하나가 탄환처럼 발사된다. 그 어마한 위력에 경악한 시리어스는 재빨리 역장을 펼쳐 공격을 막아냈지만, 크루제가 쏘아낸 시멘트와 콘크리트 덩어리들은 그 하나하나가 백터 캐논의 탄두였기에 차원을 단절할 정도의 위력을 가진 역장조차 무시무시한 기세로 깎여 나가기 시작한다.

"부르나니 나타나라! 용의 상상(Imagine of dragon)!"

"크아아앙—!!"

이어 아더가 마스터 스킬을 발동시키자 그의 등 뒤로 너무나 거대한 그야말로 고층빌딩에 맞먹는 덩치의 레드 드래곤이 등장했다. 그것은 언젠가 그와 싸웠던 레드 드래곤 이그니스였다.

후읍—!

주변 공기가 빨려 들어간다. 당연히 여기에 나타난 레드 드래곤 이그니스는 본체가 아니겠지만, 놀랍게도 가짜 이그니스는 일순간 본체와 맞먹는 힘을 가지고 있었다.

"뭣? 설마……."

화악—

마치 광선과도 같은 폭염이 뿜어졌다. 이그니스가 뿜어낸 수억 도의 열기는 그 자체만으로도 문제였지만 거기에 담긴 미증유의 마력은 더욱 큰 문제다.

"크으윽!"

마침내 역장이 뚫리고 수억 도의 열기에 노출된 시리어스의 몸이 타오르기 시작했다. 만약 여기에서 크루제가 어스 브레이커를 연달아 사용하면 20레벨에 도달했든 말든 죽을 수밖에 없는 상황이었다.

"쿨럭!"

그러나 크루제의 손에 들려 있던 어스 브레이커가 재로 변해 흩어지고 크루제가 피를 토했다. 어스 브레이커는 그녀의 수준에서 다루기에는 너무나 상위의 병기이기 때문에 그녀에게 가는 부담도 어마어마하기 때문이다. 게다가 어스 브레이커가 아무리 강력해도 그걸 버텨야 하는 건 크루제의 몸. 그녀가 어스 브레이커를 유지할 수 있는 시간은 원래 1초에도 채 미치지 못한다.

"제길. 되풀이되는 환상(Repeated Phantasm)을 썼는데도 11초가 끝이라니!!"

그렇다. 그녀가 여기까지 어스 브레이커를 유지할 수 있었던 것은 그녀의 마스터 스킬 때문이다. 구현에 가해지는 부담을 거의 제로에 가깝게 줄여주는 그녀의 마스터 스킬은 보통 10분 넘게 유지되며 그동안 그녀는 거의 무적에 가까운 존재—물론 시리어스 같은 적을 만나면 이야기가 달라지지만—가 되게 만들어주곤 했는데, 지금 같은 경우에는 너무나 상위의 병기를 꺼냈기에 불과 11초 만에 끝나 버린 것이다.

쾅!

신음하던 크루제가 시리어스의 주먹에 얻어맞고 튕겨 나갔다. 아더가 막아섰지만 대등하게 싸울 수 있었던 최초와 달리 시리어스는 초월자의 경지에 들어선 상태였기에 불과 수 초 만에 수십 방이 넘는 공격을 허용해야 했다.

"크. 진짜 괴물이네!"

수십 바퀴나 바닥을 구른 크루제가 간신히 몸을 일으키며 신음했다. 그녀의 어스 브레이커는 과학의 극의에 도달한 문명의 정점이자 파괴의 정화라고 할 수 있으며 아더가 불러낸 이그니스의 숨결은 파괴적인 마력의 정점이라 할 수 있는데, 거기에 맞서고도 이렇게 움직일 수 있는 생물이 있다니 그야말로 질려 버릴 지경이었다.

"크윽. 미안하군. 인정한다. 너희는 정말 대단해. 하찮은 인간 주제에 이 정도의 힘을 가지고 있다니."

시리어스의 말투가 정중해졌지만 차분해진 살기는 피부를 찌릿찌릿 울릴 정도. 아더는 어떻게든 일섬을 펼쳐 보려고 했지만 얻어맞을 때 무슨 짓을 당한 것인지 내공이 모이질 않았다.

"죽어줘야겠다."

전해지는 것은 무지막지한 살기. 그리고 그때였다.

파직!

빛살처럼 날아든 뇌전의 검이 등에 틀어박혀 육체를 통제 불가의 상태로 만들고 하늘에 떠오른 거대한 섬이 무지막지한 힘으로 그를 짓누른다. 마지막으로 피어오른 홍염은 그의 전신을 뒤덮으며 사납게 타올랐다.

제우스의 번개검(Lightning Blade of Zeus)!
우라노스의 천공섬(Sky island of Ouranos)!
아폴론의 불타는 홍염(Burning Prominence of Apollon)!

그것은 보통의 마법사들은 흉내조차 낼 수 없는 거대한 마력의 현현이다. 멀린이 하울링 스펠이라 이름붙인 이 놀라운 파괴마법들이 발동하기 위해 필요한 마석은 지금의 멀린조차 일주일이 넘는 시간 동안 고생해야 간신히 하나 만들 수 있을 정도로 제작 공정이 까다롭다.

"원래 막타를 주워 먹는 것도 재주지. 그렇게 생각하지 않아?"

어느새 시리어스의 등 뒤에는 붉은색의 로브와 큰 챙의 마법사 모자를 쓰고 있는 청년이 서 있었다. 심연의 군주 카이사르의 축복을 받아 일순간 초월지경에 들어서게 된 시리어스의 간격 안에 겁도 없이 들어선 것이다.

"크하하! 개소리도 개소리지만…… 컥?!"

번개처럼 몸을 돌려 멀린을 공격하려던 시리어스는 가슴

팍에서 전해지는 타격에 신음했다. 무슨 일이 일어난 것인지 '이해' 할 수가 없다. 어느새 그의 가슴에는 멀린의 손자국이나 있는 상태였다.

푸확!

이어 두 번째 손자국이 그의 등에 새겨진다. 타격은 어마어마하다. 멀린의 무공은 방어에 적합하지 못하고 장기전에는 더더욱 적합하지 못하지만 그 반대급부로 공격에는, 그리고 단 한방에 있어서는 그 누구도 따라올 수 없는 경악스러운 위력을 자랑하는 것이다.

무리수(無理手).

그것이야말로 방어도 회피도 불가능한 정점의 무리였다.

"젠장… 젠장……. 똑같은 기술을 두 번이나……."

"몇 번 보든 마찬가지야."

물론 시리어스의 상태가 완전히 정상이었다면 무리수를 몸으로 받아내며 반격이 가능했을 테지만, 어스 브레이커와 드래곤 브레스를 받은 그의 몸 상태가 정상일 수는 없다. 초월자는 분명히 선을 넘어선 존재지만, 신의 영역에서 보면 하위의 존재일 뿐이다.

"나 돌아가노라. 다시 허락된 기적(Regeneration)."

마스터 스킬이 발동했다. 그리고 멀린은 공간을 넘어 너무나 간단히 수백 미터 이상 물러선 후 자신의 신기, 올림포스(Olympos)를 꺼내 들었다. 심상치 않은 기색을 느낀 시리어스는 공간을 뛰어넘는 것 같은 속도로 그에게 달려들었다.

"이노오옴!!"

"늦어."

제우스의 번개검(Lightning Blade of Zeus)!

우라노스의 천공섬(Sky island of Ouranos)!

아폴론의 불타는 홍염(Burning Prominence of Apollon)!

멀린의 신기 올림포스(Olympos)는 멀린의 하울링 스펠 중 세 개를 선택하여 저장할 수 있는 능력이 있었다. 중요한 것은 일단 주문을 저장시켜 놓으면 현실시간 기준으로 3일에 하나씩 주문이 충전된다는 것이다. 멀린이 만들어내는 마석과 별개로 하울링 스펠을 발동시킬 수 있는 강력한 무구다.

푸확!

그리고 다시 공간 이동해 3갑자의 내공이 실린 무리수를 먹이자 무지막지한 타격에 마침내 시리어스가 무릎을 꿇었다. 노딜레이로 사용하기에 가벼워 보일 수 있는 무리수는 사실 아더의 일섬에 버금가는 위력을 갖추고 있는 것이다.

"미친… 미친… 이게 대체 무슨……."

엉망진창이 되어버린 몸 상태에 신음하는 시리어스를 향해 멀린이 다가섰다. 그의 손으로 막대한 내공이 집중되고 있었다.

"안녕."

두말도 필요없다. 그는 적을 두고 시간을 끄는 행동 따위는 딱 질색이었다.

푸확!

공기가 터져 나가는 소리와 함께 시리어스의 머리가 터져 나갔다. 일단 영적인 방어가 무너져 내리자 육체의 방어력 또한 급감해 버린 것이다.

"흐음. 실전에서 이렇게까지 해보긴 처음이군."

너무나 당연한 말이지만, 전력을 다한 무리수는 연속으로 쓸 수 있는 기술이 아니다. 사실 정확히 말하자면 일회성의 필살기로 연속으로 사용하는 상황 따위는 있을 수 없어야 하는 것. 사용되는 내공도 내공이지만 3갑자 내공의 무리수를 세 번만 사용해도 전신 혈맥이 회생이 불가능할 정도로 갈기갈기 찢어지는 것이다.

그러나 멀린의 마스터 스킬 다시 허락된 기적(Regeneration)은 시간 축을 뒤틀어 그의 몸 상태를 최고 한 시간 전으로 되돌리는 것이 가능하다. 심지어 그 효과의 범위 안에는 그의 신기까지 들어가기 때문에 단시간 내에 막대한 공격을 쏟아부을 수 있는 그가 그런 회복능력을 가지면 일순간 상상을 초월하는 화력을 발휘할 수 있게 된다.

푸스스.

시리어스의 몸이 흩어지고 거기에는 검은색의 구슬이 남았다. 죽은 대상이 대상인만큼 멀린은 구슬 주변에 봉인 마법진을 펼친 후 아공간에 집어넣어 버렸는데 그 모습을 보고 있던 크루제가 구시렁거렸다.

"와아… 스틸 매너요."

"미션인데 스틸이 어디 있어. 이럴 때는 살려주셔서 감사하다고 하는 거야."

"흥!"

토라진 듯 고개 돌려 버리는 크루제의 모습에 웃으며 아더를 향해 고개를 돌렸다. 상당한 부상을 입은 그였지만 자리에서 일어나 몸을 털고 있다.

"괜찮아요?"

"응. 덕분에 살았어."

아무래도 비슷한 수준의 유저가 많지 않았던 만큼 그들은 꽤 친해진 상태다. 나이로는 아더가 가장 형이었기에 멀린은 아더에게 존대를 했고 외국인인 크루제는 모두에게 반말을 한다.

미션 클리어! 10초 후 귀환합니다!

떠오르는 텍스트에 멀린의 눈이 가늘어졌다. 그는 잠시 생각하다 아더에게 물었다.

"혹시 이 모든 상황. 운영진이 예측하고 있었을까요?"

"글쎄. 녀석들이 뭔가를 꾸미고 있는 느낌이기는 했지만… 너무 어렵게 생각하지는 마. 음모를 꾸미는 것도 쉬운 일은 아니야. 모든 일을 통제하는 건 불가능하지."

맞는 말이다. 운명에 관련된 권능을 가진 최상위급 신이 아닌 이상 모든 일을 재단하여 음모를 꾸미는 건 불가능에 가깝다. 물론 시도야 얼마든지 할 수 있고 실제로 성과를 낼 수도 있지만, 세상은 변수로 가득 차 있으며 그 변수들이 어떻게 작용하게 될지는 아무도 모르는 것이다.

'어쩌면. 지금 이 녀석이 죽은 것도 계산 밖의 일일지도 모르지.'

시리어스가 종말의 힘을 얻은 다음에나 도착한 멀린이었지만 그는 시리어스의 원본이 가진 힘 역시 대략 추측할 수 있었다. 그리고 그런 괴물이 둘이나 된다면 유저들이 버틸 수 없을 것이라는 사실 역시 알았다. 어쩌면 이 시리우스의 죽음은 노블레스에게 중대한 변수가 될지 모른다.

'천천히 생각해 봐야겠군.'

그렇게 중얼거리는 순간 10초가 지난다.

그리고 세상이 어두워진다.

Chapter 36

차원이동 고교생과의 만남

키잉! 키이이잉!

용노는 새로 구한 단독 주택의 지하실에서 전기드릴로 철판에 구멍을 뚫었다. 지하실 한쪽에서는 합금으로 만들어진 금속판이 빨갛게 가열되고 있고 그 위에 놓인 몇 개의 보석은 각자 고유의 빛을 흩뿌리며 금속판에 마력을 주입한다.

"후우… 흔하고 싸고 범용성 넘치는 정석들이 그리워서 미쳐 버릴 것 같아."

한쪽 눈에 돋보기를 낀 그는 땀을 뻘뻘 흘리며 기절할 정도로 비싼 보석들을 세공하고 있다. 디오 속이었다면 이딴 매개체는 쓸 필요도 없이 바로바로 결과를 낼 수 있을 정도의 경지에 올라선 그이지만 가진 내공은 10년이 채 안 되고 마력 역시 60테트라에 못 미치는 현실에서는 거의 대부분의 작업을 전기와 공구들로 대체해야 하는 상태다.

기잉—

그리고 약 다섯 시간의 작업 끝에 결과물이 나왔다. 그가 만들어낸 것은 가로세로 2미터 정도 되는 금속판. 1센티미터 정도의 두께를 가진 금속판에는 기하학적인 마법 문양들이 복잡하게 새겨져 있다.

“좋아. 마나회로 설치도 끝났으니 시작해 볼까?”

용노는 눈을 감고 주변의 마나를 끌어당긴 후 기천의 가르침에 따라 정제하기 시작했다. 이 지구상에 오직 그만이 가능한 이 마법적 능력은 이제 상당히 익숙해져 도우미 NPC였던 마리의 인장이 없더라도 어느 정도 활용이 가능한 수준이다.

기이잉—

주변의 마나가 마력으로 변환되어 금속판, 정확하게 말하면 금속판에 새겨진 마나회로에 깃들기 시작했다. 영맥이 없는 지구라 해도 마나조차 없는 세계는 아니기 때문에—그런 세계는 있을 수 없다—대기에 존재하는 마나를 영력으로 변환하는 가공의 영맥만 만들 수 있다면 누구라도 이능을 사용하는 게 가능해지는 것이다.

다만 안타깝게도 그 영맥을 만들기가 너무 어려워 아직까지 무공이나 마법을 타인이 사용하게 하는 게 불가능한 상태이기는 했다.

"좋아. 활성화 완료. 대충 스무 시간 정도 기다리면 되겠군. 솔직히 성공해도 여러 가지 문제가 있는 술식이긴 하지만."

삐비빅— 삐비빅—

용노가 미묘한 표정을 짓고 있을 때 실험실 한쪽에 설치된 인터폰이 조용히 울리기 시작했다. 지하실은 강화문으로 폐쇄되어 있기에 만들어놓은 연락 장치였다.

"무슨 일이야?"

[손님이 왔어.]

"손님?"

[가슴 작은 아이돌. 실제로 보니 더 작네.]

차분한 목소리와 함께 수화기 건너편에서 '뭐라고요?!' 하는 소리가 들리자 용노는 쓰게 웃었다.

"하하 알았어. 너무 자극하지는 말고."

그는 실험실을 간단히 정리한 후 단거리 공간이동으로 실험실을 빠져나왔다. 그리고 옷을 갈아입고 1층으로 올라갔다. 실험실에는 현대 문명으로 재현이 불가능한 마법 물품들이 다수 있었기 때문에 아주 작은 환기구만을 남겨둔 채 입구를 폐쇄하고 공간이동으로만 오가고 있는 것이다.

"앗, 용노야. 오랜만."

당연하지만 찾아온 손님은 최근 절정의 인기를 자랑하는 솔로 아이돌, 리프였다. 귀엽고 깜찍한 이미지를 가진 그녀는 놀랍게도 운전면허를 딴 후 자가용을 타고 그의 집에 들른 것이다.

"뭐 오랜만까지… 아, 고마워."

용노는 소파에 앉아 은혜가 내미는 주스를 받은 후 슬쩍 그녀의 모습을 바라보았다. 대체적으로 차분한 그녀의 표정에는 별다른 표정이 떠올라 있지 않지만 왠지 모르게 리프를 경계하는 기색이 느껴진다.

현재 은혜는 용노와 동거하고 있는 중이다. 미국은 물론 세계 전체에 영향력을 끼치는 [기관]은 들어가는 것만큼 나오기도 힘든 단체이지만 각국의 대통령과 유력자들의 정신을 제압한 용노는—비록 공식적이지는 않지만—누구도 무시할 수 없는 권력을 손에 넣은 상태.

더불어 미합중국의 연구원들은 은혜에게 받았던 정보를 기반으로 반중력 장치의 3차 실험에 성공함으로써 그녀에게 바라는 게 없게 되었다. 그녀는 단지 마스터의 자격으로서 외부요원으로 그 직책을 바꾸게 된 것이다.

"어, 저기 그런데… 이 애는 누구야?"

동거를 하게 되었다고는 하지만 은혜가 집에 제대로 머물게 된 건 극히 최근의 일이다. 그녀의 원래 집도 있었고 기관 관련 일도 많아서 상당한 시간을 미국에서 보냈기 때문에 은혜와 리프가 마주친 적은 단 한 번도 없던 것이다. 심지어 리프는 스케줄이 너무 바빠 일주일에 한 번 오기도 힘든 몸이 아니던가?

"친구야. 같이 살고 있지."

"다, 다 큰 남녀가 동거를 한다니… 너무 개방적인 거 아냐?"

"아니, 별로 같은 침대에서 자는 것도 아닌데 그 정도까지야. 집도 넓고."

"그, 그런가?"

너무나 태연한 용노의 대응에 수긍하면서도 어색하게 웃던 리프는 이내 고개를 흔들고 말했다.

"그나저나 대표님 제안은 생각해 봤어? 조건은 나쁘지 않던데."

"하하. 좋게 봐주셔서 고맙긴 하지만 그런 건 싫어. 대중 앞에 나설 입장도 아니고."

리프가 말하는 일이란 바로 가요계 데뷔였다. 어이없게도 SH엔터테이먼트의 대표인 김성현은 용노에게 가수가 되라고 제안했던 것이다. 일단은 연습생으로 받아들일 거지만 금방 데뷔시킬 거라는 약속까지 했던 것. 그러나 용노는 사람을 대하는 걸 싫어했으며 상황마저 맞지 않는다. 그는 온갖 강대국들의 보호를 받고 있는 최고기밀의 인물인 것이다.

물론 마법적인 능력까지 가진 용노가 정말 하려고 한다면 못할 것도 없겠지만 하루 24시간 중 절반은 디오의 플레이에, 나머지 절반은 능력개발과 마법물품 제작에 사용하는 그가 대중에 노출되면 득보다 실이 크게 마련이다.

"하지만 아깝네. 너는 음감도 좋고 음역도 엄청 넓어서 가수가 되면 좋을 것 같은데. 게다가 넌 작곡도 할 수 있으니 싱어송 라이터를 할 수도 있단 말이야. 사실 그만한 재능은 흔치 않아서……."

"흠."

용노의 표정이 기묘해진다. 재능이 있다. 그건 과거의 그가 가장 싫어하던 말이다. 드높은 재능을 가진 그였지만 그럼에도 그는 [인간]을 좋아하지 않았으며 [다수의 인간]에게는 공포까지 느꼈던 적이 있었기 때문이다.

과거 그가 탔었던 여객선이 가라앉았을 때 그에게 필사적으로 매달리던 수많은 사람들의 시선이 그의 심층심리에 깊숙한 상처를 남겼고 그 후로 그는 물에 몸을 담그는 것에 공포를 느끼게 되었다. 다행히 과거의 자신, 그러니까 멀린과 화해를 한 후에는 어느 정도 극복을 해낸 상태지만 그렇다 해도 별로 기꺼운 소리는 아니다.

"미안."

"아, 아냐. 오히려 내가 미안하지. 가수 일도 취향이 안 맞으면 할 만한 게 아니니까. 대표님도 싫다고 하면 그냥 포기하라고 하셨고. 근데 사실 특이해. 대표님은 사실 엄청 집요한데 말이야."

그녀의 말대로 SH엔터테이먼트의 대표인 김성현은 스타가 될 기미가 보이는 사람을 만나면 무슨 수를 써서라도 스카우트하는 집념의 소유자였다. 물론 약점을 잡고 협박을 한다거나 하는 더러운 수를 쓰는 건 아니다. 마음을 동하게 하지 못하면 아무리 재능이 있더라도 스타가 될 수는 없으니까. 대신 그는 그 스스로가 대표임에도 직접 움직이는 정성과 정밀한 조사와 계획을 동반해 상대방에게 감동을 주는 마케팅(?)을 발휘하는 데 능한 존재였던 것이다.

하지만 그런 그였기에 오히려 쉽게 포기한다. 왜냐하면 조사하면 조사할수록 용노가 함부로 접근하기 힘든 어떤 배경을 가지고 있다는 걸 알 수 있었기 때문이다. 물론 그것은 온갖 유력자들과 국가 자체의 비호로 유명 엔터테이먼트의 대표인 그라고 하더라도 어떻게 할 수 있는 종류의 것이 아니다.

"아 저기, 오늘 저녁에 콘서트 있는데 안 올래? 마침 회사에서 받은 표도 있고."

"콘서트?"

"응. 우리 SH에서 단독으로 콘서트를 하기로 했어. 유명한 선배들도 진짜 많이 와."

"흐음……."

리프가 내민 것은 인기가 너무 좋아 암표가 돌 정도로 비싼 티켓이었지만 용노는 난색을 표했다.

"사람 많은 데는 좀 별로인데."

"아, 그, 그래? 그럼 아깝지만 할 수 없네. 그럼 그냥 디오에서 친구 추가나 하자."

"그 정도야 어려울 것 없지."

용노와 리프는 그 자리에서 서로의 아이디를 교환했다. 리프는 물론이고 용노까지도 디오 속에서 꽤나 유명한 상태였기에 친구추가는 물론이고 귓속말까지 차단되어 친구추가를 하려면 양쪽에서 같이 걸어야 한다.

쿡쿡.

"응?"

용노는 문득 옆구리를 찌르는 느낌에 고개를 돌렸다. 거기에는 은혜가 투명한 눈으로 그를 응시하고 있었다.

"가자."

"어딜?"

"콘서트."

"으음……."

용노는 곤란한 표정을 지으며 신음했다. 근래의 용노는 하루의 절반을 연구실에서, 나머지 절반을 디오에서 보내는 폐인 같은 삶을 살고 있었지만 그럼에도 그는 천외삼천 혹은 아우터 갓이라고 불리는 네임드 유저 중 하나다. 멀린의 이름이 박힌 장비들은 수천에서 최고 십수억을 호가해서 디오를 플레이하는 모든 유저들이 가지길 원하는 귀중품이고 그 스스로도 디오에 둘도 없는 고위 마법사로서 그 어떤 유저라도 압도할 정도로 강력한 것이다.

그가 연예인이거나 한 것은 아니지만 전 국민의 90% 이상이 디오를 플레이하는 대한민국에서 그를 알아볼 사람이 나오는 건 너무나 당연한 일.

그러나 은혜는 너무 가지고 싶은 인형을 바라보는 초등학생 같은 눈으로 용노를 바라보았다.

"안 돼?"

"그건… 후우, 뭐, 할 수 없지. 요즘 너무 집에 있기도 했고."

"…고마워."

"뭘."

용노는 기뻐 보이는 은혜의 반응에 그녀의 머리를 쓰다듬어 주었다. 그리고 그때 리프는 보았다, 언제나 변화 없이 무감동하던 은혜의 표정에—

씨익.

득의양양한 미소가 피어오르는 것을.

"……!!"

물론 큰 변화는 아니었다. 그저 입꼬리가 조금 올라간 정도. 그러나 그 모습에 리프는 주먹을 불끈 쥐었다.

'왜, 왜 화가 나지?!'

발끈하는 그녀였지만 그렇다고 화를 내기에도 미묘한 상황이었기에 리프는 이를 악물고 웃었다.

"앗 미안. 일행이 있을 줄 몰라서 표가 한 장밖에 없……."

"다른 콘서트 가자."

"…지만 내가 어떻게든 구할 수 있을 거야. 호호호."

냉큼 목적지를 바꾸는 은혜의 말에 어쩔 수 없이 말을 바꾼다. 그야말로 변명의 여지조차 없는 완벽한 패배였다.

"앗. 미안하게 그렇게까지 할 필요는 없는데."

"괜찮아. 명색이 회사 간판 아이돌인데 그 정도는 할 수 있어야지. 어, 어쨌든 준비해 놓을 테니 늦지 않게 와! 그럼!"

리프는 마지막에는 거의 소리치듯 말하고 밖으로 뛰어나갔다. 그리고 그 모습에 은혜가 중얼거렸다.

"귀엽네."

"그렇지? 확실히 인기가 있을 만해. 가창력도 좋고."

지금의 리프는 솔로 아이돌로서 압도적인 관심과 사랑을 받고 있다. 요정처럼 귀여운, 그러나 그러면서도 털털함과 호쾌함을 가지고 있는 그녀는 뛰어난 가창력까지 가지고 있어 톱스타라고 할 수 있는 가요계의 대표적인 아이돌이 된 것이다.

"그런데 작곡?"

"심심할 때마다 종종. 신세도 좀 졌고."

물론 리프는 자기가 신세를 졌다고 생각하고 있지만 용노는 그녀에게 도움을 받았다고 생각하고 있다. 불량학생들에게 성폭행당할 위험에 처했던 리프를 구한 것은 그야말로 충동적인 행동이었지만 어쨌든 그 일 때문에 그는 마나의 존재를 깨우쳐 이능을 사용하는 게 가능해졌기 때문이다. 만약 그 일이 없었다면 은혜를 구해내는 것도 불가능했을 테고 최종적으로는 지금처럼 평온한 일상을 손에 넣지 못했을 것이다.

"좋아. 그럼 갈 준비 할까? 오랜만에 데이트도 할 겸."

"…알았어."

빳빳하게 굳은 얼굴로 고개를 끄덕인다. 그러나 그것이 그녀가 부끄러워하는 모습이라는 것을 아는 용노는 그저 웃을 뿐이었고, 은혜는 창피함을 떨치려는 듯 입을 열었다.

"괜찮겠어?"

"뭐가?"

"가슴 작은 가수. 너한테 마음이 있는 것 같은데."

"뭐? 하하하. 그런 거 아냐."

태연히 고개를 흔들어 부정한다. 예전처럼 둔감해 타인의 마음을 이해 못하기 때문에 그런 것은 아니다. 오히려 멀린과 화해한 그는 누구보다 감각적으로 타인의 마음을 읽어낼 수 있어서 거의 독심술을 사용하는 수준에까지 이르렀으니까.

"아니라고?"

"응. 물론 호감을 가진 건 사실이지만 마음이 있거나 그런 건 아니야. 그냥 친구 정도로 생각하는 거지."

그러나 용노는 몰랐다. 자신이 타인의 마음을 확실하게 읽어낼 수 있는 만큼 오히려 크게 엇나갈 수도 있다는 사실을. 물론 그가 예상하는 대로 리프는 용노를 진실로 사랑하거나 하지 않지만 세상 모든 감정이 그렇게 딱딱 갈리는 건 아니지 않은가?

만약 용노가 연애소설이나 드라마를 많이 봐왔다면 이런 착오를 일으키지 않았을 테지만 안타깝게도 그는 그런 것들과 담을 쌓은 인생을 살아왔다. 심지어 용노는 영화도 별로 안 보는 문화 빈곤층(?)이었다.

"준비하고 올게."

"그래, 나도……."

쾅!

그때 폭음과 함께 땅이 진동했다. 연구실 쪽이었다.

"무슨?!"

용노는 깜짝 놀라 지하실로 뛰어 내려가려 했지만 그전에 바닥을 투과하듯 검은 연기가 솟구쳐 올랐다.

"캬캬캬캬캬!! 무인지대야. 무인지대구나!! 이렇게 연약한 세계에서 나를 부르다니!"

건장한 청년 두세 명 정도를 뭉쳐 놓은 것 같은 크기의 영체가 음산한 기운을 뿌리며 사악하게 웃었다. 물리법칙에 강하게 묶여 있는 지구에는 존재하지 않던 악령(惡靈)이다. 게다가 전해지는 영압이나 말투에서 느껴지는 지능은 그가 상당히 높은 수준의 악령이라는 걸 뜻하고 있다.

"크. 이게 무……."

"어딜!"

그 난데없는 사태에 이를 악물며 마력을 발하는 용노였지만 순간 검은 영기가 벼락처럼 은혜의 몸을 뒤덮었다. 그야말로 한순간에 벌어진 일이었기에 저항할 틈도 없을 정도. 이어 긴급한 상황에도 무표정하던 은혜의 얼굴에 매혹적인 미소가 피어오른다.

"후후후. 제법 특이한 기운을 가지고 있는 걸 보니 날 부른 건 네놈인가 보군. 하지만 설마 안전장치조차 없이 [문]을 열어놓는 애송이가 나만한 대(大)마신을 부를 줄이야."

"아직 완성도 안 된 소환진을 멋대로 비비고 들어와 놓고 대마신이라니 농담이 심한걸. 너 같은 녀석 따위 필요없으니 당장 돌아가 주지 않겠어?"

경고의 말을 내뱉으며 내공을 두르는 용노였지만 내심 낭패라는 생각을 버릴 수 없었다. 왜냐하면 악령에게서 느껴지는 마력이 너무나 거대해 감당하기 버거울 정도였기 때문이다. 디오 식으로 치면 무려 15레벨의 악령으로 이대로 세상에 풀려 난동을 부리면 수만 명은 우습게 해치울 정도의 괴물이었다.

'어렵겠는데. 디오 속이었다면 웃으면서 잡겠지만…….'

그러나 강대한 마나와 내공을 가진 디오 속의 몸과 빈곤한 마나와 밤톨만 한 내공을 가진 현실의 몸에는 지구와 안드로메다 정도의 간격이 있었다.

"후후후, 살아날 구멍을 만들어준 귀엽고 기특한 녀석이지만 본 마신에게 함부로 말을 내뱉는 건 참아줄 수 없는걸."

사뿐사뿐 근처 책상 위에 앉아 늘씬한 다리를 부드럽게 꼬는 은혜에게서는 아찔할 정도로 매혹적인 염기(艶氣)가 뿜어져 나왔다. 육체에 동화되고 있는 것인지 말투마저도 점점 여성적으로 바뀌고 있었다. 이건 위험한 징조였다.

"닥치고 꺼져. 쓴맛을 보고 싶지 않으면."

용노의 경고에 은혜의 눈초리가 치켜 올라갔다.

"후후. 누가 우위에 있는지부터 알려줘야겠군."

그렇게 말하고 오른손을 들어 올려 용노를 가리킨다.

"암천마신(暗天魔神)의 이름으로 말하나니……."

"굴복하라!"

강력한 힘이 실린 영언이 울려 퍼졌다.

"……."

그리고 그런 그녀를 용노가 뭐 어쩔? 하는 표정으로 바라보았다.

"어? 어어?"

은혜는, 아니, 정확히 말해 그녀의 몸을 차지한 고위 악령은 당황했다. 상당히 강력한 힘을 사용했음에도 아무런 현상이 일어나지 않았기 때문이다.

"아… 혹시나 했는데 역시 그렇군. 쓸데없이 긴장해서 손해 봤네."

자세를 낮추고 온몸에 내공을 둘렀던 용노는 투덜거리며 부엌으로 향했다. 그리고 거기에서 유리잔 하나를 골라 가져온다.

"뭐지, 이건?"

악령은 여전히 당황하며 멈칫거리다 잠시 후 자신이 깃든 몸에, 아니, 몸뿐이 아니라 새로이 내려선 이 무주공산의 세상 전체에 뭔가 문제가 있다는 걸 깨달았다.

"이, 이게 뭐야. 생물에도 무생물에도 영맥(靈脈)이 없어……?!"

악령의 상식에 의하면 세상에 자리한 모든 것들에는 영맥이 존재한다. 생명체는 물론이고 물건들이나 자잘한 돌멩이, 하다못해 공기 중에도 영맥이 존재하기에 영력이 흐르는 것인데 은혜의 몸은 물론 세상 전체에 단 한 가닥의 영맥조차 없는 것이다.

그야말로 물리적인 이치 위에서만 굴러가는 '그런 종류'

의 세계. 그리고 그런 세계에서 그녀와 같은 영적 존재는 그야말로 어떤 힘도 쓸 수 없다.

키잉!

"자, 이리 와볼래?"

"자, 잠깐. 네 이놈 무슨 짓을 하려는…… 흑?!"

그때 용노가 매직으로 [들어와 나가지 못하도다]라고 적어 둔 유리잔이 빨갛게 빛나면서 일정한 영적 파동을 내뿜기 시작했다. 용노의 마력을 재료로 한 매직의 글자가 마법회로의 효과를 발휘하면서 악령을 빨아들이기 시작한 것이다.

"흐윽? 이, 이건 말도 안 돼! 이, 이까짓 마력으로!"

"이까짓… 이라지만 그래도 이건 마력이지. 혹시 알아? 네가 가진 마력 중에 실질적으로 현상을 일으킬 수 있는 힘은 하나도 없다는 것을?"

아무리 강력한 고위의 영적 존재라도 지구에서 영적인 능력을 발휘하려면 영맥이 깃들지 않은 마나를 가공 가능한 마나로 바꾸는 변환기(變換機), 예를 들자면 기의 물질화를 다루는 기천(氣天)의 가르침으로 만들어낸 문장 비슷한 무언가가 필요하다.

만약 용노와 비슷한 종류의 인공 영맥을 가지지 못하면 아무리 강력한 영능력을 가진 존재라도 지구에 떨어져 할 수 있는 일이 아무것도 없다. 유령이 은혜의 몸을 빼앗았다지만 단지 정신을 제압했을 뿐 그 외에 그 어떤 이능도 발휘하는 게 불가능하다는 것이다.

하다못해 영화 엑소시스트에 나오는 유령들처럼 폴터가이스트(영적인 힘에 의해 물건들을 움직이는 현상)를 일으키거나 기괴한 목소리를 내는 것조차 불가능하다. 고위 악령이 하급의 유령보다 수천수만 배에 이르는 영력을 가지고 있다 해도 상황은 마찬가지다.

지구는 그야말로 이능의 불모지라 할 정도로 척박한 환경을 자랑하는 곳이었다.

"말도 안 돼! 이건 말도 안 된다고! 이런 어처구니없는 일이…익?!"

다급히 은혜의 몸을 빠져나가려던 악령은 용노가 내려놓은 유리잔의 흡입력에 놀라 황급히 은혜의 몸으로 되돌아갔다. 잘못 나갔다가는 단숨에 빨려 들어갈 정도로 강한 압력을 느꼈기 때문. 그리고 그 모습을 본 용노가 웃었다.

"자아~ 별로 예상에 없던 소재이기는 하지만… 마침 좋은 생각이 났어. 관점을 달리하면 악령의 악기(惡氣)도 훌륭한 에너지원이잖아?"

"자, 잠깐. 우리 협상하자. 나는……."

"그래, 이름은 지옥로(地獄爐)라고 해야지. 이 지긋지긋한 마력 부족에서 드디어 벗어나는 거야."

"이, 이봐?"

찌익!

용노는 당황하며 버둥거리는 악령의, 그러니까 은혜의 상의를 찢어냈다. 은혜는 달인에 가까울 정도로 단련된 육체를 가지고 있었지만 내공을 사용하는 용노와 비교하면 고양이와 호랑이 이상의 육체적 스펙 차이가 있었다.

"떨어져라."

나직이 말하며 매직으로 은혜의 어깨에 멀린 엠리스라는 이름을 써 넣는다. 그것은 단순한 이름이 아니라 강력한 힘이 실린 파워 워드(Power Word). 흔히 권능언령(權能言令)이라 부르는 종류의 이능이었다.

"꺄아아악!!!"

비명 소리와 함께 은혜의 몸에서 퇴출(退出)당한 악령이 붉게 빛나는 유리잔으로 빨려 들어갔다. 악령이 완전히 담기자 유리잔이 붉은 빛을 사방에 흩뿌리며 덜컥덜컥 흔들거렸지만 그것도 잠시일 뿐 이내 잠잠해진다.

"놀라게 만들기는. 하지만 좀 생각해 봐야겠군. 영맥이 없는 만큼 마나 구성이 다를 거라고는 생각했지만 그래도 이렇게까지 주문이 틀어지다니. 대박인지 쪽박인지는 두고 봐야 알겠어."

용노는 은혜를 침대에 눕히고 연구실로 내려갔다. 소환진이 또 이상한 소환물을 불러들이는 사태를 막기 위해서였다.

"소환에 실패도 아니고 엉뚱한 존재가, 그것도 이렇게 빨리 나타나난다는 건 소환된 녀석이 적극적으로 힘을 썼다는 이야기인데… 하지만 미치지 않은 이상 모르는 게이트를 타버린다는 것은……."

중얼거리며 연구실에 있는 소환진을 살폈다. 한쪽 손에 들고 있는 유리잔이 연신 발광(發光)하며 진동을 일으켰지만 아랑곳하지 않는다.

우우웅—

정해진 술식에 따라 마력을 발하자 활성화되어 있던 소환진이 가라앉는다. 실제로 나타난 악령 때문에 조치를 취하기는 했지만 활성화된 소환진도 필요 마력이 다 충전되기 전까지는 별 효과가 없을 거라고 예상했던 용노로서는 이해가 가지 않는 상황이다.

"역시 문제는 없는데 멋대로 나타나다니… 응?"

용노는 즉시 내공을 끌어올리며 몸을 돌렸다. 인기척이 느껴졌기 때문이었는데 순간 너무나도 자연스럽게 새하얀 손이 그의 몸을 두드리고 지나갔다. 자주 쓰는 기교는 아니지만 무학에도 능통한 용노는 그게 무엇인지 알아볼 수 있었다.

'점혈(點穴)?'

"미안. 위협할 생각은 없으니 조금만 조용히 해줘. 보아하니 한국인인 것 같은데… 박수(남자 무당) 쪽인가? 사용하는 힘을 봐서는 마탑 소속 같기도 하고."

어둠 속에서 모습을 드러낸 것은 늘씬한 체구에 하얀 얼굴이 인상적인 미청년이다. 그는 용노를 제압했다고 생각하면서도 방심하지 않고 주변을 살폈다. 주변에 기파를 뿌리는 걸 보니 뭔가 마법적인 함정이 없는지 살피는 모양이다.

"골치 아프네. 설마 하니 그 짧은 사이에 하나 더 넘어왔었다니."

"엣? 어떻게 벌써 혈도를……."

미청년은 당황했지만 사실 당연한 일이다. 현재의 지구는 영맥 자체가 존재하지 않는 세상. 그리고 영맥이 없는데 혈도 따위가 있을 리 없다. 만약 지구인들에게 영맥과 혈도가 있어 기가 오가는 것이 가능했다면 벌써 몇천 년 전부터 온갖 이능을 사용하는 사람들이 튀어나왔을 것이다.

용노는 미청년을 바라보며 그의 영력을 살펴보았다. 그것은 평안하다. 물론 숨기려고 작정했다면 영적인 기색 정도야 꾸며낼 수도 있지만 그의 직감은 그가 선량한 존재라고 말해주고 있었다.

"그나마 당신은 말이 통할 것 같아서 다행이군요. 여기에는 어떻게 오게 된 거죠?"

직감적으로 상대의 의중을 읽어낼 수 있는, 거의 독심술에 가까운 능력을 가진 용노는 어느 정도 긴장을 풀 수 있었다. 기습할 수 있음에도 굳이 혈도만 점하려고 했던 것 역시 별다른 악의가 없기 때문이다.

"아니, 대체 어떻게……."

"윤용노입니다. 스무 살. 만나서 반갑군요."

웃으며 악수하자 미청년은 쭈뼛거리면서도 그 손을 잡았다.

"관영민입니다. 고등학생이죠."

때는 여름. 바야흐로 차원이동 고교생과 만나게 된 어느 날이었다.

*　　　*　　　*

차원이동 고딩 관영민은 테이블에 턱을 괴고 앉아 생각에 빠져 있다. 그의 앞에 놓인 커피가 점점 식어가고 있었지만 신경 쓸 여유는 없어 보인다.

"내공이 회복되지 않는군요. 몸에 뭔가 문제가 생긴 걸까요?"

"어떤 느낌이죠?"

용노는 자신이 살고 있는 세계에 대해 여러 가지 가설을 세우고 있었지만 다른 차원에까지 신경을 쓰고 있던 건 아닌 만큼 영민의 존재가 매우 흥미로워 관심이 가지 않을 수가 없었다.

"마치… 마치 물속에 들어온 것 같은 답답함이에요. 물론 괴롭다거나 하는 종류는 아니지만."

그게 용노가 사는 지구가 아닌 외부 세계에서 온 영적 존재들의 감상일 것이다. 물속에도 산소가 있는 건 마찬가지지만 아가미가 없으면 숨을 쉴 수 없는 것처럼 마나가 존재한다 하더라도 흡수할 수가 없다.

'하지만 그렇다곤 해도 육체가 있으면 바로 무력화되지는 않는다는 말이군. 적어도 가진 마나를 다 소모할 때까지는 이능을 사용할 수 있어.'

그렇게 생각하며 용노는 영민에게 물었다.

"그럼 계속 내공 회복이 불가능하다는 말입니까?"

"그 정도는 아닙니다. 제 염체(念體)에 생긴 이상이야 마탑에 가면 회복이 가능하겠지요."

"염체? 마탑?"

전혀 알 수 없는 단어에 용노의 눈이 가늘어졌다. 전혀 이해할 수 없는 말이었기 때문이었는데 그 모습에 영민이 한숨 쉰다.

"역시 소환은 실수로 이루어진 일이었군요. 용노 씨가 만든 소환진은 물리적인 존재를 소환할 수 없습니다. 그건 혼돈의 바다와 연결되어 있으니까요."

영민은 자신이 겪은 일을 대략적으로 설명했다.

"저는 저의 적과 싸우고 있었습니다. 그리고 거기에서 그 적은 저를 해치기 위해 특이한 방식을 써서 추방시켰는데 그렇게 도착한 곳이 혼돈의 바다죠."

"허수차원……."

"네. 그렇게도 부르지요."

허수차원이란 세계의 근원과 이어져 있는 혼돈으로 차원과 차원의 틈새이자 실차원과 대립하는 무질서의 공간이다. 허차원에 빠져 오래 있게 되면 설사 신적 존재라도 근원의 혼돈에 녹아버리게 되기 때문에 허수공간으로의 추방주문은 마도사 급 마법 사용자가 아니면 흉내조차 낼 수 없는 수준이다.

"…거기서 살아 돌아왔단 말입니까?"

"아, 오해가 있으신 것 같은데 제가 허수공간에 완전히 빠져든 건 아닙니다. 마법저항 능력이 있는 이를 허수공간에 완전히 던져 버리기는 어려우니까요. 말하자면 혼돈의 바다는 허수공간과 실수공간의 사이라고 할 수 있지요."

"즉, 제가 위험한 짓을 했다는 뜻이군요."

그런 공간이라면 어떤 괴물들이 똬리를 틀고 살고 있을지 짐작조차 할 수 없다. 자칫 감당 못할 괴물이라도 튀어나왔다면, 그것도 영민처럼 육체를 가진 녀석이 튀어나왔다면 그야말로 참변이 일어날 게 아닌가? 그러나 영민은 고개를 흔들었다.

"꼭 그렇지도 않습니다. 당신이 만들어낸 '구멍'은 그리 크지 않아 정도 이상의 강자들이 오갈 만한 수준이 아니었으니까요. 그리고 지금 제가 [입고] 있는 건 육체가 아니라… 일종의 영적 장비에 가깝습니다. 제 진짜 몸은 저희 집에서 잠을 자고 있지요."

"흐음."

영민의 말에 용노는 그에게 이런저런 사정이 많다는 것을 알았다. 하긴 '적과 싸우고 그래서 허수차원에 던져지는 고등학생' 이라는 게 사연이 없다면 오히려 이상한 일이리라.

"용노야."

"아 미안. 슬슬 준비할게."

"그리 재촉하는 건 아니었어. 다만… 누구?"

말을 하다 말고 영민을 발견한 은혜의 얼굴에 경계심이 깃드는 것을 본 용노가 손을 흔들었다.

"잠시 신세지기로 한 사람이야."

"관영민이라고 합니다."

영민은 은혜에게 꾸벅 고개를 숙이며 예의 바르게 인사했다. 기본적으로 영민은 굉장한 미남이기 때문에 어지간한 소녀라면 정신을 못 차릴 수준이었지만 은혜는 퉁명스러운 표정이다.

"신세지다니. 여기에서?"

은혜의 말에 영민은 고개를 흔들었다.

"하하. 배려해 주시는 건 감사합니다만 저 역시 나름의 수단이 있으니 차비 정도만 있으면 됩니다. 은혜는 꼭 갚도록 하지요."

"뭐 은혜라고 할 것까지는."

마다하는 용노였지만 영민은 진지하다.

"우연이었다고는 해도 목숨을 구해주셨는데 그냥 넘어갈 수야 없지요. 솔직히… 끝장이라고 생각했거든요."

쓰게 웃으며 자리에서 일어난다. 그리고 옷깃을 여미며 꾸벅 고개를 숙인다.

"잠깐만. 집으로 가시는 겁니까?"

"집으로 갈 입장은 아니어서요. 사잇길이 열리면 즈문누리에 먼저 가봐야겠지요."

역시나 용노가 들어본 적도 없는 단어들이다. 그가 말하는 [사잇길]과 [즈문누리]의 어감은 디오 속에서나 느껴질 이능의 느낌이 물씬 풍기는 것이다.

"죄송하지만… 돌아갈 곳이 없을 수도 있습니다."

"네? 무슨 말씀인지."

용노와 다르게 영민은 상황을 정확하게 파악하고 있지 못했다. 적어도 그는 자신이 도착한 곳이 그저 다른 지역이라고만 생각하고 있는 것이다.

"제가 말해 드려도 쉽게 받아들여지지 않겠죠. 직접 확인하시는 게 좋을 겁니다."

"…무슨 말씀이신지는 모르겠지만 어쨌든 감사했습니다."

뭔가 찜찜한 표정으로 한 발짝 물러서자 주변의 배경이 일그러지며 그의 몸을 휘감더니 순식간에 그 모습이 현실에서 사라진다. 어느 정도 강화안을 사용할 수 있는 용노는 그것이 일종의 은신능력이라는 것을 알 수 있었다.

"어떻게?"

은혜는 꽤 놀란 표정으로 용노를 바라보았다. 그 외에는 현실의 그 어떤 인간도 이능을 쓸 수 없다고 알고 있었기 때문이지만 용노는 별다른 대답 없이 영민이 사라진 자리를 바라보았다.

'돌아갈 수 없겠지.'

그가 이 세계로 넘어온 것은, 말하자면 사고와도 같다. 이능 사용자라고는 그 한 명뿐이 없는 세상에서 어찌 귀환할 수 있을 것인가?

* * *

"꺄아아아! 버스트 오빠아!!"

"리프 예쁘다!"

1만 명이 넘는 인원을 수용이 가능한 콘서트장은 그야말로 발 디딜 틈도 없이 꽉 들어차 있다. 좌석이 가득 찬 것은 말할 것도 없고 여기저기 서 있는 팬들이 잔뜩이다.

"엄청나구먼. 외국인도 많고. 뭔가 딴 세상 같아."

"디오가 인기있더라도 문화는 여전히 살아 있으니까. 오히려 디오 안에서도 콘서트를 한다고 하니 문화의 범위는 늘었다고 할 수 있겠군."

용노도 은혜도 난생 처음 접하는 장소였지만 딱히 필요한 예절이 있는 것도 아니었던 만큼 별문제 없이 콘서트를 감상할 수 있었다.

유명 MC 두 명이 나와서 진행을 시작하고 차례로 가수들이 나와 히트곡을 부르기 시작한다. 회사 성향 때문인지 대부분 아이돌 가수들로 신나는 노래를 댄스에 곁들어 부르고 있다.

"흐음~ 어차피 음악은 집에서도 들을 수 있다고 생각했는데 이것도 꽤 좋네. 너는 어때?"

길거리에서 사 왔던 음료수를 넘기는 용노의 말에 은혜가 고개를 끄덕인다.

"생각보다는 괜찮아. 약간 가볍기는 하지만 열심히들 산다는 느낌도 들고 분위기도 좋고. 그리고……."

"그리고?"

"아냐."

"……?"

용노가 의아해하거나 말거나 은혜는 무대를 바라보았다. 환호성을 지르고 팔을 흔드는 사람들 중에서 오직 그녀만이 전혀 다른 세상에 있는 듯 고요하다. 차분한 자세로 무대를 바라보는 은혜의 모습은 마치 오페라를 감상하는 듯 우아하기까지 하다.

와아아아!!

그때 가뜩이나 시끄럽던 함성 소리가 한층 더 격렬해진다.

"가슴 작은 가수."

용노는 리프가 들었으면 난동부릴 소리를 태연히 하는 은혜의 모습에 어색하게 웃었다.

"하하. 콤플렉스인 것 같은데 너무 뭐라고 하지 마. 좀 마르기는 했지만 늘씬해서 보기 좋은데. 저래 보여도 유지하는데 신경 많이 쓴다고 들었어."

무대 아래에서 자기 몸매를 논하는 걸 아는지 모르는지 리프는 무대 위에서 자신의 히트곡들을 열정적으로 부르고 있다. 이미 다섯 번째 무대였기 때문에 이마에는 땀이 송글송글 맺혀 있는 상태다.

"와아아아!!"

그리고 그때 우렁찬 함성과 함께 무대 뒤에서 세 명의 소녀가 추가로 나타나 춤을 추기 시작했다. 동시에 리프도 춤을 추기 시작했는데 손발을 맞춰 본 경험이 많은 것인지 동작이 딱딱 들어맞는다.

"버블걸이야! 리프하고 버블걸의 합동 공연이다!"

"예쁘다! 잘생겼다!"

"꺄아악!"

사람들은 환호했다. 리프나 버블걸의 골수팬들에게 이 무대는 굉장히 큰 의미가 있었다. 리프는 원래 연습생 시절부터 버블걸의 멤버였다가 가정문제로 팀에서 나와 솔로로 데뷔한 일이 있었기 때문이다.

그러나 팀 내 불화로 나온 건 아니었고 여전히 그녀들의 우정이 돈독하였기에 골수팬들 중에는 그들이 합치길 바라는 이들이 많은 상황이다.

'뭐 이제는 리프의 이름이 더 커져서 그럴 수도 없겠지만.'

그리고 그 기점이 된 것이 바로 용노가 그녀에게 넘겨주었던 곡이다. 그 곡으로 인해 그녀는 단순히 귀여운 아이돌이 아니라 귀여운 외모에도 여러 가지 감성을 표현할 줄 아는 실력파 가수가 된 것이다. 게다가 불우했던 그녀의 인생이 재조명되면서 팬층도 훨씬 두터워졌고 예능 프로그램에도 많이 섭외되게 되었다.

"오오, 리프 춤 실력 좋다!"

"댄스 가수 못지않은데!"

능숙하게 춤을 추는 리프의 모습에 환호하는 관객들. 그러나 용노는 그녀의 동작에서 다른 것들을 발견했다. 은혜도 비슷한 점을 발견한 것인지 용노를 바라본다.

"체술… 인가?"

"응. 무게중심이 낮고 단조롭지만 강력한 움직임. 박투(搏鬪)네. 외공이나 생체력 쪽이야."

태연히 말하는 용노의 말에 은혜는 내심 놀랄 수밖에 없었다. 그녀 역시 리프의 동작에서 이질감을 찾아내긴 했지만 그 이상을 읽어내지는 못했기 때문이다.

물론 당연하게도 그게 정상적인 일이다. 리프가 실제로 체술을 펼친 것도 아니고 귀여운 동작의 춤을 추고 있는데 근육과 뼈의 움직임에서 단편적인 정보를 취합해 그 원류를 파악하는 건 추리력이 아니라 초능력의 영역에 가까운 통찰이라 할 수 있으리라.

"하지만 의외네. 저런 체형에 어린 소녀가 일반 무공도 아니고 박투라니."

"뭐 취향은 사람마다 다른 법이니까. 디오에서 육체적인 성능은 다 똑같은 상황이니… 응?"

관객석에 등을 기댄 채 중얼거리던 용노의 표정이 굳었다. 난데없이 거대한 힘이 느껴졌기 때문이다.

"용노야?"

"이게 무슨……."

용노는 자신의 표정에 뭔가 이상하다는 것을 느끼고 일어나려 하는 은혜를 막았다. 강화안을 작동해 정면을 바라보자 기척만 느껴지던 '뭔가'의 모습이 선명해지기 시작한다.

쿠우우우!

그것은 거대했다. 그리고 검은 연기로 전신을 감싸고 있다. 기본적인 형태는 인간과 비슷했지만 그 신장은 거대해 5미터에 가깝고 횃불처럼 불타는 눈동자에 등 뒤에는 자신의 키만 한 거대한 낫을 메고 있다.

"침입자… 감지. 특이점… 확인."

나지막이 중얼거리는 목소리에는 아무런 감정도 담겨 있

지 않았지만 오히려 그렇기에 섬뜩한 감정을 느끼게 만들었다.

'측정 레벨 20 이상. 초월자다……!'

마음속으로 비명을 지른다. 20레벨 이상의 괴물이라면 용노의 힘은커녕 [인류]의 힘으로도 감당이 불가능한 존재다. 단순히 현실에서만 그런 게 아니라 디오 속의 강대한 육체를 입었다 해도 감당할 수 없는 것이다.

비록 시리어스를 쓰러뜨린 그이지만 그건 시리어스가 아더와 크루제에게 많은 타격을 받은 상태였기에 가능한 일이다. 만약 일대일로 싸운다면 100만분의 1의 확률로도 승산이 없다고 할 수 있으리라.

촤르르륵!

허공에서 검은색의 사슬이 나타나 자신의 몸을 칭칭 감는데도 용노는 아무런 저항 없이 괴물을 마주 보았다. 어차피 빽빽이 들어찬 사람들 사이에 끼어 있는 이상 회피는 불가능하다. 아니, 아무것도 없는 평지라 해도 과연 그 사슬을 피할 수 있었을 것인가?

스르륵.

사신(死神)의 모습을 하고 있는 거인이 허공에 둥둥 뜬 채로 용노의 코앞까지 등장했다. 육체구조상 머리가 있어야 할 곳에는 오직 불타는 두 개의 불덩어리만 떠 있다.

'다른 사람들은 역시 아무것도 모르는군. 보이지 않는 거

야. 당연하지만 이 막대한 존재감조차 느끼지 못하다니!'

수많은 사람들은 사방을 짓누르는 영압 따위 알 바 아니라는 듯 무대 위를 보며 열광하고 있다. 오직 은혜만이 뭔가 이상하다는 것을 느낀 듯 심각한 표정이지만 어디까지나 용노의 태도 때문이지 다른 것을 느끼거나 한 것은 아닌 상황.

그리고 그때 허공에 떠 있던 거인, 즉 율법(律法)의 집행자(執行者) 테르노프는 [판결]을 시작했다.

"확인… 종료. 위반사항 2급. 정명자. 3급 처벌 구형."

나직이 중얼거리자 공간이 갈라지며 세 개의 눈동자가 모습을 드러냈다. 물론 어디까지나 상징화된 이미지에 가까운 모양새일 뿐 정말 안구이거나 한 것은 아니었다.

"반대."

첫 번째 눈동자가 나직이 말하고 감겼다.

"반대."

두 번째 눈동자도 감겼다.

"…반대."

잠시 침묵하고 있던 세 번째 눈동자는 감기지 않고 새파란 안광을 뿜어냈다. 그리고 테르노프가 검은 영기를 뿜어낸다.

"판결. 무죄."

테르노프는 최종 판결을 내리고 사슬을 풀었다. 용노는 초능력에 가까운 직감과 추리력으로 상황을 파악했다.

'위반사항 2급에 3급 처벌… 그렇군. 이 녀석들이 바로 초월적인 존재들의 [법]을 수호하는 녀석이야. 지금 나에게 온 것은 내가 이 세계에서 사용할 수 없는 힘을 썼기 때문이겠지. 더불어 검사들이나 하는 구형을 했다는 건 판결의 주체는 따로 있다는 이야기이고 거기에… 정명자. 정당한 운명을 지닌 자. 즉, 이 판결이 무죄가 된 건 내가 어디까지 이 세계에서 태어난 존재이기 때문이다.'

용노는 생각을 정리했다.

'어쩌면… 이 행성에서 디오의 운영자들이 모습을 감춘 것은 이 녀석들 때문일지도 모르겠군.'

테르노프가 허공을 찢고 그 속으로 모습을 감추자 참고 있던 호흡이 터져 나왔다. 비틀거리는 그의 몸을 은혜가 붙잡았다.

"괜찮아? 너 땀이……."

"하하. 좀 놀라서. 별건 아냐."

후우, 하고 심호흡 하다 힘이 빠진 용노가 은혜의 어깨에 머리를 기댔다. 은혜는 흠칫하고 온몸을 떨었지만 이내 조심스레 몸을 움직여 용노가 편하도록 자세를 고쳐 주었다.

'그야말로 영문도 모르고 죽을 뻔했군. 다행히 이 녀석들의 [법]은 나에게 불리하지 않은 모양이지만. 설마 이런 게 정말 있을 줄이야.'

집중하고 있는 그에게는 시끌벅적한 주변의 소음이나 무대의 모습이 들리거나 보이지 않는다. 서로 기대고 있는 용노와 은혜의 모습에 멈칫한 리프의 모습 따위는 더더욱 알 수 있을 리 없다.

'하지만 이상하군. 능력을 쓰는 것 때문에 나를 감지할 수 있었다면 적어도 반년 전에 나타났어야 하는데.'

생각한다. 최근에 크게 달라진 상황을. [법]을 지키는 초월적인 존재가 관심 가질 만한 일이 뭐가 있었는지.

결론은 하나였다.

"결국 그 녀석인가."

답은 간단했다.

*　　*　　*

"아 어서와. 잘 들었어?"

콘서트가 끝난 후의 대기실은 어수선하다. 한쪽 벽에 설치된 에어컨에서는 찬 공기가 펑펑 쏟아져 나오고 있었지만 무대를 뛰고 들어온 가수들의 열기를 완전히 식혀주지는 못했다.

"괜찮았어. 좀 시끄럽기는 했지만."

차분하다 못해 무심하기까지 한 용노의 대답에 화장을 고치거나 지친 몸을 쉬게 하고 있던 가수들 중 일부가 그에게 관심을 보였다.

"프야, 누구야? 남친?"

"스, 스캔들 날 소리 하지 마."

화들짝 놀라 고개를 흔드는 리프의 모습에 질문을 날렸던 소녀 버블걸의 일라이는 눈을 가늘게 떴다. 뜻밖에도 리프의 목소리에는 부정의 감정보다 부끄러움이 더 많아 보였기 때문이다.

'이 녀석, 설마?'

하지만 그때 화장을 고치고 있던 소녀 중 하나가 용노의 얼굴을 보다 깜짝 놀라 소리쳤다.

"앗! 멀린이잖아?!"

"뭐 진짜?"

가수들 중 상당수가 눈을 반짝이며 관심을 보인다. 사실상 대한민국 10~20대 중 디오를 플레이하지 않는 이는 없다고 할 정도이며 평소 자동차에서 보내는 시간이 많은 연예인들은 이동 시에 주로 디오에 접속해 평소 받는 스트레스를 해소하고 있으니 유저들 중 가장 유명한 편에 속하는 천외삼천 중 하나를 모를 리 없다.

물론 멀린은 주로 강화무기를 만들 뿐 자주 활동하지 않았지만 가끔 사냥을 하거나 미션을 수행할 때 찍힌 동영상 때문에 그의 얼굴은 상당히 알려진 편이다.

"안녕하세요! 버블스의 지연입니다. 저 오빠 보고 세븐 쥬얼 학파 수련했는데."

"근데 진짜 7클래스에요? 세계적인 석학도 못 찍는 경지라는데 어떻게 그 나이에 달성할 수 있죠?"

"이 바보야. 세븐 쥬얼 학파에 클래스가 어디에 있어? 7클래스가 아니라 5성(五星)이라고 불러야 해."

순식간에 몰려든 아이돌들 때문에 시끌시끌하다. 물론 연예인인 그녀들이 크게 소란 떨거나 한 것은 아니지만 디오 속에서 마법을 수련하는 지현의 경우는 두 눈을 반짝이며 그를 보고 있었다.

'으음. 실수로군. 마스터들이 무슨 연예인 취급을 받을 거라는 건 짐작했지만 설마 이 정도일 줄이야.'

누구보다 두뇌회전이 빠른 용노였지만 그럼에도 어려운 게 있다면 바로 사람들의 심리에 대한 것이다. 왜냐하면 그는 일반인들과 조금 다른 사고방식을 가지고 있기 때문이다.

용노는 마치 동물학자들이 동물의 생활패턴을 관찰해 그 습성을 파악하는 것처럼 이론으로 사람들의 심리를 이해하고 그걸 흉내 낸다. 그는 냉철한 성인이기도 하지만 어떤 면에서는 어린애처럼 천진한 면이 있어서 가끔 놀라울 정도로 정확한 통찰을 보이면서도 전체적인 이해의 깊이는 낮다고 할 수 있다.

"완전 신기하다. 나 마스터는 처음 봐."

"아, 나는 한마 오빠랑 광고 찍은 적 있는데. 진짜 몸 완전 좋아."

용노가 자기들끼리 재잘대기 시작하는 소녀들의 모습에

난감해하는데 리프가 말했다.

"저기 용노야. 우리 뒤풀이 삼아 파티 여는데 올래? 연예인도 진짜 많이 와."

그녀의 말에 용노는 자신의 뒤에 서 있던 은혜를 바라보았다.

"음……."

은혜는 고민스러운 표정을 짓고 있다. 뭐라고 판단 내리기 어려운 표정이었지만 용노는 어렵지 않게 그녀의 내심을 짐작할 수 있었다.

'이 녀석 가고 싶군.'

물론 인기 아이돌이 하는 제안을 거부하는 건 어려운 일이지만 싫으면 깔끔하게 싫다고 말하는 성격인 은혜가 고민한다는 건 마음이 동한다는 뜻이다. 은혜가 차분하고 치열하게 살아온 건 사실이지만 그렇다 해도 그녀는 젊은 아가씨이니 파티에 대한 환상이 없을 수 없다.

"뭐 좋아. 폐가 안 된다면 부탁……."

타앙!

그때 대기실 문이 거칠게 열리며 여기저기 뒹군 듯 먼지를 뒤집어쓴 청년이 들어와 무너지듯 쓰러졌다. 그야말로 뜬금없는 상황이었기 때문에 사람들은 당황해 허둥거렸다.

"뭐, 뭐야. 몰카인가? 느닷없이 무슨 일이야?"

"저기 괜찮아요? 세상에 상처투성이야!"

사실 대기실은 나름대로 보안이 단단한 공간이다. 열혈 팬이나 괴한이 난입하는 걸 막기 위해 보안업체 직원들이 배치되어 아무나 들어올 수 없는 상태니 낯선 사람이 이렇게 침입한다는 건 분명히 이상한 일이다.

"영민?"

"후우… 찾았군요."

차원이동 고교생 관영민은 힘겹게 몸을 일으켜 몸을 벽에 기댔다. 남자치고는 꽤 긴 머리카락이 흘러내리며 화사한 얼굴이 모습을 드러낸다. 용노는, 그리고 은혜는 신경 쓰지 않았지만 그는 어지간한 남자 아이돌도 그 빛이 바랠 정도의 미청년이었다.

"공격을 당했습니까?"

"공격… 말입니까? 하하. 설마요. 그런 게 공격했다면 저 같은 풋내기가 살아 있을 리 없지요."

씁쓸하게 웃는 영민의 몸은 상처투성이다. 다만 그 몸의 특성 때문인지 출혈량은 매우 적었다.

"병원에 가봐야 하지 않겠습니까?"

"아닙니다. 어차피 시간이 지나면 자동으로 복원될 테니. 제가 여기 찾아온 건 혹시 다른 마법사 집단과 연결될 방법이 있는지 묻기 위함입니다."

용노는 주변을 둘러보았다. 그리고 자신을 바라보는 수많은 시선들에 한숨 쉬며 영민을 부축했다.

"작게 말씀해 주세요. 이 세상에 마법사 집단 같은 건 없습니다. 이 세상에 존재하는 인간 마법사는 오직 저뿐이니까요."

"하, 하하하. 그렇습니까."

힘없이 고개 숙이는 영민의 모습에 용노가 의아해했다.

"짐작하신 겁니까?"

"이 세계가 이상하다는 걸 느끼고 있으니까요. 그 어떤 이능도 존재할 수 없는 그런 세계라니……."

사실 이질감은 공간을 넘어서는 그 순간부터 느끼고 있던 그였다. 다만 몸에 이상이 생겼다 생각하며 인정하지 못했던 건 완전히 상관없는 세상에 홀로 떨어졌다는 사실을 믿고 싶지 않았기 때문이다.

무엇보다 이 [지구]는 그가 살고 있던 세상과 비슷하다. 너무나 비슷해서 그냥 같은 세계라고 생각했을 정도. 하지만 그럼에도 분명 차이점은 있었다.

"그보다 묻고 싶은 게 있습니다."

"하세요."

용노의 대답에 영민이 물었다.

"북한이라는 단어를… 아십니까?"

용노는 영문을 알 수 없는 영민의 질문에 고개를 갸웃거렸다.

"뭡니까, 그게?"

* * *

과거 지구에는 지고화(至高花)라 불리는 우주의 근원 신드로이아가 자리하고 있었다고 한다.

태초에 창조신은 네 개의 대차원(大次元)을 창조하였으며 그것을 유지하기 위해 전능의 힘을 가지고 있는 신드로이아를 만들었다. 시간과 공간, 생명과 물질 모두를 통제하는 신드로이아는 그야말로 창조신의 파편이라고 할 수 있는 전지전능의 힘을 가진 존재였다.

"그래서 모든 존재가 그걸 원했다고 합니다. 천족과 마족들이 그걸 두고 싸웠고 신화에나 나올 법한 초고위 천사와 마족, 그러니까 대천사와 마왕까지 신드로이아를 원해 싸웠다는 전설이 있지요."

신드로이아는 차원을 유지하는 근원이기 때문에 차원 전체가 멸망하게 되면 다시금 개화(開花)해 세계를 재생시키는데 천족과 마족들은 이 시스템을 이용해 신드로이아가 깃들어 있는 행성 전체에 결계를 만들어 신드로이아의 감각을 차단한 뒤 그 행성의 모든 생명체를 말살해 신드로이아를 이끌어내려 했다.

"그게 언제죠?"

"정확한 건 모르겠습니다. 오래전이라고만 알려져 있죠.

어쨌든 문제는 이때가 아니고 그 이후에 벌어진 사건이라고 알고 있습니다. 그때 역시 신드로이아를 탐낸 것 때문에 문제가 생겼는데 그 사건이 시발점이 되어 육계의 대표자들이 전설적인 대영웅과 함께 모든 초월자를 억제하고 있던 창조신의 이면, 아수라를 소멸시키게 되죠. 우리가 흔히 아는 지구가 [분화]한 것도 이때입니다."

영민의 목소리는 나지막하면서도 또박또박해 강한 설득력을 가지고 있다. 차분하게 마주 앉아 대화한다면 '네가 나한테 5천만 원을 주면 내가 얼마 돌려준다고 했지?' 같은 헛소리를 해도 '5억이요!' 라고 진지하게 답할지도 모를 정도로 강한 설득력은 그가 사기꾼을 한다면 나라를 휘청거리게 할 사기꾼이 될 거라는 것을 알려준다.

"전설적인 대영웅?"

"올 마스터(All Master)라 불리는 존재라고 하더군요. 세상 모든 이능을 터득했다던가. 그에 대해서는 인간이라는 것 외의 모든 정보가 특급 기밀이라 저 같은 중급 투사는 알 방법이 없지요."

약간은 자조적인 미소를 지으며 영민은 말을 이었다.

"마찬가지로 분화 역시 왜 그렇게 되어야 했는지 정확한 이유는 드러나 있지 않습니다. 이건 최상위급 신들이 얽힌 일이라고 하니 아예 인간 레벨에서 알 수 있는 정보가 아니지요. 다만 중요한 건 우리가 알고 있는 [지구]가 100개로 늘어났다는 거예요."

그렇다. 수백 년 전에 벌어진 그 사건 이후로 지구는 무려 100개로 [분화]했다. 그것도 그냥 복사 붙여넣기처럼 늘어난 게 아니라 미묘한 변수들이 심어졌으며 시대 역시 조절되었다.

"마치 평행우주 같군요."

"비슷하죠. 다만 중요한 건 태양계 기준으로 복사한 것이기 때문에 문명이 일정 수준을 넘어서 우주여행이 가능해지면 서로 만날 수도 있습니다. 물론 제가 평행우주 이동을 한 것일 수도 있지만."

"그건 아닙니다."

간단히 부정하는 용노의 말에 영민이 의문을 표했다.

"어떻게 그렇게 확신하시죠? 물론 저희 쪽에서도 평행우주에 대한 이야기는 거의 가설에 가까운 수준이기는 했습니다만. 설마 없나요?"

"아뇨. 틀림없이 있기는 합니다. 다만 평행우주 이동은 차원이동보다도 높은 난이도의 마법이에요. 아주 특수한 능력을 개발해 초월자에 도달하지 않으면 간섭하기 힘든… 그런 능력에 가깝지요. 게다가 물질계의 모든 존재에게는 고정주소라는 게 있어서 특수한 사고로 평행우주 이동을 한다 해도 순식간에 원래의 세계로 되돌아옵니다. 마치 전력으로 뛰어올라 봤자 금세 다시 땅에 발을 딛게 되는 것과 마찬가지지요.”

용노는 디오에 대해 알면 알게 될수록 차원이동에 관해 사력을 다해 연구해 왔다. 왜냐하면 디오 속에서 그는 아크메이지를 넘어서는 강대한 마법사이지만 현실에서는 그 능력이 극히 제한적이었기 때문이다.

‘어떻게든 디오 속의 물품을 현실로 끌어올 수 있어야 해!’

이미 미션으로 이동하는 공간 나아가 다이내믹 아일랜드까지 실제로 존재하는 세상이라는 것을 아는 그는 어떻게든 그 안의 물품을 현실로 소환(Summon)해야 할 필요가 있었다. 하다못해 정석만 무한정으로 이동시킬 수 있어도 현실에서 할 수 있는 일은 대폭 늘어나게 된다. 그리고 그래서 만든 것이 마법회로가 그려진 금속판, 그러니까 [부르미]라고 이름붙인 소환기기였는데…….

‘이상한 것들만 왔단 말이지.’

그나마 악령 녀석은 뭔가 쓸 데가 있어 보여서 다행이라고 생각하며 고민에 빠진 영민을 바라본다. 그는 한숨 쉬고 있다.

“돌겠군요. 다른 지구라니. 이런 게 있다는 것은 저도 기록으로만 읽은 내용이었는데.”

“돌아갈 방법은 있습니까?”

“우주여행을 할 수 있다면… 하지만 여기는 그럴 만한 문명 수준에 이르지 못했군요. 심지어 외계와 아무런 접점이 없어요.”

그 현실이 그를 절망으로 몰아가고 있다. 어쩌면 귀환하는 게 불가능할지도 모른다는 현실이. 물론 그의 진짜 몸은 현실에 있지만 이래서는 식물인간처럼 영원히 깨어나지 못할 것이다.

“어쩌면 접점이 있을지도 모르지요.”

“네?”

영민은 당황했다. 왜냐하면 적어도 그가 ‘이쪽’ 지구는 이능도 뭣도 없고 과학도 그리 발전하지 않아서 외부의 존재들과는 소통 자체를 하지 않는 느낌이었기 때문. 그리고 그런 그에게 용노가 말했다.

“연합이라는 단어는 알겠지요?”

“물론입니다. 아! 혹시 이곳도 외계와 교신하는 단체가 있는 겁니까?”

반색하며 소리치는 그는 용노가 능력을 사용할 수 있다는 것을 잊은 것처럼 보였다. 머리가 나쁜 것 같지는 않지만 많이 당황하고 있는 모양새다.

“일단 설명부터 해야겠군요, 디오라는 게임에 대해서.”

용노는 차분히 이야기를 시작했다. 일단 그가 생각하는 대로 이 세계가 어떤 이능도 존재할 수 없는 형태로 존재한다는 것. 그리고 그런 세상에 나타난 가상현실, 그것을 운영하는 이들, 그러니까 [연합]에서도 강대한 세력을 가진 [노블레스]

의 존재에 대해서.

설명은 제법 길었다. 은혜 역시 용노의 옆에 앉아 용노가 추측한 내용에 대해서 신중하게 들었다. 그녀 역시 제법 총명한 편이었기에 그가 하는 이야기들을 이해하는 데에는 별다른 문제가 없다.

그런데 이야기를 다 들은 영민이 의문을 표했다.

"이상하군요."

"음? 뭐가 말입니까?"

"왜 이 지구만이죠?"

뜬금없는 말이었지만 용노는 정확히 알아들었다. 확실히 그가 알기에도 노블레스들이 디오 같은 가상의 세계를 만들어 유저를 육성하는 건 용노가 살고 있는 지구뿐이다. 물론 운영진들이 그를 속이려고 할 수도 있겠지만 그런 기미는 느껴지지 않았다.

'왜 이 지구만인가? 저번 미션에 방문했던 그 행성 아얀도 묘하게 지구와 비슷했지만 유저에 대해서는 전혀 아는 바가 없는 것 같았어. 영민이 살고 있는 지구도 마찬가지고. 이왕이면 사람들을 엄선해서 훨씬 많고 양질의 유저들을 양산하는 게 좋을 텐데도 우리들에게만 디오를 서비스하는 이유가 뭐야? 그들의 지구와 우리 지구의 차이점은 뭐지?'

고민한다. 그러나 별로 생각할 것도 없이 결론이 나온다.

"이능을 전혀 사용할 수 없는 인류가 살고 있는 행성이기 때문에… 일지도 모르겠군요."

"흠."

영민은 그럴싸하다는 표정으로 생각에 잠겼다. 확실히 그가 보기에 이쪽 지구의 영적 구조는 비정상적이다. 물질계에 영맥 자체가 존재하지 않는 세상이 존재하리라고는 생각한 적도 없다. 자체적으로 세계의 영력을 변환시키는 게 가능한 초월자가 아닌 이상 지구에서 제대로 힘을 발휘하는 게 불가능할 정도인 것이다.

그리고 그런 행성에서 나고 자란, 태어나 단 한 번도 마나에 접하지 않은 사람들이 마나를 다루게 되면 어떤 힘을 가지게 될까?

"귀환을 원하신다면 노블레스들하고 접촉해 보는 것도 방법이겠지만 주의해야 합니다. 그들이 선의를 가지고 행동할 거라는 보장은 어디에도 없으니까."

"……."

영민은 심각한 표정으로 고민에 빠졌다. 그 역시 알고 있다. 고귀한 혈통을 중요시하는 노블레스들은 기본적으로 다른 종족들을 깔보고 있다는 것을. 특히 순혈주의자 불리는 이들 중 일부는 심각할 정도로 하위 종족을 차별하기 때문에 종족주의자라는 비아냥거림까지 들을 정도이다.

물론 초월종이라고 할 수 있는 용종들은 대부분이 높은 지성과 고결한 정신을 가졌지만, 그럼에도 숫자가 많아지면 별의별 정신병자가 다 튀어나오는 법이며 상상 이상으로 지혜로운 개인들이라도 일단 모여 집단이 되면 어리석어지는 것 역시 사실. 물론 평균 수준이 워낙 높으니 인간들이 흔히 벌이는 집단 이기주의라든가 저열한 본성을 쉽게 드러내지 않겠지만 그렇다고 그들이 선인들의 단체라고 볼 수는 없는 것이다.

"어쩌시겠습니까?"

"일단 좀 더 고민해 보겠습니다. 어쩌면 상황이 악화될지도 모르니까. 하지만 그보다 급한 게 있군요."

영민의 말에 용노가 의문을 표한다.

"그보다 급한 것?"

"예. 어차피 여기에 머물게 될 거라면 말을 좀 편히 하고 싶어요. 마침 제가 어리니 형이라고 불러도 될까요?"

심각함을 털어내고 사람 좋게 웃으며 말하는 그의 모습에 용노 역시 웃었다.

"뭐, 그것도 괜찮겠지. 대신 너도 말 편하게 해. 솔직히 아까 전까지만 해도 우리 무슨 직장인들 대화하듯 했다?"

"하긴."

하하 하고 사람 좋게 웃는 영민. 그리고 그때였다.

삐리리~

너무나 단조로운 멜로디와 함께 은혜의 스마트폰이 울렸다. 은혜는 살짝 긴장한 표정이다. 그녀에게 연락이 오는 경우는 그리 많지 않기 때문이다.

"네? 아 네. 알겠어요."

은혜는 잠시 통화를 하다 수화기를 내려놓았다. 용노가 물었다.

"무슨 일이야?"

"아 그게… 혹시 전갈이라는 유저를 알아?"

"그야 물론이지. 불과 어제 같이 사냥을 하기도 했으니까. 뭐 그게 같이 사냥한 거냐고 할 수 있을지는 모르겠지만. 근데 왜?"

의아해하는 용노를 향해 은혜가 답했다.

"죽었대."

"……."

Chapter 37

혼란, 그리고 습격

"어 동수 형! 안녕하세요!"

"와아, 오빠, 오랜만~!"

동수가 도착한 곳은 작은 규모의 고아원이다. 열댓 명 정도의 아이들이 머물고 있는 곳으로 동수 역시 이곳 출신이다.

"형! 나랑 축구 하자, 축구! 인원 딱 모였어!"

"안 돼! 오빠는 나랑 숨바꼭질 할 거야!"

"형, 오늘 점심은 뭐예요?"

옛날부터 동수는 아이들에게 인기가 좋았다. 이유는 알 수 없다. 대체로 무뚝뚝하고 잘 놀아주는 것도 아닌데 왠지 모르게 아이들이 잘 따르는 것이다.

"후후. 역시 또 난리가 났군."

동수는 미리 챙겨온 앞치마를 두르고 머릿수건을 썼다. 그리고 손걸레와 대걸레, 빗자루와 물통을 챙기고 아이들을 다 쫓아내 버렸다. 청소를 하기 위해서였다.

"와 빨라."

"빠르다. 프로의 솜씨야."

"청소마왕."

순식간에 물건을 정리하고 먼지를 털어낸 후 비질을 하고 대걸레질을 한 후 손걸레로 물건들을 닦아 마무리. 그 모든 과정은 몹시 빠르고 효율적이어서 바라보는 사람들이 탄성을 내지를 정도다.

보글보글.

그리고 청소를 하는 중간중간 부엌에 들러 요리도 한다. 메뉴는 닭볶음탕과 소불고기, 고구마 맛탕과 두부찌개 등으로 각종 밑반찬들은 이미 집에서 준비해 온 상태다.

"슬슬 밥 먹을 테니까 상 내놓고 세팅해."

"네에!"

동수의 말에 아이들이 우르르 뛰어다니며 일사분란하게 준비를 시작한다. 처음 찾아왔을 때에는 지지리 말도 안 듣던 아이들이지만 이제는 제법 고분고분하다.

"맛있어요!! 아내한테 사랑받겠네요!"

"오빠 집안일 완전 잘해! 집안일 천재 아니야?"

호들갑을 떠는 아이들이었지만 동수는 차분하기만 하다.

"집안일은 재능이 아니라 절박함의 문제지. 너희도 다 닥치면 하게 될걸?"

"깔깔깔!"

무뚝뚝한 어투지만 뭐가 웃긴지 아이들은 웃음을 터뜨렸다. 그리고 그러면서도 쉴 새 없이 수저와 젓가락을 놀린다.

"하하. 역시 네가 오면 분위기가 확 사는군. 아이들도 좋아하고."

원장이 사람 좋게 웃으며 다가오자 동수가 답한다.

"워낙 기운이 넘치는 녀석들이니까요. 게다가 이런 가정식을 그리워할 만한 환경이기도 하고요."

그가 준비해 온 청소도구를 말끔하게 정리해 자가용에 집어넣자 원장이 말했다.

"항상 고맙게 생각하고 있다. 다른 아이들은 고아원을 나서면 그만인데 너는 내가 신경 쓰지 못하는 곳까지 보듬는구나."

"고작 청소 좀 하고 식사를 차려줄 뿐입니다."

동수는 언제나 진지해 농담을 하거나 잘 노는 성격은 절대 아니다. 오히려 그는 무뚝뚝해 심심하다고 할 수 있는 스타일. 그러나 고아원의 아이들은 그를 잘 따랐고 그의 말이라면 꼬박꼬박 들어주는 편이다.

"자네는 좋은 아버지가 될 거야."

"청소랑 요리를 잘한다고 좋은 아버지는 아니죠."

무감동하게 중얼거리는 동수의 모습에 원장이 말했다.

"하지만 또 모르지. 아버지는 아니지만, 비슷한 노릇은 해야 할 것 같으니까."

"……?"

의아해하는 동수에게 원장은 작은 쪽지를 내밀었다. 그가 내민 것은 검은 바탕에 금박으로 고급스럽게 치장된 종이다.

"이건……."

부고장이었다.

* * *

용노는 검은색 양복을 갖춰 입고 장례식장으로 들어갔다. 장례식장은 상당한 규모로 모여든 사람의 숫자도 수백 명이 넘어 보인다.

"전갈 씨 부자였네."

"마스터들은 대부분 부자야. 특히 전갈 같은 마법사들은 더하지. 마법물품을 만들 수 있으니까."

디오 속에서 움직이는 돈은 게임머니라고 부르기도 애매할 정도로 그 규모가 커졌다. 아주 적은 수준의 수수료만 내어도 게임 속 돈이 바로 현금으로 바뀌기 때문에 디오의 골드는 전 세계적으로 통용되는 새로운 화폐가 되어버린 것이다.

금융계에서는 이 돈을 흔히 골든 머니(Golden Money)라고 불렀다.

"왔구나."

"아 오제 형… 무슨 일이에요?"

"모르겠어. 디오에 접속해 있는 와중 살해당한 모양이야. 시체가 박살이 나 있어서 현장 분위기가 말도 못할 정도로 참혹했다고 해."

"시체가 박살……."

용노는 오제의 말을 듣는 순간 떠오르는 생각이 있었다.

"어떤 모양이었죠?"

"뭐가?"

"전갈 형의 몸이요."

"그게 좀 이상해. 마치 거대한 손이 꽉 쥐어버린 것처럼 우그러졌는데, 녀석은 문도 잠그고 집에 있었다고. 녀석의 집이 15층인데 대체 누가 그런 짓을 할 수 있는 거지? 게다가 전문가들 의견이 어지간한 장비로는 사람을 그렇게 만드는 게 불가능하다고 하던데. 젠장! 대체 왜?! 녀석이 무슨 짓을 저질렀다고 그런 꼴이 되어야 하는 거야?"

말하다 말고 격분하는 그를 주변에 있던 청년들이 황급히 뛰어와 잡았다. 잠시 소란이 일었지만 조용해지는 장례식장. 용노는 미션을 진행하다 봤던 장면을 떠올렸다.

"살려줘. 아, 아파……. 너무 아… 컥… 안……."

그건 용노가 시리어스의 근처로 전송되자마자 보았던 광경이다. 영기가 피어오르는 커다란 발톱에 관통당한 채 괴로워하던 전갈. 그러나 그것은 있을 수 없는 일이다. 고통제어 시스템에 의해 보호받는 유저들은 고통을 느끼지 않기 때문인데.

'만약 그 시스템이 깨져 버렸다면?'

용노는 추론을 이어나갔다. 별다른 근거조차 없어 비약에 가까운 생각이었지만, 나온 결과를 맞춰보면 답이 나온다.

'그리고 그래서 그 공격이 현실의 육체마저 해친다면.'

용노는 살짝 몸을 떨었다. 그렇다면 그건 진정 무서운 일이다. 게임 속의 죽음이 현실에서의 죽음이 되어버리는 것이다. 단순히 느낀 고통이 커 심장마비가 되는 수준이 아니라 [물리적인] 피해를 현실에서 받는다면 그야말로 반드시라고 해도 좋을 정도로 심각한 문제가 생긴다.

"멀린, 왔군."

"아더 형. 먼저 와 있었어요?"

"그래. 사실 그렇게 친한 사이는 아니어서 안 온다고 했었는데… 다시 생각해 보니 좀 미심쩍은 점이 있어서."

그의 표정은 심각하다. 그의 얼굴에 떠오른 것은 슬픔이 아니라 두려움에 가까운 무언가. 그리고 용노는 그의 표정이 자신과 비슷하다는 것을 깨달았다.

"그런 일이 가능하다고 생각해요?"

앞뒤 다 자른 말이었지만 아더, 그러니까 김세영은 고개를 끄덕이며 말했다.

"궁극마법에 가까운 저주. 검강(劍罡). 정령왕이나 환왕의 소환자가 만들어내는 영단(靈團). 영체에 직접 타격을 주는 신급 무구……."

"방어를 관통하는군요."

"연결형식이야."

"방어하려면?"

"끊어버려야지."

"1초, 아니, 적어도 0.5초 이내로 줄여야 하는군요."

중간에 있어야 할 내용들을 확확 뛰어넘는 대화다. 그 옆에 있는 은혜로서는 그들이 무슨 말을 하고 있는지 이해할 수가 없었다.

'이 사람…….'

은혜는 눈을 가늘게 뜨고 세영을 바라보았다. 놀랍게도 그는 용노와 완전히 같은 영역에서 이야기를 하고 있다. 서늘한 용노의 눈을 보며 은혜는 이를 악물었다.

'완전히 동등한 객체를 보는 눈.'

물론 이런 그녀의 생각을 용노가 들었다면 아니라고 손을 내저었을 것이다. 그들이 천외삼천이라 불리며 그 어떤 유저들도 따라잡을 수 없는 절대적인 재능을 가진 것은 사실이지만 단지 재능만으로 세상을 평가하던 건 그야말로 어릴 때뿐. 그러나 은혜의 생각은 깊어진다.

'어떻게 하면 같은 위치에 설 수 있지? 블랙야크 학파와 무상금강공(無相金剛功)을 합일시키면 가능할까?'

근래에 그녀는 미친 듯이 수련하고 있었다. 새로운 이론을 성립하고 모르는 게 있으면 바로바로 용노에게 질문했다. 용노는 마법도 무공도 경지에 올라 있었기에 그녀에게 새로운 길을 제시할 수 있었다.

그러나 경지를 넘어서면 무공이든 마법이든 점점 이론보다 감각적인 영역으로 넘어간다. 새로운 단서를 발견했다 해도, 그것을 체득하는 건 불가능에 가까운 일이었다.

"랜슬롯은 연락이 안 돼?"

"연락처라면 가지고 있었지만 중요한 일이 있어 올 수 없다는 답변이야."

"하긴 같은 마스터라고 다 친분이 있는 건 아니지. 이게 강제성이 있는 것도 아니고."

"그래도 엄청나지 않냐? 저기 봐. 아더에 멀린까지 왔어. 설마 저런 거물들까지 올 줄이야."

마치 연예인이 경조사를 치를 때 동료 연예인이 많이 나타나는 것처럼 전갈의 장례식장에는 많은 마스터들이 와 있는 상태다. 요 근래에 들어서는 마스터들이 마치 연예인처럼 유명한 경우가 많기 때문에 장례식장 입구에는 취재진까지 와 있을 정도였다.

"저기 멀린 씨! 여기 좀 봐주십시오! 전갈 씨의 죽음을 어떻게 생각하십니까?"

용노는 마이크를 들이대는 기자들을 무시하며 앞으로 걸어나갔다. 은혜도 잘 붙어서 따라온다.

'그나저나 현실에서도 멀린이냐.'

기가 막혀 헛웃음을 짓는다. 물론 용노는 장례식장에서 만난 마스터들과 아이디로 서로를 부르기도 했지만 그건 마치 온라인 모임이 오프에서 만났을 때 다른 호칭에 익숙하지 못해 아이디를 부르는 것과 비슷한 이유였을 뿐이었는데, 지금 그에게 찾아온 기자들은 자신의 본명을 모르는 것도 아닐 텐데 아이디를 부르고 있는 것이다.

그런데 그 기자들이 하는 말이 점점 산으로 가기 시작했다.

"게임 내 원한 때문에 전갈 씨가 살해되었다는데 사실입니까!"

"디오를 플레이함으로써 생기는 폭력성에 대해 어떻게 생각하십니까!"

"디오를 플레이하는 학생들이 학교에서 일진을 구성한다는 사실을 알고 계십니까?"

"디오를 플레이하는 청소년들이 심각한 정신장애를 앓는 경우가 많다는 연구결과가 나왔는데 이에 대해 어떻게 생각하시나요?"

쏟아지는 질문에 용노의 표정이 기묘해졌다.

'아니. 이게 무슨 헛소리들이지?'

순간 그 대단한 추리능력을 가진 용노마저도 혼란에 빠지고 말았다. 초능력에 가까운 직감으로도 그들의 말을 이해할 수 없었던 것이다.

"가자."

"응."

당연한 말이지만 공인도 뭣도 아닌 용노가 그들을 배려해줄 필요 따위는 어디에도 없었기에 그는 기자들을 가볍게 무시하고 타고 온 고급 세단에 올라탔다. 사실 지금의 그 정도 되면 운전사를 둬도 될 정도로 돈이 많았지만 근처에 사람을 두기 싫어 직접 운전하는 편이다.

"대체 무슨 일이지?"

"후우. 차에 앉아서 생각하니 대충 짐작이 가는군. 디오가 돈을 너무 많이 벌었어."

"그거야 당연한 일 아닌가?"

은혜의 말에 용노가 고개를 흔들었다.

"그리고 위에는 한 푼도 바치지 않았지."

"아……!"

너무나 당연하지만 노블레스들은 인간들의 사정 따위에는 관심조차 없다. 노블레스 전체가 아니라 그 구성원 중 단 한 명만 내려와도 인류 문명 따위는 끝장낼 수 있는데 그런 벌레 같은 존재들에게 뇌물을 바치며 굽실거릴 리 없지 않은가?

"분위기를 보아하니 디오 관련법을 만들 모양이네. 그런데 그냥 막 만들면 모양새가 좀 그러니 여론을 조성하는 거지."

"디오가 해롭고 안 좋은 거라서 이런저런 규제가 필요하다는 식의?"

"응. 원래 사람들한테 돈을 무더기로 뜯어가는 건 뭘 해주는 애들이 아니라 규제하는 애들이거든. 원래 권력이라는 건 도와줄 수 있는 능력이 아니라 해악을 끼치는 능력을 말하니까."

한심하다는 듯 투덜거리며 길을 따라 우회전한다. 은혜가 말했다.

"큰일이네."

"뭐가?"

"노블레스가 인간들을 배려해 줄 리 없으니까. 너무 귀찮게 하면 강경한 태도를 취할 거야."

"…그럴지도."

노블레스는 일반적인 기업이 아니다. 물론 거기에서 근무하는 직원들은 대부분 인간이지만 그 수뇌부는 태반이 용족인 것이다. 종족주의자라는 말을 들을 정도로 다른 종족을 우습게 보는 노블레스들이 과연 인간들의 비위를 맞추려 할 것인가?

투웅!

그때 강렬한 영적 파동이 행성 전체를 퍼져 나갔다. 아테리안 행성도 아얀 행성도 아닌 행성 지구에서 벌어진 일이다.

"용노야?"

느닷없이 자동차의 속력을 높이는 용노의 모습에 은혜가 의아함을 드러냈지만 용노는 대답조차 하지 못했다. 상황은 변한다. 어느새 노블레스들이 전혀 짐작조차 못했던 두 번째 변수가 시작되고 있었다.

"이게 무슨 일이야……."

* * *

장례식은 조촐했다.

동수는 장례식장에 도착해 절을 했다. 장례식장의 규모는 매우 작았고 찾는 사람조차 많지 않았다.

"변동수 씨 맞습니까?"

"네. 실례지만……."

"지인은 아닙니다. 고용인이죠."

"아."

상주조차 돈을 받고 고용된 사람이라는 사실에 황당해하

는 동수였지만 그러거나 말거나 상복의 사내는 그에게 편지 한 통을 건넸다.

"장례 절차는 정해진 대로 행해질 테니 걱정하실 필요 없습니다."

사내의 말대로 동수가 신경 쓸 일은 아무것도 없었다. 장례식은 전문 업체 직원들에 의해 진행되었고 시체는 화장되어 납골당에 안치되었다.

"허무하군."

그리고 그 모든 과정을 옆에서 지켜본 동수는 문득 숨이 막힐 것 같은 감정을 느꼈다. 슬픔도 분노도 아닌 알 수 없는 안타까움은 그를 실소하게 만든다.

"아버지, 어머니……."

그렇다. 그들은 과거 어린 동수를 입양해 1년간 길렀던, 그래서 그에게 가족의 따스함과 노력하는 즐거움을 알게 했던, 그리고 마침내 스스로의 부족함으로 인해 버려져야만 하는 슬픔까지 느끼게 했던 그의 양부모였다.

물론 그들은 제대로 된 입양을 하지 않았으며 결국에는 그를 고아원에 돌려보내기까지 했으니 사실상 양부모라고 할 수도 없다. 이제 아버지나 어머니로 불러줘야 할 이유 역시 없는 상황. 그러나 그는 아직도 그들을 부모라고 생각했다. 그들이 부모가 아니라면 그는 여전히 고아일 뿐이었으니까.

동수는 고아원에서 그들을 만나 새로운 집으로 갔던 날을 떠올렸다. 그는 그들의 자식이 된 그날로부터 개인교사들에게 운동에서부터 기본적인 공부, 음악에 글쓰기까지 온갖 영재교육을 받았다.

그는 그날들이 꽤나 충실했다고 기억했다. 원래부터 성실한 성격인 그는 잠시도 꾀부리는 경우가 없었고 언제나 최선을 다해 배우고 노력했던 것이다.

"죄송해요. 똑똑해 보였는데 그냥 그런 아이였네요."

꿈만 같은 1년의 시간이 지나고 고아원에 돌아오며 울며 저항하던 날을 떠올린다. 고아원이 싫은 건 아니었다. 오히려 그는 어디에서든 잘 적응하는 편이었던 것이다.

그러나 그럼에도 그는 [아버지]와 [어머니]를 잃고 싶지 않았다. 비록 그들은 [그저 그런] 그에게 큰 정을 보이지는 않았지만, 그럼에도 그는 처음으로 겪어보는 가족이라는 울타리 안에서 너무나 행복했었다.

동수에게.

죽기 전에 너를 다시 보고 싶다는 생각이 들었지만 염치가 없다는 생각이 들어 참는다. 너는 우리가 바라던 종류의 아이는 아니었지만, 한없이 성실하고 착한 아이였으니까.

그이는 작년에 사고로 죽었고 나는 불치병이라고 하는구나. 어쩌면 하늘이 벌을 주는 것일지도 모르지. 지독히도 욕심 많은 우리들이었으니까.

사업은 모두 정리했고 문제있는 재산은 처분했다. 하지만 그럼에도 남는 것들이 많더구나.

너는 싫어하겠지만, 네가 그걸 맡아주었으면 한단다. 그리고 더불어… 우리들의 딸도 맡아주었으면 좋겠다.

변명 같지만, 우리는 우리 둘의 모든 것을 뛰어넘을 아이를 원했단다. 젊은 날의 치기로 완벽한 아이를 키워낼 것이라고 생각했고 그렇게 둘째를 찾아냈지.

하지만 우리는 알았단다, 진짜 천재는… 우리가 감당할 수 없다는 것을.

부탁한다. 염치없고 비겁한 말이지만, 믿을 수 있다고 판단되는 게 너뿐이었단다. 네 동생이라고도 할 수 있는 아이가 성인이 될 때까지만 지켜봐다오.

떠나며.

자신에게 전달된 유서를 보면서 동수는 헛웃음을 지었다. 결국 자신을 돌려보낸 후에도 그들은 재능있는 아이를 찾아다닌 모양이다.

하지만 그러다 둘 모두 죽게 되니 재산과 동생을 자신에게 맡겨 버린다니?

"최후의 최후에 생각해 낸 게 겨우 저입니까? 정말 어지간히 친구가 없으셨군요. 어머니."

여전히 동수에게 있어 그녀는 어머니다. 물론 그녀를 원망한다. 버림받은 그날의 기억은 지금도 생생하게 떠오르기 때문이다. 만약 그녀와 정면으로 마주쳤다면, 어쩌면 독하고 상처 입을 만한 말들을 쏟아낼지도 모른다.

'그런데 죽다니. 인정할 수밖에 없는 존재가 되겠다고 생각했는데 그걸 확인조차 못하고 죽다니…….'

동수는 상상할 수 없었을 정도의 강렬한 절망감이 온몸을 짓누르는 것을 느꼈다.

특별한 존재가 되고 싶었다.

누구라도 돌아보고 사랑할 수밖에 없는 그런 존재가 되고 싶었다.

그러나 알고 있다. 그는 세상 어디에나 있는 그런 평범한, 아니, 어쩌면 그 이하의 존재일지도 모른다고. 수백 수천의 날을 피를 토하고 영혼을 깎아내는 심정으로 버텨낸다 해도 그 본질은 변하지 않을지 모른다.

"정말 비겁하군요."

허탈하게 웃었다. 남이 듣는다면 바보냐고 비웃겠지만 동수는 그들을 원망할지언정 그 마음이 죄라고 생각하지는 않았다. 자신이 배 아파 낳지 않은 자식을 들일 때 이왕이면 재능있는 아이를 원하는 건 누구라도 당연히 생각하는 욕구가 아니겠는가?

불쌍한 아이를 구원하고 그의 행복을 위해 평생을 희생하며 살겠다는 마음을 가진 사람이 아닌 이상 누구라도 양자를 들일 때 더 예쁘고 귀여워 보이는, 그리고 똑똑해 보이는 아이가 자신의 자식이 되었으면 한다. 고아원에 간 입양자들이 아이들의 조건이나 성격 등을 확인하는 건 잘못이 아니라 당연한 일이다.

물론 그렇게 데려간 아이를 고아원으로 되돌리는 건 분명하게 잘못이라 할 수 있는 영역의 문제이지만, 그들은 그 후 고아원에 막대한 기부를 했고 연락 한 번 안 하면서도 등록금까지 지원했다. 물론 그 돈들을 단 한 푼도 쓰지 않은 동수였지만 어쨌든 그들이 도움을 준 것도 사실이다.

“그나저나 아버지와 어머니가 10년 넘게 키웠다니… 궁금하긴 하군. 얼마나 똑똑하다는 거지?”

재산 따위 관심도 없지만 동생이라고도 할 수 있는 아이가 얼마나 대단한지는 궁금했던 동수는 미리 들었던 주소로 운전대를 돌렸다.

삐이~

도착한 곳은 고급 아파트. 이미 이야기가 되어 있던 것인지 동수는 별다른 제지 없이 입구를 지나쳐 양부모의 집까지 이동했다. 그리고 초인종을 눌렀는데 대답이 없다.

“이게 무슨… 흠? 문이 열려 있군.”

의아해하면서도 집 안으로 들어선다. 그가 사는 집과 비교도 안 될 정도로 넓은 고급 아파트 안은 그야말로 초토화 상태다. 무슨 습격이나 도둑이 들었다거나 하는 말은 아니다. 집은 다른 의미로 초토화 상태인 것이다.

"쓰레기장도 아니고 이게 뭐야?"

여기저기 배달시켜 먹은 음식들의 쓰레기들이 던져져 있고 전자 제품들의 케이스들이 사방에 쌓여 있다. 소설책이나 만화책도 벽 한쪽에 가득히 던져져 있었다.

드드르륵! 탕!

한쪽 방에서 총소리가 들린다. 당연하지만 진짜 총 소리는 아니다. 그건 상당히 익숙한 소리로 중간중간 '파이어 온 더 홀(Fire on the hole)!' 같은 기계음도 섞여 있다.

'FPS 게임이라고?'

디오가 전 세계적으로 퍼져 나가면서 기존 게임 시장의 규모는 파멸이라고 해도 좋을 정도로 줄어들었다.

물론 가상현실에서 전투를 하거나 하는 게 부담스러워—게다가 난이도도 높다—하는 사람들이 꽤 있었기에 그 규모가 줄었을 뿐 완전히 사라진 건 아니지만 이렇게 하고 있는 사람을 보니 특이하다는 생각이 드는 것도 사실이다.

"어디 보자, 변미리?"

미리 들었던 이름을 부르자 방 안에서 날카로운 목소리가 울려 퍼졌다.

"변미리가 아니라 리아 슈미트! 그리고 볼일 없으니까 꺼져!"

"그럴 수는 없어. 넌 미성년자고 보호자가 필요……."

차분하게 말하는 동수였지만 반응은 격렬하다.

"꺼져! 재산이 목적이잖아! 난 그깟 재산 관심도 없으니 다 가지고 사라져! 아 맞다, 이 집도 있었지? 이 집은 내가 사지. 공시지가가 11억이니 인심 써서 15억 줄게. 그럼 됐지?"

안 될 소리다. 고작 여고생에 불과한 그녀가 그만한 돈을 가지고 있을 리 없을뿐더러 설사 가지고 있다 하더라도 그녀가 미성년자라는 사실이 변하는 건 아니지 않은가?

철컥.

그리고 그렇기에 동수는 유언장에 동봉되어 있던 열쇠로 방문을 열고 그 안으로 들어갔다.

"뭐야? 들어오지 마!"

공격적인 목소리였지만 동수는 아랑곳하지 않고 방 안을 둘러보았다.

"여기는 특히 심각하군."

방 안은 엉망이다. 먹고 버린 컵라면이 가득하고 대충 입고 벗어놓은 옷가지들과 잡쓰레기들이 발 디딜 틈조차 없이 들어차 있는 상황. 그리고 엉망인 방 안에서도 가장 엉망이라고 할 수 있는 건 그 가운데에 있는 소녀다.

"정말… 심해."

마구잡이로 자라나 땅에 질질 끌리는 머리카락은 얼마나 오래 안 감은 것인지 기름기에 떡이 져 있고 겉으로 표시는 안 나도 몸에서 나는 악취도 심각하다. 그 대상이 소녀라는 차이가 있을 뿐 그야말로 중증의 방구석 폐인이었다.

탕.

지체없이 몸을 돌려 집을 나가 버리는 동수의 모습에 미리, 아니, 리아 슈미트는 움찔했다. 더 억지를 부리거나 자신을 잡아끌려고 하면 흠씬 두들겨 주려고 했는데 그냥 가버리니 당황한 것이다.

작은 소녀만 있는 집에 문도 안 잠가놓은 채였지만 그녀에게 두려움은 없다. 영양있는 식사를 하지 못해 삐쩍 마른 몸으로도 그녀는 어지간한 장정 서너 명도 웃으며 이겨낼 수 있기 때문이다.

그것은 근육의 문제가 아니라 인간이라고 생각할 수 없을 정도로 빠르고 정확한 지각능력과 주변의 모든 상황을 이용할 수 있는 배틀 센스의 문제다. 용노가 어린 나이에도 온갖 무술을 연마했던 장정들을 쉽게 상대했듯 그녀 역시 총기 정도를 들이밀지 않는다면 보통 사람이 감당 불가능한 존재인 것이다.

딸깍.

"뭐, 뭐야?"

동수는 정확히 30분 후에 돌아왔다. 그의 손에는 걸레와 빗자루, 그리고 십수 장의 쓰레기봉투를 비롯한 온갖 청소 용품들이 들려 있다.

"먼지 날 테니까 창문 열어."

"에? 에에?"

리아가 당황하거나 말거나 동수는 청소를 시작했다. 창문을 다 열고 준비해 온 쓰레기봉투에 산처럼 쌓여 있던 쓰레기들을 던져 넣기 시작했다. 원래 배달 음식이라는 건 음식을 다 먹어도 남는 게 많기 때문에 종이는 종이대로 모으고 플라스틱은 플라스틱대로 모아도 그 분량이 어마어마해서 50ℓ짜리 봉투로 열 개 넘게 버려야 할 정도였다.

"쯧. 먼지하고는."

"야. 잠깐. 뭐하는 거야?"

"일어나기 싫으면 좌우로 구르기라도 해. 거치적거린다."

"어엉?"

동수는 리아가 당황하거나 말거나 거실부터 시작해서 모든 방을 들어엎기 시작했다. 쓰레기는 봉투에 담아 버리고 물건들은 정리한다. 바닥 먼지는 빗자루로 쓸어버린 뒤 구석에서 찾아낸 청소기로 마무리. 이어 대걸레로 바닥을 닦아낸 뒤 손걸레를 여덟 번이나 빨며 물건들을 닦았다.

쏴아아—!

구린내까지 나던 화장실도 깔끔하게 청소한다. 뜨거운 물을 받았다가 버려 버린 후 주방세제로 욕조 때를 닦아내고 락스 원액을 뿌려 곰팡이를 제거한다. 수도꼭지 물때는 헝겊에 치약을 적시듯 발라 닦아내고 세면대 트랩에 생긴 녹은 베이킹파우더를 발라 제거한다. 이미 변기에는 화장지를 대놓은 후 냄새 제거제를 뿌려 한 시간 정도 방치하고 있는 상태다.

"뭐, 뭐야 이 자식. 완전 능숙하잖아? 가정주부냐?"

리아가 황당해 중얼거렸지만 들은 척도 하지 않는다. 어찌나 우직하게 청소하는지 동수의 이마에서는 땀이 흐르고 있을 정도였다.

"이 콜라 먹다 남은 거지?"

"아, 으, 으웅. 치킨 시켰을 때 온 건데……."

콸콸콸!

"엑? 그, 그걸 왜 변기에 버려!!!"

"찌든 때 제거용이다."

마침내 화장실 청소도 마치고 모든 방을 다 치운다. 잔뜩 쌓여 있던 책은 종류별로 책장에 채워 놓고 그래도 남는 것들은 박스에 넣어 쓰지 않는 방에 쌓아놓는다. 여기저기 널려 있던 그릇들을 모조리 설거지하고 싱크대도 깔끔하게 정리한다.

청소는 무려 두 시간이나 이어졌다.

"이제 가장 큰 문제가 남았군."

"뭐? 아직도 할 게 남았어?"

"너."

동수는 그대로 리아를 질질 끌고 욕조에 던져 버렸다. 만약 그가 공격이라도 하면 혼쭐을 내려고 마음먹고 있던 리아였지만 어쩐 일인지 저항하지 못했다. 별다른 사심도 욕심도 없이 차분하게 자신을 바라보는 눈앞에서는 힘을 쓸 수가 없다.

"입고 있던 옷은 세탁기에 넣어놔. 새 옷은 문 앞에 놓을 테니 입으면 된다. 여자가 지저분하게……."

"이, 이익! 야! 나가! 누가 이런 거 해달랬어?! 원하는 게 뭐야, 너?! 이 집이냐? 이 집에 살려고 청소하는 거야?"

그릇이 깨지기라도 할 듯 날카롭게 소리 지르는 리아였지만 동수는 눈 하나 까딱하지 않았다. 이런 [애들]을 셀 수도 없이 많이 겪어본 그다.

"알 바 아니고 오늘은 이만 가지. 식사 차려놓을 테니 목욕하고 나오면 먹어. 그릇은 싱크대에 넣어두면 내일 처리하지."

"야! 너 뭐냐니……."

"속옷 비친다."

"꺅!"

당황하는 그녀를 두고 화장실 문을 닫아버린다. 리아는 화장실 안에서 어안이 벙벙한 표정을 지을 뿐이다.

"뭐, 뭐야 저놈. 아니, 그나저나 여긴 또 뭔 짓을 한 거지? 광채가 돌잖아?"

만져 보니 뽀득뽀득 소리가 날 정도로 깔끔한 욕조를 보며 할 말을 잃어버린다. 생각해 보면 거실이나 방도 완전히 깔끔해진 상황이니 이게 불과 수시간 전 자신이 있던 곳과 같은 공간이라는 걸 믿을 수 없을 정도다.

리아는 정말 오랜만에 따듯한 물로 샤워를 한 후 밖으로 나왔다. 동수는 이미 돌아간 후였지만 그가 차린 밥과 요리들이 식탁 위에서 모락모락 김을 피워 올리고 있다.

동수는 몰랐지만, 리아가 그런 밥상을 받아본 것은 근 5년 만의 일이었다.

"대체 뭐하는… 녀석이지?"

황당해하는 리아.

그리고 그렇게 일주일이 지났다.

"흠, 좋아. 드디어 다 먹은 그릇을 싱크대에 놓을 생각을 하게 되었군."

"뭐, 뭘 대단하다는 듯 헛소리야!! 지나가던 김에 넣은 거야!!"

"고맙다고."

"아니, 대체……."

일주일 동안 동수는 매일매일 집에 찾아왔다. 삼시세끼 뜨끈한 식사 제공은 당연하다. 더 이상 리아는 다음에 입을 옷을 찾기 위해 빨래 더미를 뒤질 필요가 없어졌으며 온 집 안이 깨끗해진 건 너무나 당연하고, 대부분 깨져 버렸던 그릇들의 자리에는 예쁘고 귀여운 디자인의 그릇들이 잘 정리되어

놓이게 되었다.

동수가 찾아올 때마다 꺼지라고 소리치던 리아는 어느새 자신이 식사 시간을 기다리고 있다는 사실을 깨달았다. 쓰레기장이나 다름없던 집안은 어느새 너무나 아늑하고 평온한 곳이 되어 있었다.

"옷들은 또 왜 이렇게 적은지… 너 좋아하는 옷은 없어?"

"군복!"

"…밀리터리 룩 쪽으로 고르도록 하지. 문단속 잘하고."

태연히 말하고 집을 나선다. 불과 일주일 만에 집에 있는 게 당연하게끔 여겨지게 된 동수지만 그는 절대 양부모의 집에서 잠을 자지 않았다. 마치 직장을 다니듯 매일 매일 출퇴근하는 것이다.

철컥.

문이 닫히고 동수의 인기척이 멀어지자 동수가 간식(!)으로 해준 콘버터를 먹고 있던 리아가 멈칫했다.

"으, 아, 안 돼. 오늘이야말로 다시 오지 말라고 하려고 했는데… 위험하다. 이건 유혹이야, 악마의 유혹."

부들부들 떨면서도 다시 콘버터를 한입 먹는다. 따뜻하게 데워진 피자치즈가 달콤하게 입안에서 녹아내리니 정신까지 나른해지는 느낌이다.

"제길. 대체 뭐하는 녀석이야? 저거 분명 아저씨랑 아줌마가 데려와 키우다 내쫓았다는 그 녀석일 텐데 왜 이러고 있는 거지? 복수를 하기 전에 친해지려는 건가?"

그러나 마치 짐승처럼 상대방의 냄새와 표정 등으로 그 심리 상태를 읽어낼 수 있는 그녀는 그게 사실이 아니라는 것을 알 수 있었기에 혼란이 더했다. 동수의 친절은 그야말로 완벽하게 선의라고밖에 볼 수 없는 종류였던 것이다. 심지어 그는 이 모든 일을 너무나 당연히 해야 한다는 듯 하고 있지 않은가?

"내쫓아야 하는데… 좀 패주면 안 올 텐데……."

그러나 그러지 못하고 있다. 동수는 그녀가 뭘 하든 일절 상관하지 않으면서도 모든 집안일을 완벽하게 처리해 주고 있는 것이다. 이러다 동수가 있는 생활에 너무 익숙해져 나중에 그가 정말 떠나 버릴 때 아쉬워지면 어쩌나 하고 고민이 될 정도. 일신의 편안함 때문에 자신의 의지를 관철하지 못하는 스스로에 그녀가 괴로워하고 있을 때였다.

콰앙!

멀찍이에서 폭음이 터졌다. 그것은 리아에게는 너무나 익숙한 소리. 하지만 그렇기에 그녀는 황당해했다.

"…포격이라고?"

* * *

동수는 아파트를 나서며 생각을 정리했다. 태연한 척했지만, 그는 리아의 존재 때문에 황당해하고 있었다.

"정말… 정말 제대로 고르셨군요, 어머니. 이 정도면 좀 놀라울 정도예요."

처음에는 알아보지 못했다. 삐쩍 마른 몸에 충혈된 눈, 떡진 머리카락에 지저분한 옷차림은 그가 알고 있던 그녀의 모습과 비슷하지도 않았기 때문이다.

그러나 동수에 의해 잘 먹고 살이 오르면서 그녀는 점점 그가 알던 소녀의 모습으로 변해갔다. 이제는 하루에 한 번 샤워도 하고 있었기 때문에 그녀는 방구석 폐인이 아니라 아이돌에 가까운 미소녀가 되어 있었다.

"크루제……."

그렇다. 그녀야말로 천외삼천 중 하나인 크루제다. 어이없게도 그의 황당한 양부모는 재능있는 아이를 찾다가 해외입양을 하게 된 것이다!

"그나저나 저 녀석은 왜 날 기억 못하는 거야. 기억력도 좋은 주제에. 그렇게나 존재감이 없었단 말인가?"

동수는 어이가 없어서 투덜거렸다. 꼽추나 사지 중 하나가 없는 장애인처럼 육체 자체에 문제가 없는 이상 기본적으로 현실의 육체와 완전히 똑같은 몸을 만들어내는 디오를 플레이하는 만큼 다만 복장이 다를 뿐이지 랜슬롯과 동수의 외모는 완전히 똑같다. 잘 모르는 사람이라도 몇 번 보면 알아봐야 하는데 리아는 전혀 그를 알아본 분위기가 아니어서 동수도 자기소개를 할 타이밍을 놓쳐 버렸다.

"그나저나 좀 체질이 이상한 건가. 그렇게나 몸 상태가 엉망이었는데 고작 일주일 잘 먹고 잘 씻었다고 저렇게까지 좋아지다니."

배달시킨 음식 포장지가 산처럼 쌓여 있었지만 그건 어디까지나 그녀가 긴 시간 동안 집에서 칩거했기 때문이지 기본적으로 그녀는 식사량 자체가 너무 적었으며 배달음식만 먹는 만큼 영양 밸런스가 최악이었다. 그녀가 삐쩍 마른데다 안색이 안 좋았던 게 바로 그 이유였는데 근 일주일 사이에 젖살이 뽀송뽀송하게 오르고 피부에 윤기가 돌 지경이니 동수로서는 '내가 영약이라도 먹였나?' 라는 생각까지 들 정도다.

콰앙!

이런저런 생각으로 복잡할 때 동수의 근처에 있던 건물이 그야말로 난데없는 폭음과 함께 터져 나갔다.

"무슨……!"

동수는 깜짝 놀라 길가에 설치된 화단 뒤로 몸을 숨겼다. 부서진 유리창 파편이 사방으로 튀었다.

"꺄아악!"

"뭐, 뭐야? 가스 폭발인가?!"

"아, 아파… 아파아아!!"

"누가 119에 연락 좀!!"

수많은 사람들이 오가던 거리는 그야말로 아비규환이 되었다. 건물 하나가 박살이 날 정도로 강한 폭발이었기 때문에 그 파편이 주변 행인을 덮친 것이다. 동수는 2차 폭발이 있을지 모른다는 생각에 자세를 낮춘 다음 휴대폰을 꺼냈다. 소방서와 경찰서에 연락하기 위해서였는데 어이없게도 휴대폰은 작동하지 않는다.

"어… 불통?"

그냥 안테나가 안 뜬 게 아니다. 몸을 날릴 때 어디에 잘못 부딪치기라도 한 건지 아예 액정 자체가 켜지질 않고 있다.

"뭐야, 핸드폰이 안 켜져!"

"고장인가? 왜 이러지?"

"자동차 시동이 끊겼어!!"

여기저기서 비명이 터져 나오기 시작했다. 그리고 그 모습에 동수는 피가 싸늘하게 식는 것을 느꼈다.

'전자기기들이 다 멈췄어?'

동수는 재빨리 몸을 일으켰다. 상황이 심상치 않다. 누군가 작위적으로 이 상황을 일으킨 것이라면 이대로 끝이 아닐 거라는 생각이 들었기 때문이다.

기잉—! 쿵!

그때 기계 소리와 함께 근처 건물이 무너지고 백색의 금속으로 이루어진 거체(巨體)가 쑥 하고 나타났다.

"…어?"

그것은 커다란 로봇이었다.

*　　*　　*

세상에는 누구나 생각하지만 일어날 수 없는 일이라는 게 있다. 일어날 수 없는 일이라는 건 가능성이 0%는 아니더라도 한없이 0%에 수렴하는, 그러니까 일어날 가능성이 0.00001%도 채 되지 않는 영화와도 같은 일을 말한다.

어느 날 갑자기 UFO가 떨어져 인간 소년과 우정을 쌓는다든지, 전 우주를 뒤흔들 정도로 강력한 변신 로봇들이 지구에 떨어져 서로 싸우는데 왠지 모르게 그들이 인간 군대가 쏘는 탱크의 포탄을 맞고 박살 나고 부서진다든지.

지금 연합에게 벌어진 게 바로 그런 종류의 일이었다.

기잉-!

기잉-!

여기저기에서 차원의 틈이 열리며 그 안에서 기계들이 쏟아지기 시작했다. 개중에는 인간과 비슷한 형태의 기계병들도 있었지만 탱크나 전투기와 비슷한 형태의 병기들도 많았다. 다만 탱크나 전투기 형태의 기계병들은 누군가 탑승하는 게 아니라 자동으로 움직이는 형태였으며 인간 형태의 기계병들의 손에는 마치 소총과도 비슷한 형태의 레이저건을 들고 있다. 만약 미션을 즐겨 하는 마스터가 그 로봇들을 보았다면 그들이 우주 해적들이 즐겨 사용하는 기계병사 T—41형 이라는 걸 알아보았을 것이다.

"오, 뭐야 마술이야? 어떻게 허공에서 나타나지?"

"와, 이거 봐!"

기계병들이 내려선 곳은 중국 중경 지방의 번화가. 그중에서도 백화점 앞으로 너무나 당연하게 사람이 북적거리는 장소였고 허공에서 나타나는 [로봇]들의 모습에 사람들이 모여들기 시작했다.

"무슨 일이야?"

"영화 촬영인가?"

중국인들은 물론이고 중국에 관광 왔던 외국인들까지 기계병들 앞으로 모여들었다. 너무나 당연하지만, 두려워하거나 피하려는 이는 아무도 없다.

"헤이~ 저기요, 아저씨! 안에 사람 타고 있나요~!"

서양인으로 보이는 여성 하나가 커다란 덩치의 기계병 앞에서 환호하며 손을 흔들었다. 그리고 그런 그녀의 움직임에 따라 기계병이 팔을 움직였다.

철컥!

그녀를 향해 총구를 겨누고.

"에?"

그대로 탄환을 발사했다.

쾅!

발사된 탄환이 음속의 세 배가 넘는 속도로 그녀의 머리통을 날려 버리자 여인의 몸이 힘없이 쓰러진다.

"…어? 어어?"

"저거? 어?"

그럼에도 주변 사람들은 빠르게 반응하지 못했다. 애초에 상황 자체가 비현실을 넘어 초현실적이다. 도심가 한가운데에 이족보행 병기가 나타나 사람을 쏘다니. 이 무슨 영화에서나 나올 것 같은 광경이란 말인가?

그러나 그들을 배려할 이유가 없던 기계병들에게 그런 사람들의 반응은 임무를 더 편히 수행할 수 있는 도움에 불과했다.

철컥! 철컥! 철컥!

기계병들이 사람들을 겨눈다. 이제야 슬슬 상황을 파악한 사람들이 비명을 내질렀지만,

두두두두두!! 콰광!

이내 시작된 폭음이 그대로 비명 소리를 묻어버린다.

*　　*　　*

지구 이곳저곳에 기계병들이 나타나 사람들을 학살하기 시작했다. 그리 어마어마한 규모는 아니었다. 지구 전체로 보면 약 서른 정도 되는 지역에서 출몰한 기계병들은 최소 3개

체에서 최대 20여개 체에 불과했으니 다 합쳐 봤자 200~300 개체에 불과한 숫자인 것이다.

기계병들은 특수 합금으로 만들어진 몸을 가지고 있던 만큼 총탄은 당연히 먹히지 않고 화학병기는 더더욱 먹힐 리 없는 존재들이지만 상급 마족이나 마스터들처럼 현대 병기를 다루는 인류가 감당 불가능한 수준의 병기가 아니다. 이 정도는 우주를 떠도는 해적들이 흔히 사용하는 기본 무장에 불과한 것이다.

기본적으로 기계병들은 열과 충격에 강해서 개인화기 따위는 먹히지 않는 존재지만 강력한 물리적 충격, 그러니까 포격 정도의 공격이나 미사일을 맞고도 무사할 정도까지는 아니다. 그냥 놔둔다 해도 충분히 인류에게 제압당할 정도의 규모인 것이다.

그런데 기계병들은 그런 상황 따위 알 바 아니라는 듯 주변 인간들을 학살했다. 그들이 나타난 장소는 하나같이 번화가였기에 인명피해는 그야말로 천문학적.

기계병들은 그 어떤 전략적인 행동도 취하지 않았다. 그저 근처에 인간이 있으면 찾아가 죽인다.

말하자면, 그건 [테러]에 가까운 행동.

그리고 그거야말로 그들의 진정한 목적이었다.

*　*　*

"…이게 어떻게 된 거지?"

디오의 최고 운영자라고 할 수 있는 탄은 화면 너머로 보이는 학살극에 이를 갈았다. 물론 죽어나가는 사람들의 모습에 안타까움을 느껴서는 아니다. 애초에 그에게 인간에게 사용할 측은지심 따위 있을 리 없으니까. 문제는 기계병들이 인간들을 학살하면서 거기에 유저들이 휩쓸리는 경우가 생긴다는 것이다. 심지어 이 잠깐의 공격만에 마스터가 무려 두 명이나 죽어버렸다!

"어떻게 된 거야? 저 녀석들이 무슨 수로 우리 영역에 워프할 수 있었지?"

그야말로 있을 수 없는 일이다. [연합]이 관리하는 행성들에는 모든 방식의 워프 금지되는 방어 수단이 강구되어 있는데 이렇게나 당연하다는 듯 지구에 기계병들을 보낸다는 건 그들이 노블레스의 보안 체계를 뚫어버렸다는 말이었으니까.

"배후는?"

"리전(Legion)입니다."

"그 고물들이……."

탄은 짜증이 난다는 듯이 이를 갈았다. 소유하고 있는 행성만 해도 수백 개가 넘으며 테라 급 함선을 열 개나 가지고 있는 거대 세력 리전은 그로테스크들이 그렇듯 연합에 적대하는, 흔히 대적(大敵)이라 불리는 세 개의 테러 단체 중 하나였다.

그나마 지금이야 테러 단체라고 불리는 수준이었지만 기계신(機械神) 디카르마(Dekarma)가 있을 때의 리전은 연합조차 쉽게 어쩌지 못할 정도로 어마어마한 세력이었다. 연합이 전력을 다한다면 멸절할 수야 있겠지만 그 와중 입는 피해가 너무 막대해 공격할 수 없었을 정도의 힘을 가지고 있던 것이다.

비록 뭔가 금지된 일을 벌이던 기계신이 무신(武神)에 의해 소멸되면서 리전 역시 대부분의 힘을 잃었지만 지금에 와서도 연합에 적대하며 멸망하지 않는 강대한 단체다.

“리전이 보안 체계를 뚫어버린 건가.”

리전은 순수하게 기계들로만 이뤄진 단체다. 이제는 헤아리기도 애매할 정도로 먼 과거에 만들어진 인공지능에서 탄생한 그들은 일반적인 인공지능과 다르게 [상상]이 가능한 존재로 [창의력]과 [사고력]까지 가지고 있다는 점에서 특별하다.

그들은 스스로 생각해 문명을 발전시키는 것이 가능하며 누구의 도움도 없이 새로운 리전을 생산해 낼 수 있기 때문에 자원만 있다면 무한히 증식하며 그들 자체가 정보의 집합체인만큼 컴퓨터 같은 기계문명 기반의 물건들은 물론이고 마법문명 기반의 방어벽조차도 순식간에 크랙킹하곤 했다.

하지만 아무리 그래도 그렇지 최고 난이도를 자랑하는 연합의 워프 방어까지 뚫어버리다니?

"그나저나 집행자(執行者)들은 왜 안 움직이는 거야?"

"아 저기 그게… 지구에 쳐들어간 기계병들이 아슬아슬하게 2문명 안쪽이에요. 말하자면 [합법적]인 공격이죠. 물론 그것도 규모를 크게 하면 걸리겠지만 저 녀석들 철저히 규모를 조절하고 있어서."

인명피해가 문제지 리전들의 공격은 절대 [인류멸망]의 수준에 이를 수 없다. 피해가 생길 뿐 충분히 인간들이 막을 수 있는 규모인 것이다. 게다가 리전은 지구에서 그 어떤 이득도 얻을 생각이 없으며 영혼에 관련된 어떤 간섭도 하지 않기 때문에 집행자들은 움직이지 않는다.

물론 사람이 죽어나가고 있지만, 집행자들은 그런 것까지 신경 쓸 정도로 섬세한 존재가 아니다. 그 정도 인명피해야 인간끼리의 전쟁이나 사고로도 얼마든지 죽어나가지 않던가?

"하지만 그러면서 우리들의 간섭은 막히겠지?"

"물론입니다. 심지어 저희는 연합법에 의해서도 제약당하지요. 염라부(閻羅部) 쪽에서 함부로 움직이지 말라는 경고도 왔습니다."

유저들이 활약을 시작하면서 이곳저곳에서 관심이 모여드는 상황이다. 노블레스들은 연합에서 강한 발언권을 가진 존재인 건 사실이었지만 거기에 반대하는 이들은 얼마든지 있었고, 노블레스 중에서도 탄을 비롯한 순혈주의자를 마땅치 않게 생각하는 이들이 있었기에 모든 것을 마음대로 하기란 불가능한 일이었다.

"결국 방법은 하나뿐인가."

"어차피 계획에 있던 이야기잖아요?"

"물론 그렇지만 움직인다면 그로테스크 쪽일 줄 알았는데 리전 쪽이라는 게 거슬리는군. 적의 적은 아군이라지만 손을 잡을 녀석들이 아닐 텐데."

그것은 멀린에 의해 매드니스가 차원의 미아가 되어버린 이후 초월 무구 종말을 받은 시리어스까지 살해당했기 때문에 생긴 일이다. 그로테스크는 매드니스나 시리어스 같은 넘버링을 100개체가 넘게 소유하고 있지만 노블레스도 뭣도 아닌 육성 시스템으로 찍어낸 유저들에게 당했다는 사실에 위기감을 느낀 것이다.

"반응이 격렬하겠지?"

탄의 물음에 야구모자를 쓴 소년, 멜튼이 미소 짓는다.

"하지만 그래 봐야 어쩌겠어요? 아니, 이제는 공격받게 되니 의존이 더욱 심해지겠지요."

"맞는 말이야."

탄은 고개를 끄덕였다. 그리고 푸른색의 영기를 뿜어냈다.

"마스터들을 보내."

*　*　*

도시 곳곳에서 연기가 피어오르고 있다. 사방에서 굉음과 함께 건물이 무너지고 기계병들이 생존자를 찾아 바삐 움직이고 있다.

"히익!"

그때 건물 안에 숨어 있던 사내가 비명을 질렀다. 문을 다 잠그고 죽은 듯 숨어 있었는데 2미터 정도 되는 덩치의 기계병이 벽을 부수고 건물 안으로 침입했기 때문으로, 기계병은 일말의 망설임도 없이 인간들을 살해하고 빼앗은 총기를 겨누었다. T—41형은 자체 무장을 가진 모델이지만 보급이 없다고 프로그래밍 되어 있는 만큼 현지에서 무장을 조달한 것이다.

"사, 살려……."

인정을 바라보지만 그건 리전이 자신의 [종족]으로 인정조차 하지 않는 T시리즈에게 너무나 과분한 기능이다.

탕!

소음과 함께 머리가 박살 난 사내가 쓰러지자 마치 기다렸다는 듯 뒤쪽 공간이 일렁인다.

기잉—!

허공에 3미터쯤 되는 지름의 마법진 두 개가 떠오른다. 마법진은 잠시 허공에 떠 은은한 빛을 흘리다가 이내 빙글빙글 돌아 원형의 구(球)로 변했고, 이내 물방울처럼 터지며 두 명의 청년을 뱉어놓는다.

"Fuck. 무슨 놈의 미션이 이렇게 급해?"

"그래도 난이도에 비하면 잼 포인트도 많이 주던데 뭐. 아 저놈인가?"

사내들의 복장은 현실에서 볼 수 없는, 그러나 그럼에도 사람들에게 익숙한 종류의 것이다. 중세 시대에나 볼 수 있을 것 같은 판금갑옷에 바스타드 소드를 들고 있는 그는 심지어 서양인이기까지 해서 판타지 영화에서 막 튀어나온 것 같은 복장이었는데, 그런 복장에는 하등에 관심조차 없는 기계병은 별다른 경고조차 없이 움직였다.

탕! 탕! 탕!

기계병이 사내를 향해 방아쇠를 연신 당겼지만 탄환은 판금 갑옷은커녕 사내의 몸 주위에 쳐 있는 역장조차 뚫지 못하고 바닥에 떨어졌다. 운동에너지를 그냥 흡수하는 타입의 방어벽이다.

콰득!

그리고 그 직후 사내의 바스타드 소드가 기계병의 몸을 박살 내버린다. 옆에 있던 마법사 복장의 사내가 기겁했다.

"야이, 등신아! 그걸 부숴 버리면 어떻게 해!! 저런 건 가지고 가서 팔면 5골드도 넘는다고!"

"아, 맞다. 그랬지? 야 근데 이제 우리도 10레벨인데 5골드에 쩔쩔매야 해?"

"아껴야 잘 살지. 멍청… 응?"

그가 사내를 타박할 때 카메라 플래시가 터지는 것 같은 소리와 함께 한쪽 벽을 날려 버리며 빛무리가 밀려들어 왔다. 그야말로 기습적인 공격이었지만 온갖 상황에 익숙해져 있는 유저들에게 이 정도는 기습도 아니었다.

파지직!

결계가 펼쳐지고 모든 에너지 공격을 차단한다. 물론 가해지는 공격이 정도를 넘어서면 깨어지는 방어막이지만 지금의 경우에는 충분한 출력을 발휘한다.

"오, 약하네. 끽해야 5~6레벨인데?"

"기계병들이군. 이놈들 약점이 물리적 타격하고 전기 공격이었지."

콰직! 파지직!

전사는 검을 휘두르고 마법사는 주문을 외워 벼락을 떨어뜨린다. 현대 인류에게는 극히 위험한 기계병들이지만 턱걸이라도 마스터의 경지에 이른 유저들은 한 명 한 명이 일개 사단을 넘어서는 전투력을 가지고 있는 존재. [인간이 감당할 수 있도록] 제한된 무장과 규모를 가진 기계병들이 감당할 상대가 아니었다.

"얼마나 남았어?"

"거의 다 끝났… 응?"

그때 적들을 처리하던 마법사가 그대로 굳어버렸다. 여기저기 흩어져 있는 시체들 때문은 아니다. 그들의 정신은 방어벽와 익숙함으로 보호받고 있었으니까. 다만 그가 당황한 건 주변 배경이 묘하게 눈에 익다는 사실 때문이다. 이미 폐허가 된 도시이지만 그래도 남아 있는 건물들이 꽤 있었다.

"왜 그래?"

"나… 여기 알아."

"알다니 뭐?"

의아해하는 전사에게 마법사가 중얼거렸다.

"여기… 해방비(解放碑) 광장이야. 그 어디냐 중경지방이었는데. 유중구 쪽. 예전 중국 여행 때 왔었는데."

"무슨 말이야? 지구를 바탕으로 한 맵이라고?"

이해할 수 없다는 표정으로 고개를 갸웃거리는데 무너진 건물 사이에서 신음 소리가 들린다.

"아, 알래스카잖아? 뭐야, 이거 게임 속이었어?"

"…나를 알아봐?"

남성 마법사이자 게임 방송—당연하지만 디오 관련—MC로서 네임드 유저였던 알래스카는 뜻밖의 상황에 신음했다. 그의 눈에는 부상을 입은 일반인 사내가 [NPC]라고 표시되고 있었다.

"야, 저 녀석 뭐라고 하는 거야?"

“못 알아들어? 아… 너 통역기에 중국어 안 넣었구나. 아니, 잠깐?”

막대한 지식을 쌓아 아크메이지의 경지에 들어선 알래스카는 혼란에 빠졌다.

“뭐야? 이게 뭐야?”

이런 상황은 지구 곳곳에서 벌어지고 있었다. 미션에서 온갖 세계를 다 돌아다니는 마스터들이었지만 그렇다고 그들이 자신이 사는 세계를 못 알아볼 리는 만무했기 때문이다. 설혹 그들이 모든 것을 게임으로 생각한다 해도, 현실에서 그들이 발휘하는 어마어마한 힘은 생존자들에게 강한 인상을 남길 수밖에 없다.

그러나 그 사실이 단번에 퍼져 나가지는 못한다.

‘EMP로군. 주변 전자기기를 전부 마비시켰어.’

용노는, 아니, 멀린은 근처에서 주웠던 스마트폰을 대충 던져 버렸다. 회로가 다 타버려 복구가 불가능해 보인다.

‘하지만 왜? 전자기기가 마비되거나 말거나 인간들 정도는 쉽게 학살할 수 있는 전력일 텐데. 자동차를 타고 도망가는 상황을 막기 위해서인가?’

용노는 발걸음을 멈췄다. 그리고 천천히 생각을 전진시켜 몇 가지 가설을 세웠다.

1. 동영상 등의 촬영이나 외부와의 연락을 막기 위해서.

2. 근방에 디오를 플레이하는 사람이 있으면 로그아웃시키기 위해서.

3. 단순하게 도주하는 상황 자체를 방지하기 위해.

1번 같은 경우는 상당히 설득력있는 이야기다. 실제로 이 EMP 때문에 제대로 된 군 병력이 출동하지 못하고 있다. 폭음이나 사람들 사이에서 퍼지는 소문으로 문제가 있다는 사실 자체는 퍼지고 있지만 제대로 상황을 파악하고 있는 사람은 많지 않다. 구출 신호 역시 모조리 차단당하고 있는 것이다.

게다가 기계병들이 나타나기 시작한 지 고작 두 시간. 국가기관들은 혼란에 빠져 있을 뿐 제대로 상황을 읽어내지 못하고 있었다.

2번의 경우 역시 충분히 가능성이 있었다. 멀린은 이 공격이 디오를 운영하는 노블레스와 연관되어 있다는 가설을 거의 확신하고 있었다. 애초에 외계의 존재들이 뜬금없이 지구를 침범한다는 상황 자체가 비현실적이다.

3번의 가설은 버렸다. 애초에 이 기계병들은 기동성 자체도 상당한데다 본격적인 군대가 움직이지 않으면 상대조차 불가능한 기계병들이니 차라리 폭탄을 몇 개 더 터뜨리는 게 효율적이리라.

철컹!

그때 건물을 부수며 몸을 일으킨 거대 기계병이 멀린에게 접근했다. 인간 형태에 가깝지만 머리가 없는 기계병의 가슴팍에 있는 가리개가 열리며 붉은색 빛줄기가 모여들기 시작했다. 거기서 발사되는 광선은 건물을 몇 채나 날려 버릴 정도로 파괴적이었기에 주변에 숨어 있던 생존자들은 공포에 떨었지만 멀린은 태연하다.

"내가 바라는 것은 천둥."

파지지직!

중얼거리자 오른손에 스파크가 튄다. 현대병기로 무장한 군대조차 감당하기 힘든 기계병들이었지만 그럼에도 그에게 그들은 약하다. 오히려 상황의 심각성에 비해 이상하다는 생각이 들 정도다.

'제약에 걸려 있다. 뭔가 더 강한 병력을 몰아넣으면 안 되는 이유가 있는 것 같아. 거대함선 같은 거라도 끌고 와서 융단폭격을 날리면 인간을 멸망시키는 것쯤 간단할 텐데.'

콰릉!

벼락이 떨어진다. 정도를 넘어서는 전압의 전류가 폭포처럼 목표를 때리자 거대 기계병의 시스템이 오류를 일으키면서 그대로 굳는다.

기이이잉—

"자폭 기능도 있군?"

쓰러진 기계병의 몸이 붉게 달아오르는 것을 본 멀린이 태평하게 수인을 맺자 기계병의 몸이 그대로 사라지더니 반파된 건물의 지하실 안으로 이동된다.

콰앙!

폭음과 함께 땅이 흔들렸지만 피해는 없다. 애초에 어떤 수단을 사용하든 이 정도 수준의 기계병들은 멀린의 상대가 아니었다.

오히려 문제는…….

"끄, 끝난 거야?"

"이게 무슨 일… 근데 저거 멀린 아닌가?"

"멀린? 왜 그 천외삼천의……."

"게임 속 아바타가 왜 여기서 돌아다녀? 게다가 저 기계들은 뭐야? 난 분명히 로그아웃했다고!!"

"하지만 실제로 저 녀석은 우리를 구했어."

"저기요, 멀린 씨? 이게 무슨 일……."

사람들이 모여든다. 사람들의 눈에는 당혹과 의혹이 가득 들어 차 있다.

팟!

그러나 거기에 뭔가 대답도 하기 전에 배경이 변한다. 주변을 둘러보니 무너지고 있는 거대 철탑이 보인다.

"에펠탑……."

어느새 그는 파리에 와 있었다. 이번에는 어떻게 연락이 닿았는지 무장한 병력과 총격전을 벌이는 모습이 보였지만 누가 봐도 알 수 있을 정도로 확연하게 밀리고 있다.

"후우."

멀린은 강대한 마력을 끌어올려 범위마법을 설계하며 한숨 쉬었다. 비록 이 기계병들을 처리한다 해도 상황은 끝나지 않을 것이다. 다음 공격이 언제 또 올지 모른다는 거야 둘째치고, 마스터의 존재를 본 사람들이 너무나 많다.

평화는 끝이었다.

"내가 바라는 것은 천둥."

파지지직!

스파크가 튀자 싸우고 있던 사람들의 시선이 모이는 것이 느껴진다. 통역기를 착용하고 있었지만 프랑스어는 입력해두지 않았기에 알아들을 수 있는 건 중간중간 들리는 멀린이라는 이름뿐이다.

콰릉!

전투는 간단하다. 더불어 멀린은 무리수를 병행해 신속하게 기계병들을 모조리 물리쳤다.

"나 지금 돌아가노라. 내가 그리던 집으로."

속삭이듯 중얼거린다. 평소 늘 인식해 오던 좌표를 입력하고 공간을 뛰어넘은 것이다.

파앗!

"용노야? 너……."

방 안에 누워 있던 용노가 밖에서 들어오자 은혜가 눈을 가늘게 뜨고 그 모습을 훑었다. 붉은색의 큰 챙 모자에 로브를 입은 멀린은 현실에서 남에게 보였다간 코스튬 플레이어라고 오해받을 만한 복장.

도착한 곳은 집이었다.

당연하게도 이건 운영진들이 바라지 않는 돌발행동이겠지만 멀린으로서는 한 번 확인이 필요한 과정이었기에 망설임 없이 발걸음을 옮긴다.

딸깍.

문을 열고 방 안에 들어가자 침대 위에 누워 있는 청년이 보였다. 귀에 이어폰을 끼고 있는 청년의 얼굴은 그와 판에 박은 듯 똑같다. 단지 입고 있는 옷이 다를 뿐.

멀린은 이를 갈았다. 침대에 누워 있는 청년이 바로 자신이라는 것을 알고 있기 때문이다.

"…젠장."

다시 한 번 깨닫는다.

평화는, 이제 끝이었다.

Chapter 38

변화와 갈등

기계병들에 의한 학살극은 공격 후 두 시간 만에 미션을 받고 나타난 마스터들에 의해 진압되었지만 그럼에도 이미 피해가 너무 컸다. 전 세계적으로 죽어나간 인간의 숫자가 무려 10만에 가까웠던 것이다. 그것도 전쟁지역이나 후진국에서의 사상자도 아니고 서울이나 해방비, 그리고 멀린이 방문했던 파리처럼 [인구밀집도]가 높은 지역을 우선해 공격했기 때문에 사람들이 [먼 곳의 일]이라고 치부할 종류의 사건도 아니었다.

세계는 충격에 휩싸였다.

사상자도 사상자지만 가장 심각한 문제는 사람들을 공격

한 '적' 이 누군지 알 수 없다는 것이다.

자기 나라에 쳐들어온 기계병들을 회수한 국가 단체들은 그것이 현대 인류의 기술로는 제작이 불가능한 수준의 결과물이라는 것을 알았다. 난리 통에 기계병들의 부품을 챙긴 이들이 워낙 많았기에 이 사실은 곧 각종 보도단체에서 발표되었고 수많은 기자들이 온갖 기사를 써내려가기 시작했다.

미래 병기를 연상시키는 로봇의 존재라니. 그 제작자는 누구인가?

의견은 많았다. 외계인이라는 의견에서부터 미국이 비밀리에 만들어낸 실험기라는 의견까지 있었다. 그러나 그 무엇 하나 분명한 게 없으니 전부 추측성 보도에 불과하다.

"그리고 마스터가 문제인가."

그렇다. 처음에는 몇몇 국가들이 언론을 통제하려는 움직임을 취하려 하는 낌새가 있었지만 기계병들이 전 세계를 공격했기 때문에 목격자가 너무 많았다. 애초에 마스터들은 스포츠 스타처럼 얼굴이 알려진 경우가 많았고 마스터들 스스로도 자신들이 한 일에 대해 기억하고 있었으니 비밀을 감추는 것은 불가능했던 것이다.

그리고 결과는 지금 용노가 보고 있는 뉴스였다.

[노블레스는 사죄하라! 사죄하라!!]

[정체불명 노블레스는 모든 사실을 밝히고 피해자들에게

피해보상을 해라!]

[외계인들은 지구를 떠나라!!]

셀 수 없이 많은 사람들이 노블레스의 각 지부에서 시위를 하는 모습이 화면에서 나오고 있다. 그들은 결국 기계병들의 공격이 디오라는 게임과 연관이 있다는 결론을 내리게 된 것이다. 그야말로 한정적인 정보를 가지고 있으니 달리 다른 결과를 낼 수 없어 거기에 매달리는 것이다.

"사실 그게 맞는 거긴 하지만."

은혜의 말에 용노가 고개를 끄덕였다. 그렇다. 정답이다. 소 뒷걸음에 쥐 잡는 격이긴 하지만 그들의 짐작은 거의 정확하게 맞아 들어간다고 해도 좋다. 만약 노블레스가 지구에서 디오를 서비스하지 않았다면 리전이 인간에게 테러 활동을 벌이는 일 따위는 벌어지지 않았을 테니까.

"하지만 따질 거면 진작 따졌어야지. 애초에 가상현실이라는 것 자체가 미심쩍기 짝이 없는 이야기인데."

가상현실이라는 건 현대 인류 과학 수준으로는 구현이 불가능한 개념이다. 미국을 비롯한 강대국들이 그 비밀을 알아내기 위해 노블레스를 뒤집지 않은 게 오히려 이상한 일. 그리고 생각이 거기까지 미치자 용노의 표정이 굳었다.

'잠깐. 어쩌면… 지금까지 조용했던 건 노블레스가 무슨 수를 써서 그런 것일 수도 있겠군. 나도 했던 정신간섭을 녀석들이 못할 리 없잖아?

하지만 그렇다면 의문이 남는다.

'그럼 왜 지금 와서 터지는 거지? 사람이 많다고 정신간섭이 불가능해지지는 않을 텐… 어쩌면?

용노는 고개를 들어 은혜를 바라보았다. 은혜는 고개를 갸웃거린다. 무표정하면서도 제법 귀여운 제스처였지만 용노는 고개를 흔들어 잡념을 떨치고 말했다.

"은혜야, 내가 잠깐 마안을 걸어 부탁을 할 테니 그걸 거절해 볼래?"

"거절하라고?"

"응. 싫어, 라고 해줘."

"뭐 그 정도야."

순순한 허락에 용노는 마력을 끌어올렸다. 디오 안에서와 다르게 현실에서 마력의 구동 과정은 복잡하다. 일단 이마에 새겨진 천(天) 자의 인장을 발동시킨 후 손등에 그려진 마법진의 마나를 일깨워 다시 하늘의 인장을 거쳐 효과를 발휘하는 것이다.

키잉!

은혜를 바라보는 용노의 눈동자에 붉은색의 기운이 어린다. 그는 말했다.

"오은혜, 내 볼에 키스해 봐."

"……."

용노의 말에 은혜는 별다른 반응 없이 마안을 마주 보았다. 용노로서는 당황스러워할 수 밖에 없었다.

'걸린 거야, 안 걸린 거야?'

거절을 안 하고는 있는데 마안에 걸린 대상이 보이는 몇 가지 징후들이 안 보여 결론을 내릴 수 없는 상태. 그리고 그때 은혜가 두 팔을 들었다.

"어라, 은혜야, 무슨… 읍?!"

그리고 용노의 머리를 붙잡아 입술을 마주쳤다.

"……!!!"

경악한 용노가 버둥거렸지만 그녀를 떨쳐 내지 못한다. 어쨌든 내공을 사용하는 그라면 은혜가 아무리 노력해도 한 손으로 눌러 버릴 수 있어야 하는데 왠지 모르게 압도되고 있는 것이다.

"읍, 으, 은혜야, 잠깐만… 흐읍?!"

버둥거리던 용노의 몸이 굳어버린다. 입술을 열고 침입하는 부드러운 살덩이 때문이다.

"읍……."

바르르 몸을 떤다. 그는 잠깐 몸을 들썩였지만, 저항은 점점 약해지다 이내 멈추어 버린다. 부릅떠졌던 눈이 천천히 감기고 있었다.

은혜가 떨어져 나간 건 바로 그때였다.

"…안 걸렸어."

"뭐, 뭐라고?"

"안 걸렸다고."

"아, 아니. 근데… 어? 아?"

그야말로 혼란 상태에 빠져 버벅이는 용노였지만 은혜는 표정의 변화 없이 뉴스를 보고 있을 뿐이다.

"아, 아아. 음. 그래. 안 걸리는구나. 역시 뭔가 방해가 생긴 모양인가. 무공이나 다른 건 상관이 없는데 이런 건 막힌다는 것은……."

용노는 생각했다, 입술의 부드러움을.

'아니, 그게 아냐.'

고개를 흔든다. 그가 생각해야 할 것은 이능 자체는 막지 않으면서 정신간섭을 막은 상대가 누구냐 하는 것이다. 그는 아마 그것은 그가 만났던 초월자일 거라고 생각했다. 마치 법관(法官)처럼 판결을 내리던 그는 입술을 밀치고 들어오는 은혜의 혀처럼 치명적이었…….

"흐읍!"

"용노야?"

"하하! 하! 아냐. 흠. 크리티컬, 크리티컬 히트……."

영문을 알 수 없는 소리를 중얼거리며 심호흡해 마음을 다스린다. 다행히 금단선공은 마음을 다스리는 공부(工夫)이기도 했다.

"어, 어쨌든 좀 더 도와줄래?"

"물론이지."

은혜의 도움으로 용노는 새로이 생겨난 [제약]에 대해서 알게 되었다. 마안을 사용해 최면을 거는 건 여전히 가능하지만 말하자면 그건 착각을 일으키는 영역에 가까워 예전처럼 다른 사람들의 기억이나 정신을 마음대로 조절하는 건 불가능해졌다. 거짓 기억을 심는 과정도 몹시 복잡해졌기 때문에 예전처럼 각국 유력자들의 정신을 제압해 자신을 지키게 하는 것이 불가능한 것이다.

'중요한 건 이미 건 암시들도 풀렸냐 하는 것인데.'

신중히 생각을 정리한다. 단순히 암시가 풀렸다면 상관이 없지만 [웬 녀석이 자신들에게 최면을 걸었다]라는 기억까지 되살아났다면 되레 문제가 심각해지기 때문이다. 지금까지 그를 지켜주던 권력의 힘이 오히려 그의 목을 죄이게 될 것이다.

'그렇다면…….'

지직!

막 대책을 생각하려 할 때 뉴스 화면이 일그러진다. 기계 고장 같은 종류는 아니었다. 뭔가 강력한 방해전파가 기존의 방송을 밀어버리고 화면을 장악한 것이다.

[아아. 이렇게 공개적으로 나선 건 처음이군. 만나서 반갑다. 내 이름은 탄. 디오의 최고 운영자, 혹은 사장이라고 할

수 있겠지.]

새롭게 떠오른 화면에는 고풍스러워 보이는 나무 탁자에 앉아 있는 중절모 사내의 모습이 비친다. 용노를 비롯한 극소수의 마스터를 제외하고는 얼굴조차 본 적이 없던 탄은 원로원(元老院)의 초창기 멤버이기 때문에 노블레스에서도 강한 발언권을 가진 존재다.

"무슨……."

그가 설마 이렇게 갑자기 모습을 드러낼 거라고는 생각지 못했던 용노는 긴장해서 화면을 주시했다. 은혜 역시 같은 심정인지 표정을 굳힌다.

[요새 시끄럽더군. 하지만 너희의 일은 대부분 오해다. 요번 공격을 우리가 꾸몄다니 천부당만부당한 소리지. 오히려 나는 너희 인간들이 떼거지로 죽어나갔다는 사실에 슬퍼하고 있다.]

해명을 하는데 해명을 하는 분위기가 아니다. 오히려 피해자의 가족들이 이 광경을 보면 잘못이 있든 없든 분노할 정도의 태도. 그리고 그 모습을 본 용노는 이를 악물었다.

'숨길 생각은 완전히 버렸군! 금제가 생각보다 헐거워!'

직접적인 간섭만 아니면 상관없다는 방식에 용노는 집행

자들에 대한 생각을 수정했다. 다만 걸리는 건 그들이 마안의 정신 간섭을 막았다는 사실이다.

'아니야. 이걸 확신할 수는 없어. 실험을 은혜에게만 해봤으니… 좀 더 확인해야겠군.'

그가 그렇게 생각하고 있거나 말거나 탄은 말을 이어나갔다.

[아, 딱 하나 너희가 맞힌 것이 있다.]

화면 속의 탄이 웃는다.

[우리는 외계인이 맞다.]

"막 나가는데……."

이쯤 되면 재미있어 보일 정도다. 그의 태도나 발언은 농담으로 치부될 정도인 것이다. 그러나 그럼에도 TV를 보는 누구도 그의 말을 가볍게 여기지 못했다. 탄이 뿜어내는 패기(霸氣)는 그를 보는 모든 인간들을 짓누르고 있던 것이다.

[어쨌든 슬슬 본론을 말해야겠군. 인간들, 특히 마스터들은 들어라. 이것은 공지사항이다.]

일단 무게를 잡자 숨이 턱 막힐 정도의 압력이 전해진다. 그냥 느낌 정도가 아니라 분명한 압력이었다.

'역시 초월자쯤 되면 영맥이 있든 없든 상관이 없군. 하긴 저 녀석들은 지구에서 힘을 마구 사용할 수 있었지.'

초월자의 경지에 이르러 기본 마나 제어능력을 얻게 되면 자연계의 마나 그 자체를 제어하거나 내면 깊은 곳의 힘을 구체화시키는 게 가능하기 때문에 환경적인 페널티는 거의 받지 않는다. 초월자라는 것은 기본적으로 [오롯이 완성된] 존재를 의미하니까.

[공격은 더 있을 것이다. 이건 디오가 지구에 서비스되는 이상 어쩔 수 없는 일이다. 너희를 위한다면 우리가 지금 당장 디오의 서비스를 다 접어버리고 돌아야겠지. 그럼 우리의 '적' 들도 너희를 노리지 않을 테니까.]

지나칠 정도로 모든 것을 사실대로 말하고 있었다. 하지만 용노는 알고 있었다. 탄은 이런 방식을 [그냥] 선택할 리 없다. 기본적으로 인간을 깔보는 그는 인간의 자유의지를 존중하기보다 억압하고 속이는 것을 우선하기 때문이다. 유저들을 억압하지 않는 것은 혹시라도 자신들의 간섭이 초월지경에 오르는 데 방해가 될까 염려했기 때문이니 다른 인간들까지 배려할 이유가 없는 것이다.

'그렇군. 정신방어는 나를 가정하고 생긴 게 아냐! 저 녀석들을 막기 위해 생긴 시스템이다!'

사실 지구에서 노블레스들이 벌이고 있는 일은 상당 부분 연합법의 선을 넘어서 있다. 만약 다른 종족들이 같은 일을 벌였다면 벌써 연합법에 의해 처분받을지도 모를 정도인 것이다.

그러나 지구는 물론 우주에서도 법이란 언제나 힘있는 자들의 편인 법이다. 부패한 국가에서 유력자들이 법을 교묘하게 뒤틀어 자신의 이득을 위해 사용하거나, 그걸 넘어서 불법을 저지른 후 권력으로 눌러 버리는 것처럼 노블레스들 역시 연합에 강대한 영향력을 가진 세력으로서 교묘하게 불법과 합법 사이를 오가고 있는 것이다.

다만 거기에는 한계가 있다. 연합이 물질계에서 가장 큰 세력인 건 사실이지만 전 우주를 완벽하게 지배하는 건 아니며 그들 역시 무시할 수 없는 세력 역시 얼마든지 있는 것이다.

용노는 정확한 사정을 몰랐지만 명계(冥界)에 속해 있는 염라부(閻羅部)에서는 노블레스의 움직임에 지속적으로 제동을 걸어왔고 최근에 들어서는 율법의 집행자들의 권한을 상향 조정하는 강수까지 두게 되었다.

때문에 탄을 비롯한 초월자들은 인간들을 속이는 것도, 정신에 간섭하는 것도 불가능하게 되었다. 때문에 오히려 방법을 바꿔 이렇게 정면으로 인간들에게 자신의 존재를 밝히게 된 것이다.

[하지만 미안하게도 우리는 디오를 접을 생각이 없다. 대신 너희 인간들에게 스스로를 지킬 힘을 주지.]

[이후의 설명은 제가 해드릴게요.]

탄의 뒤에서 소년의 모습을 하고 있는, 그러나 절대 소년일 리 없는 멜튼이 새로운 공지사항을 알렸다.

[공지 첫 번째. 지금 이시간부로 모든 마스터는 현현(顯現) 능력을 갖습니다. 현현 능력은 정신을 집중하고 아바타의 이름을 입에 담는 걸로 발동하며, 일단 사용하면 마스터는 디오 속에 있는 아바타의 능력과 장비를 현실로 끌어올 수 있는 기술이죠.]

"…교활하군."

용노는 대번에 그들의 속셈을 깨달았다. 게임 속에서야 그냥 [게임이니까] 하고 넘어가지만 마스터 레벨에 이른 유저들이 가지는 전투능력은 그야말로 가공하다는 단어밖에 표현할 말이 없을 정도이다.

'나만 해도… 항공모함과 싸워도 이길 수 있어. 상처 하나 입지 않겠지.'

즉, 기존의 국방력에 의미가 없어진다는 뜻이다. 당연하지만 강대국들은 마스터들을 자기 휘하에 넣으려 할 것이고 일단 체제가 자리 잡으면 디오가 없어지는 일 따위는 누구도 바라지 않게 된다. 정확히 말하자면 이미 디오는 사회와 너무 깊게 연관되어 있어 없어지면 발생하는 문제가 한둘이 아닐 것이다.

[공지 두 번째. 현현 능력을 사용하면 1만의 잼 포인트가 소모됩니다. 더불어 유지 시간은 한 시간입니다.]

"용노야, 이건……."

"그래. 미션을 강제하기 위한 수단이야. 마스터들이 하고 있는 미션들 때문에 적들이 관심을 가진다는 걸 짐작할 수 있지만, 그럼에도 미션을 수행하게 만들기 위한 미끼지. 애초에 그들은 그걸 위해 이 시스템을 만들었을 테니까."

게다가 1만의 잼 포인트는 마스터 급 유저라 해도 쉽게 모을 수 있는 양이 아니다. 어지간히 높은 미션이라도 한 번에 받을 수 있는 잼 포인트는 50~200포인트에 불과한 것이다. 물론 멀린이라면 상황에 따라 1만 포인트가 넘는 잼 포인트를 얻는 미션도 수행할 수 있지만 이런 미션에 참여할 수 있는 건 그야말로 소수의 인원뿐이다.

[공지 세 번째. 마스터들에 의해 사회가 엉망진창이 되는 상황은 피하고 싶으니 저희에게 잘 보이는 국가에 한해서 마스터의 위치를 파악할 수 있는 탐색기를 판매하도록 하죠. 더 마음에 들게 행동하는 국가에는 공간 침투를 막는 광범위 보호막과 적의 공격이 올 지점을 확인하는 장비까지 줄 의향도 있습니다.]

"멋대로 말하는군."

마스터들의 힘은 강력하다. 그러나 현현하지 않는다면 보통의 인간이기 때문에 마구 움직이는 것 역시 불가능할 것이다. 만약 음지에 숨어 누구도 찾을 수 없다면 상황이 다르겠지만, 실시간으로 위치를 파악할 수 있다면 이야기가 달라지리라.

게다가 애매하기 짝이 없는, 즉 '마음에 드는' 국가라는 기준 역시 전 세계가 노블레스에게 함부로 할 수 없도록 만든다. 적은 공간을 넘어서 나타나는데 그 위치를 파악하지 못하면 피해가 얼마나 크겠는가?

[그리고 공지 마지막. 더 이상 노블레스에 관한 직간접적인 공격을 좌시하지 않을 거예요. 가볍게는 마스터를 이용한 처분을 내리겠지만 서비스 제한도 생각하고 있다는 걸 기억하시길. 그럼 오늘의 공지는 끝~!]

그걸 보는 사람들이 심각하거나 말거나 가뿐한 목소리로 소리치자 원래 나와야 할 방송으로 화면이 전환된다. 미리 녹화되어 있던 방송은 방금 전의 돌발 상황이 어쨌냐는 듯 정상적으로 진행되고 있다.

"저기 용노야, 지금 잼 포인트가 얼마나 있어?"

"부족하지 않은 만큼 있지만……."

현재 용노가 모은 잼 포인트는 15만에 달하지만 미호를 살리기 위해 100만 포인트가 필요하다는 걸 생각하면 오히려 모자란 양이다. 물론 미호의 부활이 급박하거나 한 일은 아니지만 용노는 최대한 빨리 그녀를 만나길 바랐다.

비록 그 결과가 어떻게 될지는 알 수 없다 하더라도.

"곧 반응이 오겠지?"

"아마도."

생각을 정리하며 용노는 눈을 감았다.

* * *

과연 반응은 빨리 왔다.

"오랜만."

용노를 찾아온 것은 파란 눈동자에 새하얀 피부, 금발에 큰 키를 가진 슬라브계 미녀로 그로서는 제법 친하다고 할 수 있는 인물이다.

"…이리야 누나?"

"들어가도 될까?"

세련되어 보이는 검은색 정장을 입고 있는 이리야는 언제나 실용적인, 더불어 은신에 용의한 복장을 하고 있던 디오 안에서와 다른 분위기를 가지고 있다. 약간은 선머슴 같던 느낌도 다 사라지고 성숙한 미녀의 매력이 물씬 풍겨져 나오는 데다 짧은 미니스커트 아래 뻗은 날씬한 다리는 검은색 정장과 대비되어 더욱 하얗게 빛나고, 도드라지는 윤곽을 자랑하는 가슴은 그야말로 풍성하다는 표현이 어울린다.

"일단 내 소개부터 할게. 나는 미합중국 국가안보부(National Security Agency) 소속인 사샤 이바노프라고 해. 자세한 건 비밀이지만 직급도 꽤 높지."

한쪽 눈을 찡긋하는 그녀의 모습에 용노가 말했다.

"미국인이었어요? 러시아인인 줄 알았는데."

"원래 미국은 다인종 국가야. 어머니가 러시아인이기는 했었지만… 뭐 이게 중요한 건 아니지?"

그렇게 말하며 그녀는 슬쩍 용노의 옆에 앉은 은혜를 바라보았다. 이왕이면 용노 혼자인 게 여러모로 좋겠지만 아쉬운 게 이쪽인만큼 괜히 자극할 필요는 없는 상황. '쉬운 길 하나가 막히는 걸' 하고 그녀가 한숨 쉴 때 용노가 답한다.

"그렇죠. 중요한 건 이리야 누나가, 그것도 NSA의 이름을 내걸고 찾아왔다는 거니까요."

NSA는 미국의 기관 중에서도 가장 비밀스러운 곳으로 모든 통신장비의 감청이 가능하다고 알려져 있다. 물론 미국 정부는 그런 사실들을 부정하기 때문에 "그런 기관은 없다"(No Such Agency)라거나 "아무 말도 하면 안 된다"(Never Say Anything)라는 등의 우스갯소리가 나올 정도기는 하지만 온갖 영화나 드라마에서 등장할 정도로 유명한 것만은 사실이다.

"뭐, 짐작하고 있다면 이야기는 빠르겠네. 일단 미리 말해주자면 나는 대통령의 인가를 받고 이 자리에 왔어. 즉, 이 말은 내 단순한 의견이 아니라 미국이 하는 말과 같지."

그렇게 말하며 반응을 보려는 듯 용노의 얼굴을 바라본다. 도도하고 지적인 눈빛이었지만 용노는 태연히 답했다.

"귀화해 달라는 거겠네요."

"……."

순간 사샤가 할 말을 잊어버린다. 불안해하거나 충격을 받거나 최악의 경우 거부감을 느낄 거라는 여러 가지 예상을 깨고 용노는 태연하기만 하다.

"놀랄 거 없어요. 뻔한 이야기니까. 하지만 확실히 발이 빠르기는 하네요. 가까운 한국 정부보다 먼 미국 정부가 더 빠르다니… 이 경우에는 한국이 무능한 것보다는 미국의 유능함이 빛나네요. 보나마나 우리 정부는 상황 파악도 제대로 안 하고 있을 텐데."

실제로 한국 정부는 이 급박한 상황 변화에 적응을 못하고 있었다. 왜냐하면 그들에게 있어 디오는 [그깟 게임]에 불과하고 타이밍 나쁘게 현 정부—를 비롯한 문화부, 여성부, 청와대, 각종 언론사 등—는 온갖 방향으로 디오에 대한 여론을 안 좋은 쪽으로 몰아가던 와중이었기 때문이다.

"귀화할 거야?"

차분한 은혜의 목소리에 용노가 웃었다.

"글쎄. 그거야 조건을 봐서 생각해야지."

"후우. 아주 가지고 노는구나, 놀아. 좋아. 어쨌든 귀화 시에 혜택을 말하자면 일단 모든 세금이 면제된다는 거야. 그것도 평생. 더불어 1억 달러의 연금이 지급되지. 다만 이건 어디까지나 기본급이고 활약에 따라 늘어나게 될 거야."

"그리고요?"

1억 달러, 그러니까 한국 돈으로 하면 무려 천억 원의 돈이 기본급이라고 말해주는 데도 표정 하나 바뀌지 않는 용노의 모습에 사샤는 어깨를 으쓱이며 말을 이었다.

"더불어 귀화하는 그 순간부터 너는 국가반역죄를 제외한 모든 형사범죄에 면책권을 가지게 될 거야. 어떤 일을 하더라도 명확한 이유만 있다면 미국 정부는 너를 비호하는 거지."

"그나마 그건 좀 끌리네요. 분명 여기저기에서 법적인 수작질을 걸 거라고 생각되니."

용노는 진지하게 고개를 끄덕였다. 금력도 금력이지만 권력으로부터 자신을 보호할 수단은 필요하다. 만약 국가 단위로 그에게 누명을 씌우고 언론을 조작한다면 용노 혼자서의 힘으로는 휩쓸리는 것 외에는 할 수 있는 일이 없기 때문이다. 물론 힘으로 다 때려 부수면 간단하겠지만 현현은 시간제한이 있고 현실의 몸으로 사용할 수 있는 힘은 극히 제한적이다.

"그건 좀 끌린다니. 설마 돈 쪽은 모자라단 말이야?"

"네."

"뭐?"

단정적인 용노의 대답에 사샤의 눈이 휘둥그레진다. 천억이라는 돈은 상위 1%의 인간들이라 해도 쉽게 볼 수 없는 돈이다. 사실상 보통 사람이라면 상상조차 하기 힘든 금액인데 모자라다니? 그러나 용노는 차분히 설명했다.

"이리야 누나라면 이해할 거라고 생각하는데요. 쉽게 예를 들어 항공모함, 그러니까 니미츠 급이 대략 40억 달러죠. 그런데 생각해 봐요, 누나. 나 멀린 엘리스가 모든 항공기가 탑재된 항공모함을 한 시간 안에, 그것도 호위함까지 몽땅 가라앉히는 게 불가능할까요?"

"……."

사샤는 생각에 잠겼다. 그러나 그녀 역시 마스터 급 유저이기 때문에 자신들의 힘을 현대병기로 막는 게 불가능하다는 사실을 알고 있었다.

극단적으로 그녀가 암살을 하려 한다면 미합중국 대통령은 어떤 수를 써서라도 살아남을 수 없다. 은신술을 이용해 그림자 속으로 이동이 가능한 그녀를 누가 어떤 방식으로 막겠는가? 아니, 굳이 은신이 아니라 정면 돌파해 대통령을 살해하려 한다 해도 현대병기로 그녀를 막는 건 불가능에 가깝다.

'물론 미국은 그런 상황에 대해서도 생각하는 모양이지만.'

현대병기로 막는 게 불가능하다고 대통령이 목숨을 내놔야 하는 것은 아니다. 왜냐하면 최근 마스터의 수를 집계한 결과 그들의 숫자가 총 200명을 넘어섰다는 결과가 나왔기 때문이다.

물론 그 200명의 마스터 중 100명 이상이 10레벨이기는 하지만 그렇다 해도 더 많은 마스터가 소수의 마스터보다 강한 것은 사실이다. 주요 인사의 곁에 마스터가 대기하고 있다가 탐색기로 다른 마스터의 존재를 감지한다면 방어하는 것 역시 얼마든지 가능한 것이다.

'문제는 이 녀석이 너무나 강하다는 거야. 솔직히 얼마나 강한지 나도 잘 모르겠어.'

최강의 유저, 흔히 천외삼천이나 아우터 갓이라 불리는 세 명의 멤버는 다른 유저들과 격이 다른 강함을 가진 것으로 예전부터 명성이 자자했다. 특히나 천외삼천 중 가장 강하다고 알려진 아더의 경우는 홀로 스타팅을 압도했던 오크 히어로, 성묵을 쓰러뜨림으로써 자신의 강함을 만천하에 알렸고, 아크메이지 멀린은 이벤트에서 십수 만 명의 유저를 물 먹일 정도로 압도적인 마법능력을 보여줌으로써 다른 유저 몇 명이 덤벼도 상대할 수 없을 것 같은 강함을 보여주었다.

'아더나 멀린이 대통령을 죽이려 한다면 마스터가 몇 명이어야 막을 수 있는가?'

그리고 거기까지 생각이 미치자 그녀는 상황이 심각하다는 것을 깨달았다. 만약 천외삼천이 나쁜 마음을 품는다면 돌이킬 수 없는 사태가 벌어질 수도 있다는 걸 깨달았기 때문이다. 물론 현현할 수 있는 시간에는 한계가 있으니 그들 역시 몸을 사리겠지만, 어느 단체에서 그들을 보호해 줄 수 있다면 현현한 한 시간 동안 그들을 막을 수 있는 건 아무도 없다.

"하나 물어도 될까?"

난데없는 은혜의 말에 사샤가 고개를 돌린다.

"뭔데?"

"이 제의, 아더와 크루제에게도 했어?"

은혜의 질문에 사샤가 끄응 하고 신음했다. 그러나 이내 '감춰봐야 소용없겠지' 라는 표정으로 답한다.

"일단 아더는 거절했어. 애국심이 투철하더군. 언제든 마음이 바뀌면 말해 달라고 했지. 그리고 크루제의 경우는 주거지를 아는 사람이 아무도 없어."

그건 놀라운 일이다. 미국의 정보력은 엄청나서 다른 나라가 간절히 숨기길 바라는 기밀까지 대부분 알고 있을 정도이니까. 다만 문제가 된다면 디오에는 [가입]의 과정이 없고 그렇기에 유저를 찾아내려면 게임 속 아바타와 외모를 비교하는 수밖에 없다는 것.

"뭐 기밀 단체에 속했거나 폐쇄적인 지역에 살거나 한다는 거야?"

"알아볼 수 없을 정도로 심각한 부상을 입은 사람이라든지."

사실은 그냥 방구석 폐인이라서 만난 사람이 아무것도 없는 것이지만 그들이 그 사실을 알 방법은 없었다.

"아, 혹시 당장 답변해야 하나요?"

"그렇지는 않아. 우리는 너를 협박하는 게 아니니까. 혹시 결심이 서면 이걸로 연락 주면 돼. 아, 그나저나 너무 오래 있었군. 말썽이 생기기 전에 갈 테니 꼭 연락해 줘."

그렇게 말하며 스마트폰 하나를 넘겨준다. 디자인은 일반적인 스마트폰과 비슷하지만 그 얇기가 너무나 얇아 마치 책갈피처럼 보이는 물건이다.

딸깍.

사샤가 떠나고 용노는 생각에 잠겼다. 상황은 빠르게 급변하고 있었다. 일이 이렇게 되어버리면 지금까지처럼 마법도구나 만들면서 자기개발을 하는 게 불가능해진다.

“어떻게든 게이트만큼은 만들어두고 싶었는데.”

그러나 그게 생각보다 쉽지 않다. 가진 마력이나 내공이 모자란 것도 문제지만 영맥 자체가 존재하지 않는 세계이기에 외부세계와 완전히 단절되어 있기 때문이었다. 단순히 불꽃을 일으키고 무공을 쓰는 건 상관없지만 [밖]의 것들을 가져오려고 하면 문제가 발생한다. 사실상 악령과 영민이 나타난 것도 그런 이유에서였던 것이다.

“아, 그러고 보니 영민은 뭐하고 있어?”

“디오. 오늘 아침에 접속하더니 아직까지 깨질 않네.”

“하긴 가상현실을 처음 하면 정신을 못 차리게 마련이지.”

그렇게 중얼거리며 용노는 사샤에게 받은 스마트폰을 챙겼다. 만일을 위해 선택지를 넓혀놓은 것이다.

아더, 그러니까 세영은 애국심으로 미국의 요청을 거절했다지만 용노는 그와 다르다. 단순히 개인주의적이라는 걸 넘어 그는 국가에 원한까지 가진 존재다. 애초에 다른 사람과 다르다는 이유로 국가가 운영하는 비밀기관에 납치돼 고문에 가까운 생체실험을 당한 그가 애국심 따위를 가지고 있을 리 없지 않은가?

‘국가든 단체든 이용할 대로 이용해야 해. 내 존재를 숨기기 어려운 이상 주도적으로 상황을 이끌어야 한다.’

각오를 다지며 계획을 점검한다. 앞으로 해야 할 일을 정리하는 것이지만, 안타깝게도 그의 적들은 그런 여유를 줄 생각이 없었던 모양이다.

키잉—

언젠가 느껴본 적 있는 강렬한 영적 파동이 지구를 훑고 지나간다. 그것은 행성 아얀에서 겪었던 X—벨트.

"…그럴 리가? 지구에서는 감염 자체가 불가능할 텐데?"

신음하는 순간 영언이 울려 퍼졌다.

"따라라! 우리는— 위대— 하다!"

전해지는 파동에 용노는 무사했고, 은혜도 별 피해는 없었다. 사실 그게 당연한 일이다. [영적인 감염]이라고 할 수 있는 X—벨트는 대상이 영맥을 가지고 있어야만 감염시키는 게 가능하다. 하다못해 비활성화된 영맥이라도 있어야 하는데 현 지구에는 퇴화될 영맥조차 존재하지 않는 것이다.

강대한 영언이 울려 퍼졌지만, 그것을 들은 것은 고작 용노 한 명일 뿐. 깨어 있었다면 영민도 들었겠지만 그래 봤자 거기까지가 끝이다. 애초에 감염될 상대가 없는데 막대한 영력을 담은 X—벨트가 무슨 소용이란 말인가.

"하지만 놈들도 바보가 아니니 이유 없는 뻘짓을 할 리는 없겠지."

"용노야?"

"문제가 생길 것 같아. 넌 몇 번이나 현현할 수 있어?"

"두 번 정도라면."

즉, 2만 포인트를 가지고 있다는 소린데 이 정도만 해도 엄청난 양이다. 미션은 실전용으로 계속 수행하면서도 딱히 소모하지 않았기에 모을 수 있었으리라.

콰앙—

그때 먼 곳에서부터 마치 지진이라도 일어난 것처럼 강한 충격파가 느껴졌다. 생각보다 거리는 훨씬 멀었는데 그럼에도 지진이라도 난 것처럼 땅이 울린다.

"흠……."

용노는 갈등에 빠졌다.

'어떻게 해야 하지? 가서 사람들을 구해야 하나? 도의적으로는 그게 옳지만… 합리적인 판단이 아니다. 여기서 함부로 움직였다가는 국가단체들에게 이용만 당할 거야.'

큰 힘에는 큰 책임이 따른다고 한다. 만화나 영화에서 나오는 영웅들은 자신들이 얻은 힘을 자신의 영달이 아닌 다른 사람들을 위해 사용하고 그들의 행복을 방해하는 적을 해치운다. 그들은 대의를 생각하며 타인을 위해 자신의 목숨도 걸곤 한다.

왜?

용노는 언제나 그런 사고방식을 이해하지 못했다. 남을 돕는 건 물론 좋은 일이다. 하지만 왜 스스로를 희생해야 한단 말인가? 심지어 봉사와 희생을 한다 해서 상대방이 반드시 고

마워한다는 보장은 어디에도 없다. 이 삭막한 사회에서 그런 사고방식을 가진 자는 타인에게 이용당할 뿐이다.

봉사와 희생은 물론 훌륭하고, 경우에 따라 위대한 일이지만 그걸 어디까지나 선택이지 강요의 대상이 아니었다.

"어쩔 거야?"

"일단 가서… 상황 파악이라도 해놓는 게 좋겠지. 먼 곳도 아닌 것 같으니."

하지만 그가 그렇게 생각하는 순간.

멀찍이에서 느껴지던 강대한 기운이 감쪽같이 사라져 버렸다.

"뭐?"

그건 그 개체가 숨거나 한 것이 아니다. 문자 그대로 사라져 버린 것이다. 좀 더 이해하기 쉽게 설명하자면 살해당했다고 할 수 있으리라.

"…하! 쓸데없는 걸 고민했군. 나는 바보인가."

하하하 하고 용노는 허탈한 웃음을 흘렸다. 그는 영웅이 될 수 없다. 그는 인간을 신뢰하지 않았고 타인에게 봉사하는 것 따위는 더더욱 혐오하는 인간이기 때문이다.

그러나 한국에는 영웅이 있다. 성실하고 선량하며 타인을 위해 희생할 줄 알고 대의를 생각하는 인물.

"세영이 형……."

사람들은 그를 위대한 검사 아더 팬드래건이라고 불렀다.

* * *

"아, 이 병신 새끼가 왜 말을 하면 처듣지를 않아? 너 진짜 내가 우습게 보이는 거지? 응?"

중고등 학생을 주로 취급하는 상아탑 학원 베란다에서 한 학생이 다른 학생을 구타하고 있다. 학교폭력은 어제오늘 일이 아니고 그 장소는 굳이 학교로 한정되지도 않는다. 학교폭력의 가해자들이 전부 결손 집안의 양아치인 것도 아니고 개중에는 제법 성적이 높은 이들도 얼마든지 있다. 애초에 지적 수준은 선악과 아무런 상관도 없는 것이다.

"참아. 워낙 멍청해서 그러잖아. 아 뭐해? 빨리 빌어."

작은 체구의 친구 하나가 옆에서 조잘거리는 소리를 들으며 민기는 미쳐 버릴 것 같았다. 이게 대체 뭐란 말인가? 이미 그에게 학교는 물론 학원까지 고통의 대상일 뿐이다. 같은 학교에 다니는 경원은 언제나 그를 따라다니며 괴롭히고 돈을 뺏었다. 그나마 학교에서 반이 갈려 안심했는데 이제는 학원에서 만나게 된 것이다. 그는 학원을 끊기를 바랐지만 씨알도 먹히지 않는다.

"애가 공부하기 싫으니까 별 소리를 다 하네. 학원 안 가도 될 성적이 돼야 학원을 끊지! 거기 학원비는 얼마나 되는지 아니? 엄마도 힘들어. 정말!"

그는 최후의 최후까지 몰렸다. 그의 정신은 한계에 달해 있다. 계속되는 구타와 괴롭힘. 거기에 제대로 저항하지도 못하는 못난 자신. 내 편은 아무도 없다는 외로움.

그리고 그때 우레와 같은 고함 소리가 그의 정신을 흔든다.

"따라라! 우리는— 위대— 하다!"

영맥이 없는 지구인들은 기본적으로 X—벨트에 면역이라고 할 수 있다. 마치 장님에게 섬광탄이 소용없고 귀머거리는 소음에 신경 쓰지 않는 것처럼 기본적으로 영적인 감염인 X—벨트가 지구의 인간들에게 감지조차 되지 않는 것이다.

그러나 그런 지구의 인간들에게도 영혼은 있었고, 개중에는 그로테스크와 특별히 잘 어울리는 정신을 가진 인간들이 존재한다. 분노와 증오, 공포와 두려움, 고통과 절망 같은 마이너스 감정에 물든 인간에게 극도로 집중된 X—벨트를 주입시키면 그 인간은 1기도 2기도 3기도 아닌 제4기, 즉 최종형태의 인펙터가 되어버리는 것이다.

"…그만해."

"뭐? 하, 하하하! 이 씨발 새끼가 뭐라고……."

콰득!

얻어맞고 있던 학생의 오른 주먹이 그를 괴롭히던 학생의 가슴을 관통하고 지나간다. 순간 자신에게 벌어진 상황을 이해하지 못한 주변의 몇 학생은 물론 가슴에 구멍이 뚫린 학생까지 멍청한 표정을 짓는다.

"…어?"

현실이 아닌 것 같은 광경에 아무도 대처를 하지 못했다. 애초에 다른 학생을 괴롭히는 가해 학생들이 괴롭힘을 당하던 학생이 반항하는 것도 아니고 바로 주먹을 뻗어 가슴에 구멍을 내버리는 이런 초현실적인 광경을 상상이나 해봤겠는가?

와드득!

순간 학생, 그러니까 인펙터의 모습이 급변한다. 마치 고무를 늘리듯 덩치가 커지며 가해 학생의 몸을 찢어버린다. 그리고 그 모습에 뒤늦게 여기저기에서 비명이 터져 나온다.

"으아아악?!"

"뭐야? 이게 뭐… 아악!"

그들은 비명을 지르며 사방으로 흩어지려 했지만 그보다 먼저 인펙터의 몸에서 뻗어나간 촉수들이 사방을 박살 내며 뻗어나간 게 먼저였다. 보기만 해도 역겨워 보이는 그로테스크의 촉수들은 사람들의 뼈와 살을 뭉개고 그들의 몸을 관통했다.

기이잉—

그렇게 관통된 시체들이 특별한 힘에 의해 붉게 달아오르기 시작했다. 흑마법사들이 흔히 사용한다는 시체 폭발 마법이었는데, 그 효과는 어지간한 폭탄을 넘어설 정도였다.

콰과광!!

학원 한 층이 통째로 박살 나며 그 충격을 이기지 못한 건물이 붕괴되기 시작했다. 학원의 특성상 그리 넓지 않은 수개의 강의실에 빽빽이 들어차 있던 학생들이 무너지는 건물 파편에 눌려 그야말로 대참사가 벌어지는 것이다.

"역겨워! 더러워! 한심해! 멍청해!!!!"

이미 이성을 상실한 인펙터는 괴성을 지르며 주변을 박살 내다가 몸을 크게 벌려 시체들의 육체를 통째로 집어 삼키기 시작했다. 그 충격적인 장면을 본 사람들은 공포에 질려 덜덜 떨기만 할 뿐 대응하지 못했다.

허공에 나타난 검광이 수직으로 인펙터의 몸을 가른 건 바로 그때였다.

촤앙!

날카로운 소리와 함께 인펙터의 몸이 잘려 나갔다. 그건 단순하게 적의 육체를 절단하는 공격이 아니라 영적 구조 자체를 부숴 버리는 내공의 발현이었기에 그 일격으로 사살된 인펙터는 회복조차 하지 못하고 땅에 쓰러졌다.

"맙소사. 그렇게 서둘렀는데도."

어느새 무너진 건물 파편 위에는 광택마저 흐르는 검은색

비늘을 가진 비룡과 현대복과 비슷한 마법무구에 두터운 검신을 가진 검룡을 든 사내가 서 있다. 그의 이름은 아더 팬드래건. 너무나 당연한 일이지만 4기라고는 하나 슬레이어도 못 된 인펙터는 그의 일검조차 받아내지 못한다. 4기에 이르러 가장 완숙한 인펙터조차 9레벨에 불과한데 어찌 천외삼천이라는 아더의 공격을 막아낼 것인가?

다만 문제는 적의 전투력이 아니었다.

"이게 뭐야? 너 뭐야? 대체 이게 무슨 짓이야?!"

"네? 아, 아니, 전 여러분을 도와주러……."

"도와줘? 뭘 도와줘?! 여기 죽은 이 사람들 다 살려내기라도 할 거야?"

아더가 조금 더 늦었으면 자신은 물론이고 근방의 모든 인간이 다 죽었으리라는 사실을 아는지 모르는지 중년 사내가 한 대 치기라도 할 듯 다가섰다.

"크륵!"

"힉?"

그러나 투슬리스가 으르렁거리자 겁에 질려 바닥에 주저앉는다. 아더와 다르게 그는 사람들을 배려해 자신의 기운을 갈무리하거나 하는 등의 일을 하지 않았기 때문이다.

"으으! 이 괴물은 대체 왜 여기에 나타난 거야?!"

"광수야……!"

주변에 모여든 사람들의 반응은 공격적이다. 애초에 치안 유지가 잘되고 있는 대한민국에서 이런 테러와도 같은 대량 학살이 벌어지니 과도한 스트레스에 사람들이 이성을 잃은 것이다.

"그만 가자, 주인. 더 있어봐야 더러운 꼴만 보겠군."

"하지만……."

아더는 주변을 둘러보았다. 어느새 죽은 사람보다 더 많은 사람들이 몰려와 무너진 학원과 그 위에 선 그의 모습을 구경하고 있었다. 개중 몇은 스마트폰으로 그의 모습을 촬영까지 하고 있었다.

애애앵~!

멀리서 들리는 사이렌 소리를 들으며 아더는 투슬리스의 목 위에 올라탔다. 현현 시간은 아직 40분이나 남았으니 다른 곳에도 공격이 있는지 확인할 필요가 있었다.

파앗!

공간의 일렁거림과 함께 아더의 모습이 사라졌다.

*　　*　　*

우르르.

멀리서 많은 사람들의 발소리가 들린다. 일부는 담 외부를 따라 포위진을 형성하고 다른 일부는 문 앞에 포진한 상태였는데 전체적으로 약간 긴장한 분위기에 숫자도 상당했다.

~~~♬~~~♬!

그리고 초인종 소리가 울린다. 이미 건물이 포위된 상태지만 문 앞에 있는 건 정장을 빼입은 사람 좋아 보이는 인상의 사내다.

"누구시죠?"

"국정원에서 왔습니다. 윤용노 씨 계십니까?"

"무슨 일입니까?"

용노의 목소리에 짜증이 어렸다. 사실 그는 정부에서 자신을 회유하려 하지 않을까 생각하고 있었다. 물론 그 조건은 미국에 미치지 못할 것이다. 일단 국가적인 자금력에서부터 한국과 미국은 비교가 불가능한 수준이었으니까.

그러나 국정원 직원이 찾아오고, 총기를 휴대한 병력이 다수 찾아왔다는 건 애초에 '위쪽'의 생각이 용노의 생각과 전혀 다른 방향이라는 것을 알려주고 있었다.

'길들이겠다고? 어차피 24시간 강할 수는 없으니까?'

황당해하거나 말거나 국정원 소속의 직원은 안심하라는 듯 말했다.

"무슨 잘못을 하셔서 온 게 아니니 걱정하실 필요 없습니다. 청와대에서 마스터 분들을 초청해 모시러 온 겁니다."

하지만 그러면서도 병력을 끌고 온 걸 보면 마스터들에 대해 어느 정도 두려움을 느끼고 있다는 뜻이다. 디오 가입자 수가 6천만 명이 넘는 대한민국이니 정부 관련자들이라고 디
~~~

오를 플레이하지 않을 리 없다. 고작 5~9레벨 유저만 해도 아주 강력한 힘을 사용하니 그 정점이라 할 수 있는 마스터들이 어느 정도의 힘을 사용할 수 있을지 겁내는 것이다.

'정말 멍청하군. 호의를 보일 거면 애초에 병력을 끌고 오지 말고, 끌고 올 거라면 군대가 몰려왔어야지. 설마 이 병력으로 마스터를 제압할 수 있다고 생각하는 건가?'

전 국민의 3분지 2가 유저라고 할 수 있는 한국이지만 그렇다 해도 마스터 레벨의 유저를 보통의 유저가 만나는 건 거의 불가능에 가깝다.

예를 들어 한국에 존재하는 마스터의 숫자는 열두 명에 불과하다. 6천만 명 중에 고작 열두 명이니 마스터라는 존재는 500만 분의 1. 즉, 0.00002%에 불과하다는 것으로 마스터들이 TV에도 나오고 광고도 찍고 하니 사람들이 익숙해하는 것이지 사실 마스터는 극도로 희귀한 존재인 것이다.

'심지어 전갈은 죽기까지 했지.'

즉, 마스터가 강하다고는 하지만 일반적인 유저들이 마스터에 대해 아는 건 그냥 막연히 '강하겠지' 라고 생각하는 것에 불과하다는 것이다. 애초에 그런 생각이 아니면 마스터에게 총화기를 들이대는 어리석은 선택을 할 리가 없다. 하물며 용노는 그 마스터들 중에서도 압도적으로 강한 천외삼천 중의 일인이 아니던가.

"잠깐 기다려 주시겠습니까?"

"물론입니다."

마치 자신들이 여유롭다고 알려주고 싶기라도 하듯 호기로운 목소리를 들으며 용노는 지하실로 내려갔다. 그리고 공간 이동으로 벽을 넘어 실험실로 들어간다.

실험실에는 예전에 없었던 새로운 기구 하나가 설치되어 있는 상태다. 그것은 냉장고와 비슷한 형태와 크기를 가진 물건이었는데 위아래 두 칸으로 나뉘어 아래쪽 칸의 외부에는 깨알 같은 글자가 가득 채워져 있고 위쪽 칸에는 1캐럿 정도의 자그마한 보석이 하나 놓여 있다.

"크아아악! 인간!! 인간 놈!! 날 여기서 내보내!! 제기랄 괴로워! 왜 날 고문하는… 크아아악!!"

새로운 기구, 지옥로(地獄爐)에서는 끊임없이 광포한 외침이 울려 퍼지고 있다. 용노가 잡아놓은 이계의 악령을 이용해 만든 이 발전소(發電所)는 고위 악령에게 영적인 압력을 가해 그가 너무나 충만하게 가지고 있는 악업(惡業)을 에너지로 바꾸고 있던 것이다.

용노가 지옥로를 생각하게 된 것은 사실 우연한 일이었다. 영맥이 존재하지 않는 지구에서 어떻게든 영적인 능력을 발전시키기 위해 발버둥치던 그에게 정말 하늘이 계시라도 내린 것처럼 이계의 악령이 나타난 것이다.

용노가 기나긴 시간 동안 머리 싸매고 고심해 왔던 수단은 모조리 실패했다. 그는 마리가 새겨주었던 하늘의 인장을 재현하려고 온갖 수를 써왔지만 그것 역시 불가능했다. 마리가 새겨준 하늘의 인장은 문자 그대로 감이 잡히지 않는 드높은 경지의 것으로 초월지경에 올라 대마법사가 된다면 재현하는 게 가능하겠지만 그렇지 않은 이상 따라 할 수 없던 것이다.

용노는 생각했다. 영맥이 존재하지 않는 세상에서 마나를 제어하는 건 정말 불가능한가?

영맥이 존재하지 않는다고는 하지만 지구의 인간들도 틀림없이 영혼을 가지고 있었다. 천의 인장을 가지고 있는 용노는 실제로 이능을 사용하고 있기도 했다. 지구는 이능을 사용하는 게 불가능에 가까울 정도로 힘든 곳이지만 그렇다고 마나가 존재하지 않는 그런 세상은 아니다. 이능을 발휘할 수 있는 영적인 에너지를 생산하는 게 가능하다면 충분히 마법이나 무공을 사용하는 게 가능하다.

"크아아악!! 아악!! 인간!! 벌레 같은 인간!! 죽여 버리겠어!!"

지옥로에서는 연신 괴성이 터져 나온다. 보통 사람이라면 밤잠을 설칠 정도로 살벌한 목소리였지만 용노는 태연하기만 하다.

"그래. 노력해 줘. 네가 독하게 버티면서 더더욱 악의를 불태울수록 도움이 될 테니까."

현재 악령은 지옥로 안에서 끊임없이 고통받고 있다. 그 고통의 수준은 불로 온몸을 지지는 것보다 더 강렬한데 그게

24시간 내내 이어지니 얼마나 고통스러울지는 상상이 잘 가지 않을 정도.

그러나 용노는 악령에게 눈곱만큼도 미안한 감정이 없다. 지옥로를 운영하면서 그는 악령이 가지고 있는 악업이 상상을 초월한다는 사실을 깨달았기 때문이다. 대체 얼마나 악독한 짓을 몇 명에게 하고 다녔기에 이만한 악업이 쌓일 수 있단 말인가? 죄 없는 사람 수십만 명을 죽여도 이 정도는 안 되지 않을까 싶을 정도로 악령이 가진 악업은 대단한 수준이다.

"뭐, 어쨌든 다행이야. 순조롭게 돌아가는 모양이군. 시간만 충분했다면 마나를 충분히 담을 수 있었을 텐… 어라?"

막 지옥로의 위쪽 칸에 있던 1캐럿의 보석을 살피던 용노의 표정에 놀람이 깃든다. 뜻밖에도 그가 올려놨던 보석에는 마나가 충만하게 들어차 있던 것이다.

"생각보다 효과가 크잖아? 우연히 만든 지옥로의 효율이 이렇게나 좋다니."

그러나 용노는 몰랐다.

자신이 찾아낸 것이 명계(冥界)의 최고 기밀 중 하나라고 불리는 지옥(地獄)의 메커니즘이라는 것을.

만약 어딘가에 사는 초월자가 이 광경을 보았다면 기절할 듯 놀랐을 것이다. 현재 디오를 운영하고 있는 탄이 알았다면 용노가 초월자가 되든 못 되든 상관할 것 없이 온갖 강압적인 수단을 사용해 지옥로를 제대로 완성하도록 그를 닦달했을 것이다.

물론 기술적인 문제가 있기에 용노가 지옥을 구현하는 건 불가능하겠지만, 그럼에도 지금 그가 만든 지옥로는 마탑 바벨의 지배자 레이한이 반색하며 특허까지 따줬던 마석제작보다도 상위 기술이라고 할 수 있었다.

"그리고 그렇다면."

좌르륵!

용노는 마나가 충전된 보석을 챙긴 후 미리 구입해 두었던 보석들을 지옥로에 촘촘히 배열했다. 보석들 가격이 만만치 않았지만 근래 그가 벌어들이는 돈이 워낙 많아 충분히 감당할 수 있는 수준이다.

"열심히 노력해."

격려하듯 말하지만 악령은 그 어떤 말도 들을 수 없다. 그는 오직 타오르는 불길 속에서 몸부림칠 뿐 외부의 그 어떤 정보와도 접근이 불가능한 것. 그리고 거기에서 느끼는 고통과 외로움, 그리고 불안감이 지옥로에 더더욱 힘을 불어넣어 준다.

"크아아악!!"

용노는 괴성을 흘려 넘기며 공간이동해 윗층으로 올라왔다. 거기에는 은혜가 심각한 표정으로 기다리고 있었다.

"어쩔 거야?"

"가보는 것도 괜찮겠지."

"나도……."

한 발짝 나서는 은혜의 모습에 용노가 고개를 흔들었다.

"안 돼. 마침 네가 마스터라는 사실을 아는 사람 하나 없으니 여기 숨어서 포인트라도 계속 벌고 있어. 영민에게는… 그래, 가급적 빨리 10레벨을 찍어달라고 해. 아마 얼마 걸리지 않겠지."

합리적인 판단이었지만 은혜는 불만스러운 표정이다.

"하지만 위험할 수도 있어."

"내가 누군지 잊었어? 나 멀린 엠리스야."

자신만만하게 웃었지만 완전히 안전하다고까지 할 수 있는 상황은 아니었다. 만약 누군가 미쳐서 저격이라도 한다면 아무리 용노라도 일격에 죽는 상황을 피할 수 없다. 물론 지금의 용노는 무공과 마법을 사용하는 게 가능한 존재지만 사용할 수 있는 마나와 내공이 너무 적어 총화기의 위협에서 자유롭지 못한 것이다.

"그럼 약속해. 수틀리면 바로 다 박살 내겠다고. 솔직히… 난 그 녀석들을 못 믿어."

국가에 의해 실험체 신세가 되었던 용노를 구하기 위해 미국의 비밀기관에 들어가는 강수까지 두었던 은혜는 국가기관을 강하게 불신하고 있다. 그녀가 아는 국가라는 건 염치도 부끄러움도 없으며 양심이라는 건 더더욱 없는 존재들이었다.

"좋아. 대신 너도 조심하고 있어야 해. 알았지? 시간 될 때마다 포인트 모아놓고."

"…알았어."

용노는 불안해 보이는 은혜를 남겨놓고 집 밖으로 나왔다. 적어도 문밖으로 나오자마자 무장병력이 밀려들어 용노를 체포하려 하거나 하는 움직임은 없었다. 그들로서도 무장병력은 만약을 위해 대기시킨 것일 뿐 일단 평화적으로 마스터들을 포섭하길 바라고 있는 것이다.

'저격수들이 배치되어 있군. 그리고 담 너머 녀석들까지. 알고도 모른 척하기란 힘든 일이야.'

그렇게 중얼거리며 건물 밖으로 나온다. 그리고 그와 동시에 내공을 운용한다.

우웅—

운용하는 것은 무상금강공(無相金剛功)이다. 은혜의 무공을 손봐주다가 배우게 된 것인데 지금 그것을 사용해 몸을 강화한 것이다.

'정말 최소의 방어선이지만.'

가진 내공량이 내공량인만큼 대구경 저격총을 관자놀이 같은 곳에 맞으면 버틸 수 없겠지만 그 이하의 공격이라면 어느 정도 버틸 수 있다. 최악의 경우라도 현현을 할 정도의 몸 상태는 유지할 수 있는 것이다.

'문제는 현현이 어떤 방식으로 이루어지냐는 것인데.'

만약 현실의 육체에 아바타의 힘이 깃드는 방식이라면 정말 어지간한 부상이라도 회복이 가능하다. 반면 잠시 아바타의 모습만 가져왔다가 원래대로 돌아가는 것이라면 부상이 회복되지 않을 테고, 마치 소환을 하듯 아바타를 불러오는 것이라면 현실에서 자신의 육체를 지켜야 하는 페널티까지 생긴다.

'언제 한번 실험을 해봐야겠군. 아니면 정보를 수집하든지.'

용노는 국정원 직원의 안내를 따라 검은 세단에 올라탔다. 차는 곧 출발했고 남산에 있는 한 안가로 이동했다.

"잠시 눈을 가리겠습니다."

"골고루 하는군요. 잘못을 해서 온 건 아니라고 하더니."

피식 웃는 용노의 모습에 국정원 직원이 난감하다는 듯 웃었다.

"지금부터 가려는 곳의 장소가 기밀이어서 그렇지 해를 끼치려는 것은 아닙니다."

당연한 말이지만 그건 거짓말이다. 그들이 향하는 곳은 지하 벙커를 개조한 장소로 수많은 병력이 포위한 곳이다. 미국에서 한국의 마스터들을 포섭하고 있다는 사실을 안 정부에서 부랴부랴 마스터들을 끌어들이기로 결정한 것이다.

"이곳이 숙소입니다. 현재 장관님께서는 일정을 소화하시는 중이니 잠시만 기다리고 계시면 됩니다."

"호오. 그러니까 오래 잡아두겠다는 건가요?"

"외계인들의 공격 때문에 인명피해가 엄청나서 정부도 혼란 상태입니다. 조금만 기다려 주십시오."

정중한 태도에 용노가 알았다는 듯 고개를 끄덕이자 사내는 슬쩍 고개를 숙이고는 방을 나갔다.

'어차피 바빠서 기다리게 할 거면 나중에 불러도 되잖아? 속이 보여도 너무 훤히 보이는군.'

물론 그것은 마스터들이 미국에 회유되는 상황을 막기 위해서이다. 당장 마스터들에게 조건과 부여해야 할 책임 등을 확정하지 못했으니 일단 무작정 잡아두면서 시간을 끄는 것이다.

"휴대폰은… 당연하다는 듯 안 터지는군. 이 분위기라면 디오를 플레이하게 해줄 생각도 없는 것 같네."

그리고 그건 용노에게 있어 안 될 말이었다. 물론 다른 누가 듣는다면 '게임 하루 안 한다고 죽어?' 라고 말할 수도 있겠지만 디오 속의 열두 시간은 현실에서 6일이나 되기 때문에 하루만 빠뜨려도 손해가 상당하다. 하물며 용노는 디오 안에서 해야 할 연구가 쌓여 있는 상태가 아니던가.

"열두 시간만 참도록 하지. 그리고 그동안은… 준비를 해야겠군."

용노는 숙소 안으로 들어가 품속에 넣어두었던 보석을 꺼냈다. 거기에는 지옥로에서 생성한 마나가 충만히 들어차 있는 상태였다.

'영맥을 만든다!'

현현이라는 능력을 얻었지만 24시간 유지되지 않는 힘은 빈틈투성이라고 할 수 있다. 일단 마스터로 현현한다면 현대의 그 어떤 병기도 먹히지 않는 초인이지만 변신이 풀리면 평범한 소총에도 죽어버릴 수 있으니 그 간격을 좁혀놔야 하는 것이다.

'그러고 보니 내가 통제되지 않으면 가족을 건들 수도 있겠지만… 뭐 일단 내 몸부터 추스르자. 아버지가 날 구해주지는 않을 것 같으니까.'

꿀꺽.

챙겨왔던 보석을 삼킨 용노는 그대로 침대 위에 가부좌를 취하고 앉았다. 이내 그의 몸에 충만한 마나가 깃들고 그의 의식이 정신 깊숙한 곳으로 가라앉기 시작했다.

Chapter 39

개인과 집단

한 번으로 끝날 거라고 생각했던 공격은 수시로 이루어졌다. 대한민국 기준으로 하면 1주에 약 2회 정도 리전과 그로테스크의 기습이 있었고, 전 세계 기준으로 하면 하루에도 수십 번씩 공격이 가해진 것이다. 인명피해는 이미 수치화하는 게 무의미할 정도로 심각했고 세계는 이 외계인들의 공격과 디오의 존재에 대한 논란으로 시끄러운 상태다.

그리고 그런 상황에서 한국 정부의 행보는 다른 나라들조차 황당해할 정도로 신선하다.

"기금 말입니까?"

식사를 하기 위해 숙소에서 나온 용노는 마찬가지로 잡혀

온 마스터 한마와 만나 잡담을 하다 어처구니없다는 표정을 지었다. 그는 많은 상황을 가정하고 있었지만 이건 정말 상상 그 이상을 보여주고 있었다.

"그래. 정부와 문화부, 여성부를 비롯한 각종 기관에서 노블레스사가 적들의 공격에 어느 정도 책임이 있다고 비난하고 나섰지. 더불어 언론사에서도 외계인들의 공격에 피해 입은 사람들하고 정신이상 판정을 받은 유저들의 모습을 보여주며 여론을 호도하고 있고. 뭐, 어쨌든 결론은 그 피해를 복구하기 위해 노블레스사에서 기금을 조성해야 한다는 법안을 마련했다는 거야."

"그런 멍청한… 아니, 이쯤 되면 근성이군요. 상황이 이 지경까지 왔는데도 저러고 있다니."

"원래 돈 문제가 얽히면 앞도 뒤도 없는 게 이 나라 정치인들이니까."

테이블에 늘어져 있던 완자 몇 개를 집어 먹으며 말을 이었다.

"뭐 논리가 그럴듯하든 말도 안 되든 헛소리든 중요한 건 그 규모지. 노블레스가 벌어들이는 수입의 1%라고 하거든."

얼마라고 하지 않고 퍼센트라고 하기 때문에 일반인들은 그 금액을 정확히 알기 어렵다. 막연히 1%라고 하면 '그 정도는 투자해야 하는 거 아냐?' 라는 생각을 할 수도 있는 것이다.

"그런데 그 1%가 4조야."

"후후. 염치고 자존심이고 다 버릴 만한 수준이군요. 심지어 그 1% 계산은 한국에서 버는 돈만 친 것일 텐데."

디오는 가상현실이라고는 믿을 수 없을 정도로 저렴한 가격에 서비스를 하고 있었지만 그럼에도 천문학적인 돈을 벌어들이고 있다.

40억이라는, 그야말로 전무후무하다고밖에 말할 수 없는 가입자 수를 자랑하는 디오가 무료에 가까운 건 어디까지나 접속 그 자체일 뿐 게임 안에서 건물을 산다거나 이런저런 서비스를 이용하려면 모조리 골드가 필요하다.

물론 그런 골드야 사냥을 해서도 얻을 수 있는 종류의 것이지만 디오는 환전소에서 끊임없이 골드를 소모시키는 시스템이기 때문에 시중에 풀리는 골드 자체가 많지 않다. 결국 현금을 골드로 바꾸게 되는 것이다.

게다가 디오 안에서 광고를 하길 원하거나 사무실이나 상점을 운영하기 위해 건물을 구입하는 데 사람들이 쓰는 돈도 어마어마하며 소량이기는 하지만 환전 때 수수료까지 붙기 때문에 노블레스는 순식간에 전 세계에서 가장 튼실한 기업으로 탈바꿈한 것이다.

"즉, 돈을 너무 많이 번 게 문제라는 것일 수도 있겠네요."

"거기에 노블레스는 뇌물 따위를 바칠 생각도 없지. 인간을 무시하는 그들이 인간의 비위를 맞출 리가 없잖아?"

때문에 정부에서는 디오가 해롭다는 사회여론을 만들어 노블레스를 압박하고 있다. 다만 이게 다른 기업에겐 몰라도 노블레스에게 씨알이나 먹힐 것이냐는 게 문제였다.

"기업 길들이기라니… 뇌가 없지 않은 이상 노블레스가 인간 그 자체를 길들이기 시작하려는 걸 모를 수가 없을 텐데."

식당에는 어처구니없다는 듯 중얼거리는 용노와 한마 외에도 몇 명의 인원이 더 있다. 한국에 존재하는 마스터의 숫자는 열두 명. 다만 그중 한 명인 전갈이 죽으면서 열한 명이 되었는데 세 번의 습격 때 추가로 한 명이 더 죽으면서 최종적으로는 열 명이 되었다.

"그런데 왜 다섯 명뿐이죠?"

"아더는 벌써 협력한다고 계약했다고 하더라고. 그리고 나머지 네 명은 이미 외국으로 떠버렸든지 위치를 파악할 수 없다고 했어."

디오 속에서 아크로 활동하지만 전신을 갑옷으로 가려 얼굴이 확인하기 어려운 은혜나 이미 미국의 교섭을 받아들여 미국을 포함한 외국에 망명 신청을 낸 이들일 것이다. 어쨌든 그들이 무슨 죄를 저지른 것도 아니니 한국 정부로서는 막기 어려웠을 것이다.

"하긴 그러니 이런 식으로 우리를 납치했겠지. 애초에 윗대가리들은 이게 불법이라는 건 알고 있나?"

한마가 짜증난다는 듯 투덜거리자 식사도 하지 않은 채 앉아 있던 오제가 서늘한 목소리로 주변을 포위하고 있는 사내들을 바라보며 말한다.

"웃기지도 않아. 장례 절차도 제대로 끝나지 않았는데 끌고 오다니. 난 내가 무슨 살인이라도 한 줄 알았지."

한마와 오제는 물론 다른 마스터들도 강제로 끌려온 것에 별로 좋은 감정을 가지고 있는 것 같지는 않은 상황. 하지만 그럼에도 저항한 사람은 하나도 없다는 사실에 용노는 깨달았다.

"포인트가 없군요?"

"당연하지. 미리 알고 있던 것도 아니고 1만 포인트씩이나 가지고 다니는 사람이 몇 명이나 있겠어? 경험치랑 골드만 해도 빠듯한데."

투덜거리며 의자에 몸을 기댄다. 192센티의 신장에 단단한 육체를 가진 그였지만 현현이 불가능하다면 일개 인간에 불과하다. 권총 한방에도 죽을 수 있으니 사실상 특수 요원들을 뚫고 나가는 건 불가능한 것이다.

'하긴 미치지 않은 이상 마스터들을 공격하지는 않을 것 같지만.'

그렇게 중얼거리며 용노는 뒤에 있던 사내 동수를 돌아보았다.

"랜슬롯 씨는 포인트가 있으세요?"

"안타깝게도 없군요. 미션 자체를 별로 하지 않아서."

동수 역시 집에 있다 끌려온 상태다. 포인트가 충만하게 남아 있던 리아가 저항하려 했지만 간신히 말려놓았다. 아직 상황을 정확히 알지도 못하는데 정부와 대립하는 건 좋지 않은 선택이라고 생각했기 때문이다.

키잉!

용노는 대화를 나누다 몸 안에서 느껴지는 기운에 슬쩍 웃었다. 영맥이 자라나고 있다는 신호다. 일단 몸 안에 영맥을 깔아놓는 데 성공하면 지금까지처럼 마법이나 무공을 사용할 때 여러 가지 공정을 거칠 필요가 없다. 마나량이 부족한 건 마찬가지겠지만 노딜레이로 능력을 사용하는 게 가능한 것이다.

"장관님께서 오셨습니다. 마스터 분들은 자리에서 일어나 주십시오."

그때 한 직원의 말과 함께 문이 열렸다. 엄숙한 분위기였지만 새로이 10레벨에 이르러 면식이 없는 마스터 한 명이 주춤거리며 일어났을 뿐 용노와 한마, 그리고 동수와 오제는 자리에서 꿈쩍도 하지 않았다.

"일어나 주십시오."

양복을 입은 건장한 사내 중 하나가 곁으로 다가와 무뚝뚝한 목소리로 압박했다. 기가 약한 이라면 충분히 겁에 질릴 분위기였지만 마스터들은 매일매일 피가 튀는 전장에서 살아가는 존재들이었다.

"미안한데… 왜? 내가 군인인가? 공무원이야? 네가 뭔데 나한테 이래라 저래라세요?"

"납치범이 인질한테 예의를 바란다는 건 결국 힘으로 제압하겠다는 논리지요."

한마와 용노는 애초에 이 상황 자체가 마음에 들지 않았던 만큼 시작부터 엇나가고 있다. 동수는 별말을 하지 않았지만 역시 마땅찮은 표정이다.

"허허. 이거 이 친구들이 뿔이 잔뜩 났군. 강압적인 방법을 사용한 건 사과하네. 하지만 현재 시국이 전시에 버금갈 정도로 급박할 정도라는 걸 이해해 주지 않겠나?"

식당 안으로 수행원을 잔뜩 거느린 중년 남자가 들어섰다. 전체적으로 살집이 두둑하다는 인상의 사내는 양복을 입고 있는 상태다.

"누구시죠?"

용노의 질문에 비어 있던 테이블의 상석에 앉는 사내가 답했다.

"국방부 장관일세. 대통령 각하의 대리로 이 자리에 왔지."

국방부 장관 오현조는 수행원이 테이블 위에 올려놓은 차를 한 잔 마셨다. 별로 달갑지 않은 반응에도 여유로운 태도다.

"외계의 존재들이 시작한 공격 때문에 지금 국가는 비상상황이네. 군부대가 도시 근처에 주둔하기 시작했고 경찰병력들 역시 소총으로 무장을 시작했지. 하지만 단지 시간을 끌 뿐 그 외계인들을 막지는 못하기 때문에 여러분들의 힘이 필요하네."

나름 힘주어 하는 이야기에도 반응을 보이지 않는 마스터들이었지만 오현조 장관은 무시하는 건지 눈치가 없는 것인지 말을 이어나갔다.

"여러분들은 이제부터 소위의 신분으로 특수 병과에 속하게 될 걸세. 다만 군 관련 지식은 없을 테니 훈련소에서 기본적인 훈련을 받아야 하겠군."

말투만 들어보자면 이미 마스터들이 들어올 거라고 확정이라도 된 어투다. 더불어 옆에 있던 비서가 말을 이었다.

"여러분은 지금부터 대한민국의 마스터로서 1년에 10억의 연봉과 각종 혜택을 받게 될 겁니다. 모든 시설은 최고급일 것이고 5급 공무원으로서 근무하게 되죠."

보통 사람들이라면 혹할 만한 제의다. 10억이라는 건 서민으로서는 평생 가도 볼 일이 없는 거금이었기 때문.

그러나 그들 앞에 있는 건 보통 사람이 아니라 40억 명의 유저 중에서도 200명에 불과한 마스터였다.

"모자라거든요? 죄송하지만 저 광고 한 번 찍어도 2억은 버는데다가 연구소에서 연봉 50억 제의까지 받은 적 있는데 10억에 목을 메라니."

"우리나라가 징병제도 아닌데 왜 강제로 군적에 이름을 올립니까? 게다가……."

용노는 생각을 정리했다. 가급적 정부를 자극하고 싶지는 않았지만 이건 완전히 안하무인이다. 알아서 권리를 주장하지 않으면 멋대로 묻어버릴 분위기였다.

"게다가?"

"게다가 전 외국으로 망명할지도 모릅니다."

"…그게 무슨?"

오현조 장관의 얼굴이 굳어졌다. 아무래도 가장 염려하던 상황인 모양이다. 하긴 그렇지 않았다면 아무리 그래도 법치국가에서, 그것도 협조를 받아야 하는 상대를 납치에 가까운 방식으로 끌고 오지는 않았을 테지만 어차피 용노는 그를 배려해 줄 생각이 없었다.

"미합중국에서 귀화 제의를 받았습니다. 모든 세금 면제에 1년에 천억을 준다고 했었지요. 솔직히 좀 모자라서 생각해 보겠다고 했는데 여기에서는 10억을 부르니 더 생각할 필요도 없네요."

"엑? 역시 천외삼천이구나. 난 200억밖에 안 부르던데."

한마가 거들고 나서자 오현조 장관이 다급하게 말했다.

"이거 설명이 너무 짧았던 모양이군. 10억은 기본급일 뿐이야. 처리하는 일에 따라 얼마든지 수당이 늘 수 있네."

"호오~ 수당이 늘면 천억이 넘는 모양이군요. 한 1조 주려고 그러시나요?"

"너무 무례하군. 나는 협상을 하러 나온 걸세."

"상대방을 납치한 다음 협상하는 게 어느 나라 법인데요? 적어도 제가 아는 대한민국 법에는 그런 게 없는데 말이죠."

오현조 장관은 내심 식은땀을 흘렸다. 전부 20대 초반에서 후반의 청년들이었기에 적당한 직위와 돈을 준다면 마음대로 휘두를 수 있을 줄 알았는데 완전한 착각이었기 때문이다.

마스터들은 기본적으로 지적 수준이 높고 강철같이 단련된 정신의 소유자들이다. 언제나 리더의 위치에서 다른 유저들을 이끌면서도 그 어디에도 얽매이지 않는 가상의 세계에서 긴 시간을 보낸 그들은 강압에 억압되지 않는 자유로운 사상을 가지고 있었다.

"어디 보자… 윤용노 군? 윤석우 참모총장의 아들이라고 들었는데 국가에 헌신하는 아버지와 다르게 제멋대로군."

오현조 장관의 말에 용노보다 한마가 빈정거리고 나섰다.

"어이구. 드디어 가족 이야기가 나오네. 인질이라도 잡으려고 하나?"

"…말조심하게. 나는 지금이라도 자네들을 범죄자로 선포할 수 있어."

"어이구, 무서워라."

장난스러운 목소리였지만 범죄자가 되는 건 싫은 듯 한마가 슬쩍 물러섰다. 그리고 용노가 말했다.

“무슨 죄로 범죄자로 선포하겠다는 것부터가 궁금하긴 하지만… 뭐 묻지 않죠. 죄야 만들면 그만이니까. 대신 그토록 바라는 협상이라는 걸 좀 해볼까요?”

“오, 그럼…….”

“기본 수당 3천억에 활동수당 50억으로 하죠. 더불어 형사범죄에 면책권이 있으면 좋겠군요. 이건 미국에서도 제시한 건데.”

“뭐 연봉 3천억? 거기에 활동수당 1회에 50억이라고?”

오현조 장관은 기가 막혀 헛웃음을 지었다. 3천억이라면 장관인 그조차도 쉽게 만질 수 없는 돈인데 그걸 연봉으로 달라니? 게다가 활동수당 1회에 50억 역시 우습게 볼 수 없는 금액이다.

“안 된다고 생각합니까?”

“말도 안 되는 일이야! 게임이나 하다가 기회가 되니까 막대한 돈을 요구하다니 정말 비열하군! 지금 사람들의 목숨을 가지고 국가에게 돈을 뜯어내겠다는 건가?”

“비약하지 하시죠. 싫다면 이대로 저희를 풀어주시면 그만입니다. 애초에 그 외계인들이 나타나서 건물 몇 개만 무너뜨려도 피해액이 1조가 넘게 나올 텐데 돈이 아깝다면 스스로 해결하면 그만이 아닌가요?”

“자네에게 그만한 돈을 줄 수는 없어! 어차피 우리에게는 김세영 소위가 있다. 그가 자네들 중에 가장 강하다고 했지?

그 한 명만 있어도 어지간한 외계인은 다 맡길 수 있네!"

그의 말은 충분히 옳고 동시에 그게 문제였다. 만약 아더가 신속하게 그로테스크와 리전의 등장지역에 나타나 그들을 처리하지 않았다면, 이들은 이렇게 안일한 판단을 내리지 못했을 테니까.

실제로 러시아는 군대로 리전을 막으려다 수많은 군인들이 죽어나가고 있었고, 중국 산동 지방의 경우에는 그로테스크가 벌써 5일이 넘게 분탕질을 치면서 상상을 초월하는 피해가 발생하고 있다. 사상자가 수만이 넘고 빌딩이 십수개가 무너져 내릴 정도면 이미 그 재산 피해는 억 단위조차 아닌 것이다.

"그렇다면 저희는 떠나면 그만입니다."

"그깟 돈에 나라를 버리고 가겠다는 건가? 이건 매국행위야!"

버럭 소리 지르는 그의 말에 지금껏 가만히 있던 오제가 말했다.

"그럼 전 가도 됩니까?"

"…뭐?"

"전 미국에 갈 생각도 없으니까요. 당신이 말하는 그 매국인가 뭔가에 안 들어맞겠지요. 솔직히 정식으로 도움을 요청하고 필요성을 설명했으면 모르겠지만… 이렇게 억지로 끌어들이려고 하는 건 불쾌하군요."

일행의 분위기는 호의적이지 않다. 애초에 보통 사람들처럼 겁을 좀 준 후 당근을 제시하면 넘어올 거라 생각하고 강압적인 분위기를 만든 것 자체가 패착이다.

"후우. 이러지들 말게. 다시 생각해 봐. 지금까지 국가가 보호해 준 걸 생각해 보게."

"그거라면 몇 번 정도 공격을 막아주는 걸로 충당해 드리지요. 그 정도야 해줄 용의도 있으니."

그렇게 말하며 용노가 자리에서 일어났지만 그보다 먼저 철컥 하는 소리가 들린다.

"정말 이렇게 하고 싶지는 않았네."

"아 정말 이 뭔… 여기가 무슨 독재국가야?"

한마가 불만이라는 듯 투덜거리지만 그럼에도 반항하지 않는다. 용노도 굳이 반항하지 않았다. 여기에 있는 인원 정도야 굳이 현현을 하지 않아도 모조리 제압할 수 있는 그였지만 굳이 그럴 필요를 느끼지 못했기 때문이다.

다만 그는 서늘한 눈으로 오현조 장관을 바라봤다.

"지금 이 결정. 그 자리에서 일어나기도 전에 후회하게 될 겁니다."

"정말 건방지군! 당장 다 심문실에 가둬! 쓴맛을 봐야 정신을 차릴 것들이군!"

사나운 기세였지만 용노는 표정 하나 변하지 않고 말했다.

"미리 말하죠. 무슨 부탁을 하든 저는 거절입니다."

"헛소리! 안 끌고 가고 뭐하나!"

오현조 장관의 명령에 주변에 대기하고 있던 사내들이 마스터들의 몸을 쾅! 소리가 날 정도로 강하게 책상에 짓누르고 수갑을 채웠다.

그리고 한 사내가 식당으로 뛰어 들어온 게 바로 그때였다.

"장관님!"

"뭐야?!"

"인천 지역에 외계인들이 쳐들어왔습니다! 인근 군부대가 출동했지만 역부족이라……!"

"세영 소위에게 막으라고 해!"

당연하게 나올 만한 말이다. 왜냐하면 지금까지의 공격은 그가 다 막아내고 있었기 때문이었는데, 지금까지처럼 세영이 막을 수 있으면 왜 사내가 여기까지 뛰어왔겠는가?

"가지고 있는 포인트를 모두 소모해서 현현이 불가능하다고 합니다!"

"뭐라고?!"

오현조 장관의 안색이 변했다. 안 그래도 망할 외계인들이 건물을 무너뜨리고 사람을 죽이는 통에 국방부에 가해지는 압력이 점점 심해지고 있는 상황이다. 물론 그것조차 세영이 바로 바로 그들을 제거하기 때문에 미약한 수준이지만 전쟁 한 번 없던 대한민국에서 테러가 벌어진 셈이니 언론이고 국회고 얼마나 시끄럽게 떠들어대는지 정신을 차릴 수 없을 지경이었던 것이다.

"자리에서 일어나기도 전에 후회할 거라고 했죠?"

용노의 말에 오현조 장관의 얼굴이 시뻘겋게 변했다. 외계인이고 뭐고 평소 하던 대로 심문실에 마스터 전부를 던져 버리고 싶다는 표정이었지만 용노는 자신을 억누르던 사내들의 손길을 밀어버리고 잔인할 정도로 태연하게 말했다.

"대통령 불러오세요."

진정한 [협상]의 시작이다.

『D.I.O』 8권에서 계속…

용마검전
FANTASY FRONTIER SPIRIT
김재한 판타지 장편 소설
「폭염의 용제」, 「성운을 먹는 자」의 작가 김재한!
또다시 새로운 신화를 완성하다!
『용마검전』
사악한 용마족의 왕 아테인을 쓰러뜨리고
용마전쟁을 끝낸 용사 아젤!
그러나 그 대가로 받은 것은 죽음에 이르는 저주.
아젤은 저주를 풀기 위해 기나긴 잠에 빠져든다.
그로부터 220년 후…….
긴 잠에서 깨어난 아젤이 본 것은
인간과 용마족이 더불어 살아가는 새로운 세상이었다.
Book Publishing CHUNGEORAM
유행이 아닌 자유추구 -
WWW.chungeoram.com